# Las otras niñas

**Santiago Díaz Cortés** (Madrid, 1971), guionista de cine y de televisión con veinticinco años de carrera y cerca de seiscientos guiones escritos, publicó en 2018 su primera novela, *Talión*, que ganó en 2019 el Premio Morella Negra y el Premio Benjamín de Tudela. En 2021 vio la luz *El buen padre*, novela con la que dio inicio a la serie protagonizada por la inspectora Indira Ramos y que ha sido traducida a varios idiomas. A esta le han seguido *Las otras niñas* (2022) e *Indira* (2023), por ahora la última entrega de la serie. Asimismo, Santiago Díaz ha cultivado con éxito la literatura juvenil y obtuvo en 2021 el Premio Jaén de Narrativa Juvenil por *Taurus. Salvar la Tierra*.

# SANTIAGO DÍAZ

## Las otras niñas

DEBOLS!LLO

Papel certificado por el Forest Stewardship Council®

MIXTO
Papel | Apoyando la
silvicultura responsable
FSC® C117695
FSC
www.fsc.org

Penguin
Random House
Grupo Editorial

Primera edición en Debolsillo: febrero de 2024

© 2022, Santiago Díaz Cortés
Esta edición se ha publicado gracias al acuerdo con
Hanska Literary&Film Agency, Barcelona, España
© 2022, 2024, Penguin Random House Grupo Editorial, S.A.U.
Travessera de Gràcia, 47-49. 08021 Barcelona
Diseño de la cubierta: Penguin Random House Grupo Editorial

*Printed in Spain* – Impreso en España

ISBN: 978-84-663-7319-7
Depósito legal: B-21.402-2023

Impreso en Black Print CPI Ibérica
Sant Andreu de la Barca (Barcelona)

P 3 7 3 1 9 7

*A mi madre*

# NOTA DEL AUTOR

Aunque muchos de los nombres y lugares que aparecen en esta novela son reales, todo cuanto se narra –salvo los hechos de público conocimiento ocurridos entre noviembre de 1992 y enero de 1993 y juzgados de mayo a julio de 1997, SAP V 2157/1997, de 5 de septiembre de 1997– es producto de la imaginación del autor. En el caso de haber atribuido pensamientos o sentimientos a personas envueltas en el proceso que aún siguen vivas, estos constan en sus informes psicológicos, policiales o ellas mismas los han declarado en entrevistas o en el propio juicio.

La historia no es más que una sucesión de monstruos o de víctimas. O de testigos.

CHUCK PALAHNIUK, *Rant*

I

# 1

Un embarazo pone patas arriba la vida de cualquier mujer. Y más si no ha sido buscado. Y más si no se tiene pareja estable. Y más aún si, como la inspectora de homicidios Indira Ramos, se padece un trastorno obsesivo-compulsivo que la obliga —entre otras muchas cosas— a mantenerse alejada de bacterias, de virus y de cualquier mínimo desorden que pueda haber a su alrededor, ya sea real o imaginado. Y un bebé, como poco, augura todo eso.

Indira sigue mirando en estado de shock la prueba de embarazo que acaba de hacerse. La deja sobre el lavabo temblorosa y vuelve a leer las instrucciones con detenimiento, no fuera a ser que a los fabricantes les encanten las bromas pesadas y «positivo» en realidad quiera decir que no, que te puedes quedar tranquila, porque en cualquier momento te baja la regla. Pero no hay lugar a dudas y lo que dice es exactamente lo que quiere decir.

Como le suele suceder cada vez que algo la perturba en extremo, la crisis empieza por un repentino sofoco que parece tener su origen en la nuca y que provoca que enormes goterones de sudor le vayan cayendo por la espalda. Enseguida pasa a tener palpitaciones, sensación de ahogo, una fuerte opresión en el pecho, temblores de la cabeza a los pies y un mareo que, si no lo remedia, desembocará en desmayo. Indira se sienta en el váter e intenta hacer los ejercicios de contención que le enseñó su psicólogo para evitar perder el conocimiento y desnucarse contra el lavabo.

Después de quince minutos, logra que su estado deje de ser crítico, aunque la hiperventilación le ha provocado una especie de borrachera. Se levanta con esfuerzo y se echa agua fría en la cara. Tal es su desazón que, aunque mira disgustada el rastro que dejan las gotas en el espejo, ni hace amago de limpiarlas. En cualquier otro momento de su vida, eso sería impensable. Su mirada pasa del espejo a la prueba de embarazo, que continúa indicando un clarísimo positivo.

—Joder..., pues sí que tengo puntería.

Hasta que se acostó con el subinspector Iván Moreno, llevaba cinco años sin tener contacto con ningún hombre. Y la palabra «contacto» no tiene solo una connotación sexual, sino que engloba cualquier tipo de roce sin unos guantes de látex de por medio. Hace un par de años, un político de visita en su comisaría la cogió desprevenida y la saludó con dos besos cuando se cruzó con ella por el pasillo. Indira se separó de él como si quemase y estuvo a punto de presentarse en urgencias para que le hicieran un examen en busca de infecciones. Mientras se alejaba oyó a su comisario disculparse con una de las frases con las que más la han descrito a lo largo de sus treinta y seis años de vida: «No se lo tenga en cuenta. Es una mujer... peculiar».

Sin embargo, hace algo más de un mes, le salvó la vida a uno de los miembros de su equipo y la relación entre ellos se transformó como por arte de magia. Con el subinspector Moreno nunca tuvo buen *feeling*, quizá porque reunía todo lo que Indira odiaba en los hombres, o tal vez porque ella denunció a su mejor amigo —también policía— por colocar una prueba falsa en la escena de un crimen y él juró que le haría la vida imposible como venganza. Pero el roce hace el cariño y, después de evitar que un capo de la droga le volara los sesos durante el registro de su mansión, el subinspector se sintió en deuda y empezó a mirarla con otros ojos. La inspectora Ramos, por su parte, poco a poco lograba salir del pozo en el que se hallaba inmersa desde hacía un lustro —cuando cayó a una fosa séptica persiguiendo a un sospechoso y las manías y aprensiones que traía de serie se multiplicaron por mil– y, el mismo día en que su psicólogo le dijo que podía empezar a relacionarse con otras personas, Moreno llamó a su puerta. Primero derribaron barreras charlando del caso que tenían entre manos, después cenaron juntos, más tarde empezaron a conocerse y finalmente pasó lo que tenía que pasar. Y el fruto de aquella noche crece ahora en su vientre.

Indira siempre ha sido una mujer analítica, tanto en su trabajo como en la vida, así que no se le ocurre otra cosa que coger un bolígrafo para plasmar en un papel los pros y los contras de ser madre. Se sujeta la muñeca derecha con la mano izquierda para contener el temblor, dibuja una línea vertical y escribe:

| PROS | CONTRAS |
|---|---|
| Una razón por la que vivir. | Todo lo demás. |

Después de media hora mirando el papel, no ha logrado tomar una decisión. Aunque pudiera adaptarse a un cambio de vida tan radical (cosa que duda), no cree que fuera justo para una criatura tener una madre como ella, alguien que no la dejaría crecer tranquila y feliz rodeada de juguetes, de desorden y de mucha suciedad. Se pone su abrigo y sale a la calle.


–No, ni hablar. –El psicólogo que lleva años tratándola le impide el paso a su despacho–. Vete de mi consulta, Indira.

–Es que es muy urgente, Adolfo.

–Me da igual. Yo ahora estoy ocupado, así que márchate a casa y...

–Estoy embarazada –le interrumpe.

El psicólogo la mira descolocado. Otra vez, su paciente más singular le ha dejado sin palabras. La secretaria observa la escena en silencio, empezando a acostumbrarse a la relación que su jefe tiene con esa policía.

—Espera un momento.

El psicólogo entra en su consulta y un par de minutos más tarde sale acompañado de una señora con cara de pocos amigos.

—Te lo compensaré, Nieves. Para empezar, la siguiente sesión te saldrá gratis.

—Solo faltaba —responde ella malhumorada—. Si me has echado cuando no llevaba ni quince minutos contándote cómo he pasado la semana.

—¿Las dos siguientes sesiones te parece mejor?

La señora acepta el trato y se marcha encantada de la vida.

—¿Tú estás segura, Indira? —pregunta el psicólogo, ya en el interior del despacho.

—Me he hecho un test de embarazo y casi explota de lo preñadísima que estoy, Adolfo. Y todo por tu culpa.

—¿Por qué?

—Porque me llevaste al garito ese de mala muerte a comer perritos calientes y me emborrachaste. Y, claro, no me quedó otra que ir a casa del subinspector Moreno.

—¿Tú no has oído hablar de los condones?

—Es probable que me den alergia.

—Ya no sirve de nada discutir por lo que ha pasado. Ahora lo que importa es lo que vas a hacer. —Adolfo la mira—. ¿Quieres... tenerlo?

—No lo sé... ¿crees que debo?

El psicólogo se deja caer en la butaca destinada a los pacientes, sobrepasado.

—Eso depende de ti, Indira —responde tras unos segundos de duda—. Lo suyo es que hagas un cuadro con los pros y los contras y...

—Ya lo he hecho y no he sacado nada en claro. Lo que necesito saber es si, en caso de querer tenerlo, podría adaptarme a ser madre.

—Tú sabes que se lo hará todo encima durante un montón de meses, que se acatarrará, vomitará y algún día traerá piojos del colegio, ¿verdad?

—Ay, Dios... —Indira se pone mala solo de pensarlo.

—La parte buena es que los mocos y demás fluidos de un hijo son bastante soportables, te lo digo por experiencia. Aunque, en tu caso, no sé si incluso te causaría aún más rechazo.

—¿Y si resulta que me cura?

—Cosas más raras se han visto..., pero eso es como cuando una pareja en crisis tiene un hijo para ver si la relación se arregla. Casi nunca funciona. Y, hablando de parejas, ¿vas a decírselo al padre?

—Depende de lo que decida hacer. Desde que nos acostamos, Iván y yo hemos estado algo distanciados, pero no puedo negar que me gusta..., aunque una cosa es empezar una relación y otra meterme de lleno a formar una familia.

El psicólogo vuelve a insistir en que la decisión es suya. Una hora después, Indira se marcha sin saber qué hacer. Lo deja todo en manos de lo que ocurra la próxima vez que se encuentre cara a cara con el subinspector Iván Moreno.

# 2

Palomeras Bajas, en Puente de Vallecas, es uno de esos barrios en los que nadie suele ver nada. Y si por casualidad lo ven, no se lo cuentan a la policía.

La furgoneta aminora la marcha al doblar la esquina de la calle de Candilejas, que discurre paralela al parque. Un grupo de chavales fuma porros alrededor de un banco, discutiendo sobre el último videojuego que acaba de salir al mercado. Aunque cuesta mucho dinero y solo uno de ellos trabaja, todos lo tienen ya en su poder.

—A mí lo que me toca los cojones es que se me pire el wifi cada dos por tres y me joda la partida *online* —dice uno de ellos.

—Si lo pagases en lugar de mangarle la señal al vecino, no tendrías tantos problemas —responde otro.

—Ya está el puto listo con sus soluciones capitalistas...

La furgoneta se detiene a unos cincuenta metros de ellos. Después de unos segundos en los que alguien parece trajinar en su interior, las puertas traseras se abren y de dentro cae una bolsa de basura, de las grandes.

—¡A tirar basura a vuestro puto barrio! —grita el más alto de los chavales.

—Calla, gilipollas —le increpa el que tiene el porro—. ¿No ves que no es basura?

La furgoneta se aleja del lugar a toda velocidad. En cuanto la pierden de vista, los chavales se acercan a ver qué han podido dejar allí cuando todavía ni ha anochecido. Al rasgar una esquina de la bolsa, asoma un brazo lleno de marcas de jeringuilla.

—¡Joder! —exclama el alto dando un salto hacia atrás.

—Es un puto yonqui —dice otro señalando los pinchazos—. Tiene el brazo como un colador.

Uno de los policías uniformados que han acudido al aviso retiene al otro lado de la calle a los chavales que han encontrado el cadáver.

—¿Seguro que no habéis visto quién ha dejado ahí la bolsa? Ha tenido que ser un poco antes de que la encontraseis.

—Que no, coño. Nosotros íbamos a clase y hemos visto el fiambre.

—A clase a las siete de la tarde, ¿no? —el policía los mira con incredulidad.

Los chicos se encogen de hombros. El agente sabe que no le van a contar mucho más y saca su libreta.

—A ver, dadme vuestros datos.

Junto a la bolsa con el cadáver hay tres policías más de uniforme esperando a que lleguen los de Homicidios y el equipo del forense. Uno de ellos mira la cara del muerto, tratando de hacer memoria. Está hinchada grotescamente a causa de una paliza, pero aun así le resulta familiar.

—¿A vosotros no os suena?

—Le habremos detenido un par de veces —responde su compañero—. Esto tiene pinta de ajuste de cuentas.

—A este tío le conozco yo, joder.

El policía le registra los bolsillos.

—¿Qué haces? —pregunta su compañero—. ¿No ves que vas a contaminar la escena del crimen?

—Aquí no lo han matado, lo han tirado desde un coche. Además, llevo guantes.

Sigue registrándole y encuentra su cartera. Le han quitado el dinero y las tarjetas, pero han dejado un carné caducado de socio del Atlético de Madrid. Al leer el nombre, ata cabos.

—Me cago en la hostia. Este tío es Daniel Rubio.

—¿Quién?

—Daniel Rubio. El agente de la UDYCO al que denunció esa inspectora hija de puta por poner pruebas falsas en un narcopiso de Lavapiés.

Sus dos compañeros miran la cara del muerto, sin tenerlas todas consigo.

—No parece poli.

—Es él —responde convencido—. Me acuerdo de que en la comisaría no se hablaba de otra cosa. Más de uno quería ir a por la chivata esa. Inspectora Indira Ramos, creo que se llamaba.

# 3

Sobre la mesa de la sala de reuniones hay varias bandejas de sándwiches tapadas, bolsas de patatas fritas todavía cerradas, frascos de encurtidos y bebidas de todo tipo. Los subinspectores Iván Moreno y María Ortega, después de preparar el engorroso informe que cierra el caso que les ha tenido ocupados durante el último mes, ven la tele junto con otros compañeros de la comisaría. Las noticias hablan sobre un agresivo virus que está causando bastantes muertes en China y que se teme dé el salto al resto del mundo.

—No me jodas, la que nos pueden liar los chinos —dice un suboficial.

—No pasará nada, no seamos alarmistas. Lo más probable es que el virus se quede en Asia.

—Esperemos, porque si no estamos jodidos. Eso pasa porque los chinos se comen todo lo que pillan —comenta un agente de uniforme—. Tendríais que ver lo que desayunan en los almacenes de Cobo Calleja.

—No, gracias —responde otro agente.

Cuando ve entrar a la inspectora Ramos, Moreno se apresura a apagar la tele. El resto de los policías disimulan, como si les hubiesen cogido en falta.

—Por poco no llegas, jefa —dice la subinspectora María Ortega—. Jimeno y Lucía deben de estar al caer del hospital.

Indira pasea la mirada entre los presentes, percibiendo su incomodidad.

—¿Qué pasa?

—Nada, ¿qué va a pasar? —responde Ortega evasiva.

—Eso dímelo tú, María. ¿Qué teníais puesto en la tele?

Todos cruzan sus miradas, comprendiendo que no les queda otra que confesar.

—Parece que no has visto las noticias... —dice Moreno.

—He estado muy ocupada, ¿por qué?

—Porque están hablando de un virus chino que puede llegar a Europa.

A Indira se le encoge el corazón. Ya oyó algo en la farmacia cuando fue a comprar el test de embarazo, pero se le había olvidado por completo.

—Tendríamos que confinarnos cada uno en nuestra casa a la de ya —dice.

—No saques las cosas de quicio, jefa —responde la subinspectora Ortega—. En la tele están diciendo que no hay nada de lo que preocuparse. Si llegase a Europa, sería como un simple catarro.

Indira va a decirles que no hay que fiarse de esas cosas, que los virus descontrolados podrían causar una pandemia mundial de proporciones incalculables y que deberían tomárselo muy en serio, pero no puede hacerlo porque aparece la agente Lucía Navarro acompañando al oficial Óscar Jimeno. Este llega renqueante tras haber pasado unos días en coma después de que un sicario de la 'Ndrangheta le clavase un punzón en el pecho.

—¡Ya estamos aquí! —anuncia la agente Navarro.

Todos se arremolinan en torno a su compañero, contentos por tenerle de vuelta.

—Bienvenido, Óscar —dice la subinspectora Ortega y le da dos besos con cuidado—. Ya pensábamos que no te volveríamos a ver.

—A mí no es tan fácil quitarme de en medio...

—¿Cómo se te ocurre enfrentarte al mafioso ese sin esperar a los refuerzos, alma de cántaro? —pregunta el subinspector Moreno.

–Mejor no contestes a esa pregunta, porque solo de pensarlo me dan ganas de tenerte un año haciendo papeleo, Jimeno –responde Indira–. Bienvenido al mundo de los vivos.

La inspectora le tiende la mano y el oficial se la estrecha, agradecido.

–Ya se puede empezar con los sándwiches, ¿no? –pregunta un agente destapando la bandeja de aperitivos.

Los policías rodean la mesa de reuniones y dan buena cuenta de la merienda a la vez que le preguntan al oficial Jimeno, entre otras muchas cosas, cómo se siente tras haber matado a un hombre, si un agujero en el pecho duele tanto como parece o si durante los días que ha estado más muerto que vivo ha visto la luz de la que siempre hablan los que han pasado tanto tiempo en coma.

Mientras Jimeno disfruta siendo el centro de atención, el subinspector Moreno aprovecha para acercarse a la inspectora Ramos, que se ha quedado en un discreto segundo plano.

–¿No vas a comer nada?

–No, gracias. No tengo hambre.

–Te noto distinta –dice él observándola.

–¿En qué?

–No lo sé. Estás más... humana.

Indira se ríe.

–Lo que quieres decir es que normalmente parezco una extraterrestre, ¿no?

–Un poquito.

–Iván...

Él la mira a los ojos y constata que, en efecto, está ante una persona muy distinta a la que hace poco le devolvió el favor que le debía al evitar que un asesino le disparase a quemarropa.

–¿Te gustaría cenar en mi casa?

–No tienes por qué invitarme, Indira. Estamos en paz.

–Esto no tiene nada que ver con que me salvases la vida. Me apetece estar contigo, nada más. ¿A eso de las nueve y media?

–Hecho.

# 4

Antes de decidirse por unos simples vaqueros y una blusa de Zara, Indira se ha probado un vestido largo demasiado elegante para una cena en casa, otro de lino más adecuado para ponerse durante el día y el traje de chaqueta que suele llevar para las cenas de trabajo y que le hace parecer aún más fría de lo que en realidad es. Y todo ello está tirado sobre la cama, en un alarde de normalidad muy raro en ella. Cuando se dispone a recogerlo, llaman al telefonillo.

—¿Ya?

Indira corre descalza por el pasillo y enciende la cámara del interfono. Durante un par de segundos, observa al subinspector Moreno en la pantalla y sonríe. Será cosa suya, pero hoy lo encuentra más atractivo que nunca.

—Hola, Iván. Sube y ve abriendo el vino. Enseguida salgo. Estás en tu casa.

Pulsa el botón que abre el portal, deja la puerta del piso entreabierta y, tras comprobar que la mesa está perfecta, regresa a su habitación. Escucha a Iván entrar en casa mientras ella se calza, dobla la ropa que no va a usar y la vuelve a guardar en el armario. Cuando sale, le ve parado en mitad del salón, de espaldas. Se fija en que la botella y el abridor que ha dejado sobre la mesa están sin tocar.

—Perdona por hacerte esperar. ¿Aún no has abierto el vino?

Cuando el subinspector se vuelve e Indira ve su expresión, comprende que algo va muy mal.

—¿Qué pasa? —pregunta con cautela.

—Ha muerto.

—¿De quién hablas?

—De Dani —responde él lleno de resentimiento—. Un policía cojonudo al que tú destrozaste la vida por tu estúpida integridad. Y ahora está muerto.

—Yo..., lo siento mucho, Iván —dice Indira.

—Más lo siento yo. Pero sobre todo siento haberme olvidado de lo hija de puta que fuiste y de que gracias a eso mi mejor amigo ha terminado en una bolsa de basura. Esto no te lo perdonaré en la vida.

El subinspector Moreno se dirige hacia la puerta.

—Espera —Indira trata de detenerle—. Vamos a hablar.

—Yo no tengo nada de que hablar contigo —responde con odio—. No quiero volver a verte en la puta vida.

Moreno se marcha dando un portazo. Indira se sienta, desolada, sintiendo que, por segunda vez en los últimos cinco años, ha caído en un pozo del que le costará mucho tiempo salir.

—Sígame, por favor. El doctor enseguida la atenderá.

Indira sigue a la enfermera a lo largo de los pasillos de la clínica hasta un despacho luminoso y decorado con gusto. Un oasis en uno de los lugares más tristes en los que ha estado nunca. Diez minutos después, entra el doctor Carmona, un hombre de mediana edad que parece haber llegado en ese preciso momento de bucear en el Caribe.

—Inspectora Ramos, qué sorpresa más agradable.

—Cuando detuve al asesino de su hermano —dice ella sin entretenerse en saludarle—, me dijo que si algún día necesitaba algo de usted, solo tenía que pedírselo, ¿lo recuerda?

—Por supuesto. ¿En qué puedo ayudarla?

—Quiero abortar. Sin preguntas.

—Según la ley, debo informarle sobre los derechos, prestaciones y ayudas públicas de apoyo a la maternidad y, transcurridos tres días de reflexión...

—Si acudo a usted es porque no quiero seguir esos protocolos ni tengo nada que reflexionar —le interrumpe Indira.

—Eso no es tan sencillo, inspectora.

—A mí me parece que sí. ¿Va a ayudarme o tengo que ir a otro sitio?

El médico se lo piensa unos segundos y se rinde.

—¿Está usted segura de que quiere interrumpir su embarazo?

—Del todo. ¿Cómo lo hacemos?

—Debo hacerle unas pruebas para asegurarme de que no hay contraindicaciones y, en caso de estar todo correcto, le administraría una dosis de Mifepristona, un fármaco que bloquea la producción de progesterona. Cuarenta y ocho horas después tendría que regresar para tomar una dosis de Misoprostol, que provocaría la expulsión definitiva de la gestación.

—Adelante.

El médico le hace las pruebas correspondientes y, al cabo de un par de horas, le tiende la primera de las pastillas y un vaso de agua.

—Ahora está todo en sus manos, inspectora. La dejaré sola.

Cuando el doctor Carmona sale del despacho, la inspectora Ramos mira la pastilla. Le hubiera encantado poder formar una familia con el hombre del que se había enamorado después de tanto tiempo sola, pero una vez más todo se ha ido a la mierda. Busca a la desesperada una mínima razón para no hacerlo, pero por desgracia no la encuentra.

TRES AÑOS DESPUÉS
(DICIEMBRE DE 2022)

# 5

Jorge Sierra sabe que el día ha amanecido lluvioso cuando, nada más despertar, siente el punzante dolor en la pierna. La cicatriz que le parte en dos el muslo es el recordatorio de que su vida no siempre ha sido la que tiene ahora, que hubo un tiempo, cuando ni siquiera se llamaba de la misma manera, en el que no habría apostado un euro por que llegaría a cumplir los cincuenta y cinco años.

Y, sin embargo, aquí sigue.

La puerta de la habitación se abre de golpe y entra Claudia vestida con su uniforme del equipo de baloncesto. Aunque el inicio de la pubertad se le nota en la manera de hablar y de pensar, físicamente ya es una mujer.

—¡Despierta, papá! ¡Vamos a llegar tarde!

—¿A qué hora es el partido?

—A las once, pero yo tengo que estar una hora antes para calentar, y juego en la otra punta de Madrid.

—Lo mejor es que salgas ahora corriendo. Así, cuando llegues, ya no necesitarás calentar.

Claudia mira contrariada a su padre. Cuando a él se le eleva una comisura, ella comprende que está bromeando y respira, aliviada.

—¡No tiene gracia!

—Yo creo que sí...

Jorge sonríe divertido y coge a su hija en volandas. Atraído por el alboroto, Toni entra corriendo y se lanza sobre su padre y su hermana mayor. Al contrario de lo que le pasa a ella, sus ocho años parecen seis.

—Mira que eres bruto, Toni —dice Jorge quitándose de encima a su hijo menor.

—¿Hoy vamos a ir a ver al Real Madrid, papá?

—Ya te dije ayer que esta semana juegan fuera, en Valencia.

—¿Tú has estado alguna vez en Valencia?

La pregunta, cuya respuesta para cualquier otra persona sería un simple sí o no, para Jorge supone mucho más. Tanto que, durante unos segundos, su mirada se pierde en algún lugar de su memoria.

—El padre de una niña de mi clase vive en Valencia —interviene Claudia al ver que su padre no responde— y ella va en el AVE muchos fines de semana. Dice que se tarda poquísimo, menos de dos horas.

—¿Podemos ir, papá?

—No.

—Venga, porfa —el niño ruega—. Está cerquísima.

—He dicho que no, coño.

La brusquedad con la que contesta hace que Claudia y Toni comprendan que se acabaron las bromas. Jorge se levanta de la cama y va a subir la persiana. Hasta que sus músculos entren en calor, la cicatriz del muslo le provoca una ligera cojera. Dentro de unos minutos será casi imperceptible.

—Hace una mierda de día, Claudia —dice Jorge mirando por la ventana, ya con gesto sombrío—. Seguro que el partido se suspende.

—Jugamos en una pista cubierta.

—O sea que vas a obligarme a llevarte sí o sí, ¿no?

La niña no se atreve a responder y baja la mirada. Jorge se da cuenta de lo arisco que ha sido y va a sentarse junto a sus hijos.

—No me hagáis caso —dice tratando de contener su mal humor—. Papá tiene algunos problemas en el trabajo.

—¿Otra vez te han dejado colgado los proveedores? —pregunta Toni.

—Otra vez. Y, por si fuera poco, los muy capullos me han subido el precio del cemento.

El niño mira hipnotizado las feas marcas que tiene su padre en ambos brazos. Estas revelan que antes ahí había varios tatuajes que, por alguna razón, Jorge quiso ocultar. Tal debía de ser su urgencia que se arrancó los trozos de piel él mismo, dejando unas cicatrices que, treinta años después, parecen tan recientes como a la semana de hacérselas.

—¿Por qué te borraste los tatuajes, papá? —pregunta Toni señalando las cicatrices de uno de sus antebrazos.

—A mamá no le gustarían —responde Claudia.

—¿Tú sabes lo que eran? —El niño mira a su hermana con curiosidad.

—Nada que a ti te importe —Jorge zanja el interrogatorio—. Venga, dejadme solo para que me pueda vestir.

—Date prisa, papá —ruega Claudia.

Él asiente y sus hijos salen de la habitación. Antes de entrar en el baño, se detiene frente a un espejo y observa su reflejo en silencio. Ha perdido bastante pelo y ha ganado kilos, pero sigue siendo un hombre atractivo. Acaricia con la yema de los dedos la cicatriz de uno de sus brazos y recuerda que lo que había debajo de esos horribles pliegues de piel no era sino la representación de la muerte.

# 6

Los últimos tres años no han sido fáciles para Iván Moreno. Desde que asesinaron a su mejor amigo y mentor, arrastra un sentimiento de culpa del que jamás logrará desprenderse. Se enamoró de su entonces jefa, la inspectora Indira Ramos, y se olvidó de que le había prometido a Dani que se vengaría de ella por denunciarle y joderle la vida. Se encontraba, literalmente, entre la espada y la pared, en medio de una guerra en la que no podía decantarse por ningún bando. Cuando al fin quiso reaccionar e intentó ayudar a su amigo a salir adelante, ya era demasiado tarde; unos camellos le habían reconocido cuando fue a un narcopiso a comprar droga y poco después apareció dentro de una bolsa de basura.

Encerró a los culpables y juró que, por respeto a la memoria de su amigo, no volvería a tener nada con Indira, pero eso hace que se sienta aún más vacío. Ella, por su parte, se lo puso fácil y, al día siguiente de enterarse de la muerte de Dani, se largó con la intención de no volver. Moreno sabe que la subinspectora María Ortega sigue teniendo algún contacto con ella, pero prefiere no preguntar. Un año después de aquello, él decidió presentarse al examen de inspector y, desde hace dos, está al frente del equipo que antes encabezaba la (muy a su pesar) recordada Indira Ramos.

La subinspectora Ortega entra en la sala de reuniones seguida por el oficial Óscar Jimeno y por la agente Lucía Navarro.

Cuando Jimeno estuvo a punto de morir a manos de un mafioso italiano, Navarro no se separó de su cama durante los días que pasó en coma. Él confundió cariño con amor y a ella, después de dejarse llevar por el aprecio que le tenía, le costó un mundo hacerle ver que no pegaban ni con cola y que solo había sido una noche de sexo que no se volvería a repetir. Por suerte para ambos, el despecho del oficial no lo arruinó todo y siguen siendo buenos amigos.

—Pues no lo entiendo, ¿qué quieres que te diga? —entra diciéndole Jimeno a Navarro—. Si tú vas a un bar y consigues todos los tíos que quieras, ¿para qué te metes en una página de contactos?

—Porque prefiero conocer un poquito a los tíos antes de que intenten llevarme a la cama, Óscar. Y, en un bar, es lo único que buscan.

—Y en internet, no te jode. La única diferencia es que en el bar los ves en persona y no en una foto que se hicieron hace diez años.

—Tú liga como te dé la gana y a mí déjame tranquila, ¿vale?

—Tú misma, pero la red está llena de peligros.

—Mira que eres carca, Jimeno —interviene la subinspectora Ortega—. No tienes ni treinta años y me parece estar escuchando a mi abuelo.

—Cuando terminéis con el consultorio sentimental de la señorita Pepis —el inspector Moreno zanja la discusión—, os sentáis y empezamos a trabajar.

Todos obedecen, intuyendo que no está de humor.

—¿Tenemos ya los resultados de la autopsia del tío del aparcamiento? —pregunta la subinspectora Ortega.

—Al final ha resultado ser la explicación más sencilla: un infarto.

—Con la mala hostia que tiene la mujer, yo apostaba a que se lo había cargado ella —dice el oficial Jimeno.

—Le daría por culo hasta que le explotó el corazón, pero no podemos llevarla a la cárcel por eso. Ocúpate tú de cerrar el caso, Navarro.

—Sí, jefe —Lucía se resigna.

—¿Alguna pista sobre lo del anciano de López de Hoyos? —la subinspectora Ortega pasa al siguiente caso.

—Ha sido su nieto —responde Moreno.

—¿Ha confesado? —Jimeno se sorprende.

—No hace falta. El vecino ha vuelto de viaje y ha declarado que vio al chaval y a dos amigos entrando en el portal aquella misma tarde. Los muy cabrones debieron de ir a sacarle pasta al viejo, él se negó y se lo cargaron. En diez minutos de interrogatorio lo soltará todo. Por lo visto se ha echado a llorar en cuanto han ido a por él en el instituto.

—La peña mata con una facilidad de la leche —dice la agente Navarro.

—Eso es culpa de la deshumanización de la sociedad por los videojuegos y las pelis violentas —apunta el oficial Jimeno.

—De verdad que eres el tío más viejuno que he conocido en mi vida, Jimeno —La subinspectora Ortega lo mira alucinada.

—Oye, no lo digo solo yo —protesta él—. Sin ir más lejos, Indira opinaba igual. Por cierto, no sé si sabéis que hoy es su cumpleaños.

—Y el más metepatas. —Navarro se suma a la apreciación de su compañera.

—¿Por? —pregunta sin comprender—. Lo digo porque me ha saltado esta mañana la alarma del móvil.

La agente Navarro le da una patada por debajo de la mesa. El oficial Jimeno lo capta y mira a su jefe, al que se le suele torcer el gesto cada vez que alguien nombra a la inspectora Ramos. Y, para su desgracia, eso sucede muy a menudo.

—Perdona, jefe. Pero es que, si es su cumple, pues es su cumple.

—¿A mí qué cojones me cuentas, Jimeno? —responde Moreno—. Hoy a las doce, reunión de casos abiertos. Quiero todos los informes del último año actualizados sobre mi mesa.

El inspector se levanta y sale de la sala de reuniones. Tanto la subinspectora Ortega como la agente Navarro asesinan a su compañero con la mirada.

—A veces es para darte de hostias, de verdad —Navarro resopla.

—A ver si ahora no se va a poder abrir la boca —responde Jimeno y mira a la subinspectora Ortega—. ¿Por qué no la llamas y la felicitamos?

La subinspectora Ortega saca su móvil y marca, pero salta el buzón de voz.

—Nada, está apagado.

—Olvídate —dice la agente Navarro—. Yo le mandé un mensaje hace un par de meses y ni siquiera lo ha leído.

# 7

Indira está sentada en un banco frente a la Casa de la Cultura del municipio extremeño de Villafranca de los Barros, en cuyo interior se encuentra la biblioteca municipal Cascales Muñoz. La construcción, que hasta 1979 albergaba la fábrica de harinas San Antonio, es un enorme edificio de piedra y ladrillo en el que destaca una chimenea de veinte metros de altura, junto a la que hay otras cuatro menores. Ella se resiste a entrar porque, aunque no ha sido diagnosticada, teme ser algo celiaca y podría haber restos de harina flotando en el ambiente. Si no fuera porque justo hoy cumple treinta y nueve años, parecería una anciana sin nada mejor que hacer que sentarse y ver pasar la vida ante sus ojos. Pero lo cierto es que, desde que pidió una baja en la policía para tratar sus problemas psicológicos y acto seguido una excedencia, puede considerarse jubilada.

Mira su reloj y resopla, cansada tras llevar más de media hora esperando. Cuando ya empezaba a impacientarse, la abuela Carmen sale del interior del edificio con Alba cogida de la mano. La niña, que hace un par de meses cumplió dos años, sujeta un libro con fuerza.

—Estaba a punto de entrar a buscaros, mamá.

—Lo siento, Indira. Es que tu hija nos ha salido pesadita y no se decidía por ningún libro.

—¿Cuál has cogido, cariño? —pregunta a su hija agachándose frente a ella.

—Peppa Pig.

La niña le hace una seña a su abuela que pretendía ser disimulada y esta suspira y saca otro libro del bolso.

—Ya sabemos que a ti no te gusta celebrar los cumpleaños, hija, pero Alba se ha empeñado en cogerte un libro de pistolas.

—¡Felicidades, mamá!

Indira sonríe a Alba, que habla con fluidez desde los dieciocho meses. Es una niña inteligentísima, lo que con toda seguridad le dará problemas en el futuro, pero de la que ahora se siente muy orgullosa. No entiende cómo se le pudo pasar por la cabeza deshacerse de ella, y se estremece al pensar que estuvo a punto de tomarse aquella pastilla.

Nada más salir de aquel sombrío lugar fue a interrumpir una nueva sesión de su psicólogo para decirle que había decidido marcharse al pueblo de su madre y tener allí a su hija, pero para eso necesitaba que redactase un informe con el que pedir la baja en la policía.

—¿No vas a decírselo al padre?

—Moreno me odia con toda su alma y no creo que le apetezca mucho ser padre.

—Tiene derecho a saberlo.

—En algún momento se lo diré, pero ahora quiero estar tranquila.

El psicólogo elaboró el informe que pedía e Indira se fue con él en la mano a hablar con el comisario. Nadie se sorprendió de que sus manías y obsesiones llegasen a incapacitarla, y más cuando empezaban a correr rumores que apuntaban a que el famoso virus chino pronto llegaría a Europa, aunque a su equipo le descolocó que tomase esa decisión justo cuando mejor parecía encontrarse.

Hizo las maletas y puso rumbo al pueblo. Allí pasó el confinamiento mientras su tripa crecía día a día y vio a su padre contagiarse y morir al poco tiempo. Fue un palo enorme para ella y para su madre, más aún cuando no les permitieron despedirse de él, pero ambas volvieron a sonreír el día en que Alba nació.

Indira soportó sorprendentemente bien el embarazo y el nuevo ambiente en el que vivía, sobre todo porque ya no era la única que extremaba las precauciones higiénicas. Pero en cuanto nació su hija pasó unos días convencida de que no lo conseguiría. No le causaba repulsa alguna, sino que le aterrorizaba pensar que no lograría protegerla de los peligros que había en el exterior, visibles o microscópicos.

—Eso es amor, hija —le dijo su madre—. Yo también pasé meses obsesionada con protegerte..., y quizá por eso saliste así. Tienes que dejar que Alba viva y crezca con normalidad, ¿de acuerdo?

Aunque Indira seguía teniendo extravagancias por las que todos en el pueblo la miraban como a un bicho raro, aguantó con estoicismo que a Alba le encantase revolcarse por el suelo, abrazarse a todo el que veía por la calle y comerse los curruscos de pan o las galletas que las vecinas del pueblo le ofrecían. La única vez que perdió los nervios y sufrió uno de sus ataques de pánico fue cuando la vio compartir a lametones un polo de naranja con un perro callejero.

En cuanto a Moreno, ha estado un montón de veces a punto de llamarle para contarle que tiene una hija, pero nunca ha encontrado el momento. La única persona de su vida anterior que conoce su secreto es la subinspectora María Ortega. Con los demás miembros de su equipo —excepto con el padre de la criatura— ha hablado de vez en cuando, pero ni se le ha pasado por la cabeza decirles cuál fue la verdadera razón para desaparecer de la noche a la mañana.

—¿Te gusta el libro, mamá?

—Me encanta. Enséñame las manitas, anda.

La niña le entrega el libro de Peppa Pig a su abuela y le muestra las manos a su madre, que saca del bolso gel hidroalcohólico y le echa unas gotas en sus diminutas palmas. Alba se las frota con energía, con la práctica que da tener una madre como la suya. Su abuela cabecea disgustada.

—Se va a desollar las manos.

—Yo me las desinfecto varias veces todos los días y están muy bien.

—Pero si las tienes que parecen las de un estibador del puerto.

—No empecemos, mamá, por favor.

—¿Qué es un estibador, yaya? —pregunta Alba.

—Los que cargan y descargan los barcos.

—Qué guay. Yo de mayor quiero ser eso.

—Sí, hombre —Indira se espanta—. ¿Tú sabes la cantidad de porquería que traen los barcos, Alba? Algunos dicen que por ahí entró el coronavirus de China, no te digo más.

—Ni caso, Albita —le dice Carmen a su nieta, pasando de su hija—. Tú de mayor podrás ser lo que te dé la real gana. Fíjate en tu madre. Todos queríamos que fuese maestra y se hizo policía.

Aquellos tiempos quedan tan lejanos que Indira ya no se acuerda de por qué quiso presentarse a las pruebas para inspectora. Tal vez solo fue para marcharse del pueblo e ingresar en la Academia de Ávila, o puede que para poder reprender a los demás cuando no cumplían las normas, o simplemente porque sentía que era su vocación. El caso es que, ahora que Alba ha dejado de ser un bebé y que ya no necesita su protección las veinticuatro horas del día, se da cuenta de que echa muchísimo de menos su trabajo.

# 8

—Habéis hecho una mierda de partido, Claudia. Así no sé cómo pretendéis ganar a nadie. —Jorge Sierra clava la mirada en su hija y esta mantiene la suya fija en el limpiaparabrisas, que pugna por retirar la lluvia del cristal.

—Las otras tenían una chica de dos metros, papá. —Toni, en el asiento trasero del coche, deja la consola por un instante para salir en defensa de su hermana mayor.

—No medía ni uno setenta, Toni. Además, eso no es excusa. Han tirado el partido antes de empezar. Y no sé por qué os empeñáis en jugárosla de tres si no metéis ni una.

—En los entrenamientos las metemos.

—Ya ves tú de lo que sirve.

A pesar de las discusiones que eso le ha ocasionado con su mujer, Jorge cree necesario ser severo con sus hijos; él mejor que nadie sabe lo dura que es la vida, que hay que estar preparado para lo malo que venga porque, tarde o temprano, todo se puede torcer. Cuando tenía la edad de Toni, ya llevaba tiempo sobreviviendo en la calle; robaba en tiendas, en campos de fruta, atracaba a señoras que volvían de la compra o desvalijaba coches, lo que hiciera falta para conseguir dinero. A los diez años ya lideraba una banda juvenil, a los quince pasaba más tiempo en reformatorios que en su casa y, a partir de los dieciocho, empezó a entrar y a salir de la cárcel por diferentes delitos, casi siempre relacionados con el tráfico de drogas y con unos terribles arrebatos de ira que ahora ya casi tiene controlados y que solo conocen algunos empleados de su empresa de reformas. Pero no fue hasta los veintiséis cuando su nombre abrió los telediarios de todo el mundo.

El sonido del teléfono le devuelve a un presente mucho más plácido para él. En la pantalla del coche se puede leer: «Llamando VALERIA». Jorge pulsa un botón verde que hay en el volante.

—Valeria.

—Hola, mi amor. ¿Terminó ya el partido? —pregunta ella con un marcado acento argentino.

—Estamos en el coche, volviendo a casa.

—¿Y cómo le fue a la nena? ¿Ganaste, Claudia?

—No, mamá. Hemos perdido —responde la chica avergonzada.

—De veinte —apunta su padre.

—Bueno, ya ganarán la próxima vez... Jorge, acabo de llegar a casa y no tuve tiempo de traer pan. ¿Podés pararte a comprar?

—Está lloviendo a cántaros, Valeria.

—La gasolinera te queda de camino. Trae dos barras y algo para el postre.

—¿Podemos comprar helado de chocolate, mamá? —pregunta Toni volviendo a desviar por un momento la atención de su consola.

—Claro que sí, hijo. Ahora los veo.

Valeria corta la llamada. Jorge gruñe y se desvía para entrar en la gasolinera. La zona techada está reservada para los surtidores y tiene que aparcar bajo el torrente de lluvia.

—Joder, me voy a poner perdido.

—¿Quieres que vaya yo? —pregunta Claudia.

—Tengo que pagar con tarjeta —responde él negando con la cabeza—. Ahora vuelvo.

Sale del coche y corre hacia la tienda de la gasolinera. El dependiente, un hombre de unos cuarenta años con cara de aburrimiento, le censura con la mirada cuando se sacude la chaqueta y le pone el suelo perdido.

—¿Tiene gasolina?

—No, solo quiero dos barras de pan y esto —responde Jorge abriendo una nevera que hay junto al mostrador y sacando una tarrina de helado de chocolate.

—Siete con treinta. ¿Bolsa?

—Sí, por favor.

Jorge paga con la tarjeta de crédito y vuelve corriendo al coche. Como temía, al entrar en él ya está calado.


Apenas unos segundos después de que Jorge Sierra y sus hijos se marcharan de la gasolinera, un BMW X5 robado con tres ocupantes se detiene con un frenazo frente a la puerta de la tienda. De él se bajan dos chavales de poco más de veinte años con mascarillas, gorras y pistolas.

—¡La pasta, rápido! —grita uno de ellos apuntando al dependiente.

—La gente paga con tarjeta, tío —responde él levantando las manos—. Yo que vosotros me iba a atracar un mercado o algo así.

—¡¿Te crees muy gracioso?!

El segundo chaval rodea el mostrador y golpea con la culata de su pistola al dependiente, que enseguida empieza a sangrar por la ceja.

—¡Abre la puta caja!

—Ya va, tranquilo.

El dependiente abre la caja y el chico entra en cólera al ver que solo hay monedas y billetes de poco valor.

—¡¿Qué mierda es esta?! ¡¿Dónde cojones está el dinero?!

—Esto es todo. Ya te he dicho que la gente ya no paga en efectivo ni el pan.

El atracador deja la pistola sobre el mostrador para buscar algo de valor que compense el riesgo que están corriendo, y el dependiente comete el mayor error de toda su vida. En cuanto pone la mano sobre el arma, el otro chico aprieta el gatillo. Un pequeño agujero aparece en su mejilla y acto seguido se desploma.

—¡Vámonos, joder!

Los dos atracadores cogen el poco dinero de la caja, algunos productos que encuentran de camino a la puerta y salen tan rápido como entraron.

# 9

Los agentes de la Policía Científica han acordonado el perímetro de la gasolinera intentando mantener intacta la escena del crimen, pero la fuerte lluvia hace que todo el que entra en la tienda la contamine sin remedio, tanto que alguien ha decidido poner un montón de cartones en el suelo para evitar que se formen más charcos. El inspector Moreno entra acompañado del oficial Jimeno y de la agente Navarro. Esta mira a su alrededor, fastidiada.

—Menuda chapuza. La inspectora Ramos ve esto y le da un parraque.

Moreno la mira de reojo, sin poder ocultar cuánto le molesta que la nombren cada cinco minutos. Uno de los agentes de la científica se acerca a ellos.

—Inspector Moreno, ¿se va a hacer usted cargo del caso?

—Nos acaban de dar el aviso —responde—. ¿Dónde está el cadáver?

—Detrás del mostrador. Procuren no pisar fuera de los cartones, por favor. Mire cómo han puesto esto de agua.

—¿Quién lo ha encontrado? —pregunta el oficial Jimeno.

—Una señora que ha venido a echar gasolina. La están atendiendo los del SUMMA.

—Encárgate tú de hablar con ella, Lucía —le dice a Navarro y después vuelve al agente de la científica—. ¿Alguien ha revisado las grabaciones de las cámaras de seguridad?

—Sí. Estamos buscando huellas donde creemos que pudieron haber tocado.

—Descárgate las imágenes y las vemos —le dice a Jimeno.

El oficial sigue al agente a un cuartito que hay junto a los baños. El inspector Moreno se asoma detrás del mostrador, donde el forense examina el cuerpo sin vida del dependiente. El cadáver está boca arriba y se aprecia el agujero de bala en la cara, pero llama la atención que apenas haya sangre, nada más que un minúsculo reguero que le baja por la mejilla y se pierde entre la ropa.

—Primero le golpearon y después le dispararon. Murió en el acto —dice el forense.

—¿Se sabe ya con qué arma?

—La bala ha quedado alojada en la base del cráneo, por lo que hasta que no le hagamos la autopsia y podamos extraerla no lo sabremos. Aunque lo más normal es que sea una nueve milímetros.

Moreno examina la tienda con detenimiento. Varios agentes de la científica tratan de recuperar pruebas del paso de los atracadores por el lugar. Se acerca a uno de ellos, el que espolvorea el reactivo sobre el cristal de la nevera de los helados con una brocha de fibra de vidrio.

—¿Cómo vais con las huellas?

—Haberlas, haylas —responde este—. Lo malo es que un montón de ellas serán de clientes.

—Sácalas todas y después vamos descartando.

—Voy a tardar un huevo de tiempo...

—Me da igual. ¿Alguien sabe ya cuánto se han llevado?

—Seguramente muy poco —responde otro de los agentes—. Ahora que todo el mundo paga con tarjeta, no suelen tener más de doscientos euros en efectivo.

—Joder...

El inspector Moreno se asoma a la puerta y ve a la agente Navarro junto a una ambulancia, consolando a una señora que parece muy afectada. Tras cruzar unas palabras con los médicos del SUMMA y con un par de policías uniformados, la deja a su cuidado y vuelve con su jefe.

—Dice que no vio nada. Echó gasolina y, cuando entró a pagar, encontró a la víctima. Está muy alterada.

—Que dé gracias a que no llegase un poco antes, porque esos hijos de puta se la habrían cargado también a ella.

El oficial Jimeno se acerca a sus compañeros con la tablet en la mano.

—Ya me he descargado las imágenes.

—¿Se ve algo?

—Se ve todo.

La pantalla se divide en cuatro: en una parte aparece la tienda, en otra la caja, en la tercera los surtidores y la última muestra un plano general de la gasolinera. En la imagen de la caja se ve llegar a un hombre de alrededor de cincuenta años que compra dos barras de pan y una tarrina de helado de chocolate.

—Este es el último cliente —señala Jimeno mientras el hombre paga—. En cuanto se marcha...

A los pocos segundos de salir el hombre, de subirse corriendo en un coche negro de alta gama para protegerse de la lluvia y de incorporarse al tráfico, entran los atracadores. La violencia se desata enseguida. Uno de ellos, tras golpear con la culata de su pistola al dependiente, deja el arma sobre el mostrador. Cuando este se dispone a cogerla, el otro le dispara a quemarropa.

—¿Para qué cojones ha hecho eso? —pregunta Moreno—. Tenía que haber dejado que se llevaran lo que quisieran.

—Supongo que vio su oportunidad y quiso aprovecharla —responde la agente Navarro.

—Y por eso está muerto. De haberse quedado quietecito, ahora mismo le estarían poniendo un par de puntos en la ceja y para casa. —Se fija en los atracadores mientras abandonan la gasolinera—. Con las gorras y las putas mascarillas no se les reconoce.

—Fíjate en sus manos. Los muy gilipollas no llevan guantes.

El inspector Moreno vuelve a dirigirse al agente de la científica que aplica el reactivo con la brocha, ahora sobre el mostrador.

—Daos prisa con eso, por favor.

—En cuanto tengamos los resultados se los mandamos, tranquilo, pero hay un montón de huellas superpuestas y tardaremos un par de días en limpiarlas para poder meterlas en el SAID —responde el policía.

# 10

La guardería a la que va Alba está a las afueras del pueblo, en una casa baja con globos de colores pintados en la fachada y unos columpios y toboganes colocados en el patio. Indira dudó mucho antes de decidirse a dejar a su hija en aquel lugar —veía peligros mortales en cada rincón—, pero, como suele repetirle su madre, tiene que permitir que se relacione con naturalidad con otros niños. Si por ella fuera, esperaría sentada enfrente de la guardería hasta la hora de la comida para llevarla de vuelta a casa, como Forrest Gump esperaba a su hijo a diario en la parada del autobús, pero intenta obligarse a hacer cosas para sentirse más o menos normal.

Se pasa por el mercado a comprar unos encargos que le ha hecho su madre, va a recoger unas prendas de ropa a la mercería y entra en el Ayuntamiento a reclamar por undécima vez la devolución del IBI de la casa de sus padres, ya que este año les han pasado el recibo por duplicado. Está segura de que el funcionario que la atiende todas las semanas no le resuelve el problema adrede. Cada vez que va por allí, él le cuenta que lleva dos años separado y que, puesto que sabe que ella también está sola, tal vez podrían quedar a tomar algo algún día. Por más que ella le repite que no está interesada, ese hombre es inasequible al desaliento. Hay días en los que está tentada de denunciarle por acoso, pero le parece buena gente y a ella en el fondo le divierte sentirse deseada. Por desgracia para él, no se parece en nada a Iván Moreno.

Cuando vuelve a casa, se encuentra a la subinspectora María Ortega sentada con su madre a la mesa de la cocina.

—María, ¿qué haces aquí? —pregunta Indira sorprendida.

—Si cogieras el teléfono de vez en cuando, no necesitaría hacerme cuatrocientos kilómetros para felicitarte por tu cumpleaños...

—¿Eres feliz aquí? —pregunta María, una vez que la madre de Indira se ha marchado para que puedan hablar con intimidad.

—Tengo a mi lado a las dos personas que más quiero en el mundo.

—Esa es la típica respuesta evasiva que a ti te ponía de mala leche cada vez que te la daba un sospechoso.

—Me parece que es un buen lugar para criar a mi hija, al menos hasta que cumpla quince años y quiera largarse.

—Como tú...

—Como yo —confirma—. ¿Cómo están las cosas por la comisaría?

—Igual que siempre. Jimeno y Lucía a la gresca y Moreno cada día más amargado.

—¿Y eso?

—No ha levantado cabeza desde que mataron a su amigo y tú te largaste. —La subinspectora Ortega mira hacia la nevera, en cuya puerta hay varios dibujos infantiles y una foto de Alba jugando en la nieve—. ¿Se parece a él?

—Suele tocarme las narices bastante, si es lo que preguntas.

—Se va a volver loco cuando lo sepa.

—Estará encantado de que le presente a una hija educada y criadita y que no le pida nada a cambio.

—Puede que sí, puede que no.

Indira sabe que no es tan sencillo como ella dice y que Moreno le puede salir por cualquier lado. No quiere ni pensar que se empeñe en ejercer de padre y que pretenda llevarse a Alba cada dos fines de semana. Intenta convencerse de que, una vez que se le pase el cabreo inicial por no haberle contado que tiene una hija, querrá seguir con su vida y las dejará tranquilas. Pero teme, más aún que a los microbios y a las bacterias, que se interponga entre ella y la niña solo para hacerle daño. Siente que el momento de conocer su reacción está cada vez más cerca y eso le pone los pelos de punta, así que cambia de tema.

—¿Tenéis muchos casos abiertos?

—Los suficientes para que te incorpores y nos ayudes a cerrarlos. La crisis de después de la pandemia ha desquiciado a la gente y estamos sobrepasados.


Indira y la subinspectora Ortega van dando un paseo para recoger a Alba de la guardería. De camino hacia allí, se cruzan con un par de señoras que miran a la inspectora con animadversión y cuchichean algo antes de perderse por una de las callejuelas del pueblo.

—¿Y esas? —pregunta la subinspectora Ortega.

—Están enfadadas porque el año pasado dije que la caldereta de cordero que preparan para las fiestas municipales incumple todas las medidas de salubridad.

—Veo que tu especialidad sigue siendo hacer amigos.

—No hemos aprendido nada después del coronavirus, María. Yo pensaba que la gente se empezaría a tomar en serio la higiene, pero aquí ya comparten hasta los cubiertos como si nada.

—Es el carácter mediterráneo.

—Esto es Extremadura. Estamos a más de quinientos kilómetros del Mediterráneo.

La subinspectora Ortega se esfuerza por contener la risa cuando a su amiga se le desencaja la mandíbula al ver a la pequeña Alba salir de la guardería cubierta de pintura verde de la cabeza a los pies.

—¿Se puede saber qué te ha pasado, Alba?

—Me he manchado un poquito —responde la niña y mira a la subinspectora con curiosidad—. ¿Tú quién eres?

—Es mi amiga María.

—¿También eres policía?

—También, Alba. Trabajé en Madrid mucho tiempo con tu madre. —María se agacha frente a ella—. ¿Me das un beso?

La niña asiente sonriente y le da un beso. A Indira le hubiera encantado que ambas se desinfectasen antes de tocarse, pero no puede sino sonreír.

—Ya que María ha venido desde tan lejos —dice—, tendremos que ir a buscar a la yaya para celebrar las cuatro juntas mi cumpleaños.

La niña aplaude, emocionada.

—¿Podemos comer perrunillas, mamá?

—¿Qué es eso? —pregunta la subinspectora Ortega.

—Unas tortas hipercalóricas —responde Indira—. Notas cómo engordas según te las comes.

Las tres mujeres y Alba meriendan en la cafetería principal del pueblo. Cuando terminan, van dando un paseo hasta la iglesia de Nuestra Señora del Valle. Por petición de la niña, abuela y nieta van a comprar castañas para asarlas después de cenar.

—Mis padres no hacen más que recordarme que yo no me arranqué a hablar hasta los tres años y tu hija, recién cumplidos los dos, habla por los codos —dice María—. Tendrás que llevarla a un lugar donde desarrolle todo ese potencial, ¿no?

—Aquí estamos bien.

—Vamos, Indira. Sabes tan bien como yo que tu sitio no está en este pueblo, sino atrapando asesinos en Madrid. ¿Cuándo se te acaba la excedencia?

—En una semana. Si no pido un nuevo destino, dejaré de ser poli.

—¿Y qué vas a hacer?

Indira lleva días sin poder pegar ojo, dándole vueltas a esa misma pregunta. Por una parte le encantaría reanudar su antigua vida y hacer lo que mejor se le da en este mundo, pero ahora también tiene que pensar en Alba y en su madre. Si a Carmen le quitase ahora a la niña, se llevaría el disgusto de su vida. Por otra parte, ella tampoco podría volver a sus jornadas maratonianas en la comisaría y compaginarlo con su labor como madre. No hay conciliación posible si persigues asesinos. Se le ha ocurrido pedir a Carmen que las acompañe a Madrid, aunque no tiene claro si ella aceptaría. Y, de hacerlo, está lo de Moreno. En cuanto volviese a verlo, tendría que confesarle su secreto, y ese es su mayor temor.

Pero lo cierto es que lleva ya muchos días pensando en recuperar su antigua vida. Y el tiempo para hacerlo se le agota.

# 11

Como le dijo el encargado de dactiloscopia al inspector Moreno, en el laboratorio de la Policía Científica trabajan durante varios días con las muestras encontradas en la tienda de la gasolinera. La misma superficie que tocó uno de los atracadores la tocaron nueve personas diferentes, cuyas huellas latentes han quedado superpuestas y es muy complicado depurarlas. Una vez que consideran que las primeras son lo bastante nítidas, las escanean y las meten en el sistema para que busque coincidencias en las distintas bases de datos policiales.

—En cuanto estén los resultados me los pasas, Jiménez —dice el subinspector de la científica asomándose al laboratorio—. Los de homicidios llevan tocando los huevos todo el día.

—Yo hago lo que puedo, jefe.

Aunque intenta acelerar el proceso, lo más seguro es que todavía tarde bastante tiempo en hacer una identificación positiva. Casi nunca, y menos con huellas en las que ha habido que trabajar tanto, se consigue una coincidencia completa.

Según las va limpiando, Jiménez las introduce una por una en el fichero SAID, el Sistema Automático de Identificación Dactilar, y, como sospechaba, de las tres primeras no encuentra coincidencias, así que asume que serán de clientes sin antecedentes policiales. La cuarta sí da un resultado al sesenta por ciento, pero duda mucho de que el tal Federico Hernández sea uno de los atracadores, puesto que, según la ficha, se trata de un anciano detenido por agredir a un policía durante el confinamiento por COVID-19 de hace casi tres años. Con la quinta huella que introduce tampoco tiene suerte, pero con la siguiente obtiene el premio que esperaba: pertenece a Lucas Negro, un chico de veintidós años con múltiples antecedentes por agresión, tráfico de drogas y atraco a mano armada. Con toda certeza, se trata de uno de los atracadores.

—Tengo a uno de ellos, jefe —dice por teléfono—. OK. Te lo mando al correo.

Envía el resultado a su jefe y continúa analizando las tres huellas que le faltan. La séptima tampoco arroja ninguna coincidencia, pero, en cuanto mete la octava, siente que el suelo tiembla bajo sus pies.

—No puede ser... —dice para sí, con la voz temblorosa.

Revisa de nuevo la muestra para comprobar que no ha habido ninguna contaminación, la vuelve a escanear y la introduce en el sistema, esta vez buscando la comparación con alguien en particular. El ordenador solo tarda unos instantes en dar su veredicto: coincidencia superior al noventa por ciento.

Lo primero que piensa es que el programa se ha estropeado, con esos viejos trastos con los que tienen que trabajar no sería raro. Decide que, antes de decir nada a sus compañeros y de que estos se rían de él, debe hacer la comparativa a la vieja usanza, tal y como le enseñaron en la academia. Busca minuciosamente los puntos característicos y revisa las crestas una por una, deteniéndose en cada bifurcación, en cada curvatura e incluso en cada minúscula cicatriz. Al cabo de tres horas, solo le queda certificar que la coincidencia es de un noventa y ocho por ciento. El agente Jiménez está tan nervioso que tarda unos segundos en acertar con la flecha del ratón en el icono de la impresora. Recoge las copias y sale del laboratorio, sin conseguir centrarse en lo que le dice una compañera que va a su encuentro con unos papeles en la mano.

—¿Qué mierda te pasa, Jiménez?

Él no responde, atraviesa el pasillo sin hablar con nadie, entra en el ascensor y pulsa el botón de la cuarta planta. Mientras sube piensa que debió ir por las escaleras, porque el trayecto se le está haciendo eterno. Cuando se abren las puertas del ascensor, camina a toda velocidad hacia el despacho del comisario jefe. Ve a través del cristal que está reunido con varios altos mandos y con algunos inspectores, entre ellos Moreno. No hace caso de una secretaria que le dice que no puede entrar y abre la puerta. Todos en el interior lo miran sorprendidos. Jiménez intenta decir algo, pero solo consigue balbucir unas cuantas palabras inconexas.

—¿Qué coño haces, Jiménez? —le pregunta Moreno—. No te estará dando un ictus o algo así, ¿verdad?

—¿Puedo beber un poco de agua, señor? —atina a preguntar al comisario.

Este le da permiso con un gesto y el agente Jiménez se sirve un vaso de agua derramando la mitad, como si padeciese un párkinson avanzado. Una vez que consigue bebérselo, coge aire y mira a los presentes, que lo observan con curiosidad.

—¿Nos explicas por qué has interrumpido así una reunión?

—Lo siento mucho, señor, pero es que estaba buscando coincidencias con las huellas de la gasolinera y ha pasado algo.

—¿De qué gasolinera hablas? —pregunta el comisario empezando a perder la paciencia.

—Hace un par de días un dependiente murió en un atraco a una gasolinera cerca de Alcobendas —contesta el inspector Moreno—. Jiménez es uno de los especialistas de la científica destinados al caso.

—La mayoría de las huellas no han arrojado coincidencias —continúa Jiménez—, hasta que he encontrado la de un chico con múltiples antecedentes que ya he hecho llegar a mi superior inmediato. Después ha habido otra sin identificar hasta que...

El agente se calla, tragando saliva. Su estado hace que todos los presentes se contagien de su nerviosismo.

—Hasta que... ¿qué?

—Hasta que la octava huella que he introducido en el SAID me ha dado una coincidencia de más del noventa por ciento. He decidido asegurarme haciendo el análisis manual y la coincidencia ha sido cercana al cien por cien.

—¿A quién has encontrado, hijo? —pregunta el comisario.

—Al peor asesino de la historia reciente de España, alguien que hace treinta años cometió un crimen terrible y a quien todos dábamos por muerto. Pero resulta que está vivo, y está en Madrid. —Vuelve a coger aire, armándose de valor para decir en voz alta su nombre—. Hemos encontrado a Antonio Anglés, señor.

**II**

# 12

A pesar de todo lo que se ha escrito sobre aquel fatídico viernes 13 de noviembre de 1992, no se trató de algo premeditado. El hambre de sexo y de violencia siempre estaba presente, nunca se podía saciar, pero Antonio Anglés se habría conformado con desahogarse con alguna de las drogadictas que le complacerían por una dosis de heroína o incluso con ir a un prostíbulo que conocía a las afueras de Valencia, donde había chicas que se dejarían hacer todo lo que él quisiera por unos cuantos miles de pesetas. El problema era que quizá no le permitiesen entrar; la última vez que fue se imaginó que a quien tenía a sus pies era a Nuria −una chica a la que vejó, violó y estuvo a punto de matar después de tenerla encadenada durante varios días por haberle robado droga− y se le fue demasiado la mano. Por aquello, Anglés estaba cumpliendo ocho años de condena en la Modelo de Valencia, hasta que en uno de los permisos decidió no volver para terminar lo que empezó. Pero todavía no había conseguido dar con ella y su frustración y su rabia estaban a punto de hacerlo saltar todo por los aires.

−No te rayes, Antonio −le dijo Ricart intentando evitar uno de sus habituales ataques de ira−. Pasa de ella.

Miguel Ricart, el Rubio, era un yonqui sin mucha suerte en la vida al que uno de los hermanos de Antonio encontró durmiendo en un banco del parque después de que su madre hubiese muerto y de que su padre, a quien él siempre definió como un borracho y un maltratador, le echase a patadas de casa. Le invitó a acompañarle y, desde entonces, era considerado un miembro más de la familia Anglés. De Antonio, lo único que quería era conseguir una papelina que pudiese evadirle por un rato de su mísera vida. A cambio, estaba dispuesto a todo.

—Una polla voy a pasar después de lo que esa zorra contó en el juicio. Y no me llames Antonio, joder. Como se te escape por ahí con alguien delante y me devuelvan al trullo, te corto los huevos. De ahora en adelante Rubén, ¿estamos?

Miguel asintió y siguió viendo la tele. A aquellas horas de la tarde, aparte de Antonio, en casa de los Anglés estaban sus hermanos Enrique y Mauri trasteando en la cocina, su hermana Kelly, como siempre encerrada bajo llave en su habitación, y un par de drogadictos durmiendo en algún rincón después de haberse metido el chute que allí mismo les habían vendido. Neusa, la madre del clan, apuraba sus últimos minutos de descanso tras pasar la noche sacrificando pollos en el matadero, a punto de levantarse para otra agotadora sesión. El olor a sangre y a miseria, por unos o por otros, era algo habitual en aquella casa.

Miguel vio cómo su amigo cogía otro Rohypnol y se temió lo peor al ver que se lo tragaba con un sorbo de cerveza. A diferencia de todos los que estaban a su alrededor, Antonio no se drogaba, no fumaba y casi nunca bebía. Su única adicción eran los tranquilizantes y, dependiendo de cómo se los tomara, buscaba un efecto o el contrario; si lo hacía con agua, era para relajarse, pero si lo acompañaba de alcohol, era porque sus demonios estaban rondándole una vez más.

—Ahora en un rato salimos tú y yo, Rubio.

—¿Adónde?

—A dar una vuelta por ahí.

Miguel Ricart asintió, sumiso. Aunque a él le apetecía quedarse fumando hachís y algún chino en la plaza de Catarroja, a Antonio no se le discutían las órdenes.

A pocos kilómetros de allí, en Alcàsser, un pequeño municipio cuyo nombre quedaría desde aquella noche grabado a fuego en la memoria de todos los españoles, Miriam, Toñi y Desirée, tres adolescentes de entre catorce y quince años, salían de los recreativos del pueblo tras haber echado unas partidas al recién estrenado Mortal Kombat.

—¿Entonces vamos a Coolor? —preguntó Toñi.

—Una de dos, tía —contestó Miriam—; o vamos a casa de Esther o a la disco.

—Nos da tiempo a las dos cosas.

—Si no tenemos las cuatrocientas pelas para comprar la entrada. O yo, por lo menos, no las tengo —dijo Desirée—. ¿Por qué te empeñas en ir?

—¿Por qué va a ser? —respondió Miriam sonriente—. ¿Qué te juegas a que nos encontramos a José en el aparcamiento?

—Hombre, no —dijo Toñi sin poder ocultar su sonrisa—. A ver si no por qué me he pintado como una puerta.

Las tres rieron y llegaron al portal de su amiga Esther, que estaba en casa con gripe. Subieron y estuvieron charlando, viendo la tele, jugando a las cartas y presenciaron una agria discusión entre la chica y su madre, que no le dio permiso para salir por más que ella jurase que ya se encontraba bien. A eso de las ocho, Toñi volvió a insistir en ir a la discoteca. Aunque ya se había hecho tarde y a las diez tenían que estar de vuelta en casa, ni Miriam ni Desirée pensaban dejar a su amiga colgada, y la primera llamó por teléfono a su casa para ver si su padre las podía acercar a Picassent. Pero aquel día el hombre tampoco se encontraba bien y su madre le dijo que lo dejasen tranquilo, algo que a ambos les lleva torturando desde entonces.

—Igual nos da tiempo a coger el bus —dijo Desirée.

—Con lo que tarda, según lleguemos tendremos que volvernos. Lo mejor es que hagamos dedo.

Nada más salir de casa de Esther, tuvieron el último golpe de suerte de sus cortas vidas: una pareja las recogió y las dejó en una gasolinera a escaso kilómetro y medio de la discoteca Coolor. Atravesaron el pueblo riendo y burlándose del nerviosismo de Toñi, pero a esta se le congeló la sonrisa cuando vio al chico que le gustaba pasar en dirección contraria con su vespino.

—Mierda... —dijo Toñi decepcionada tras saludarlo con la mano—. Os dije que teníamos que haber venido antes.

—Seguro que mañana vuelve y lo ves, tranqui.

—¿Qué hacemos? ¿Nos piramos a casa? —preguntó Toñi desinflada.

—Ya que nos hemos arreglado, que nos vean los del insti de Picassent, ¿no? —dijo Miriam.

Toñi y Desirée estuvieron de acuerdo con su amiga y las tres continuaron su marcha hacia la discoteca, muy animadas, a pesar de saber que en menos de una hora tendrían que desandar el camino.


—Mira a esas, Rubio.

Antonio Anglés, sentado en el asiento del copiloto del Opel Corsa blanco, señaló al otro lado de la carretera. Miguel Ricart miró hacia allí y vio a las tres chicas caminando por la cuneta. A lo lejos, a poco más de quinientos metros, ya se veían las luces de la discoteca, donde se apuraban los últimos minutos de la sesión de tarde. El Rubio sabía lo que su amigo pretendía, ya le había contado muchas veces sus más oscuras fantasías, y ni siquiera a él le parecían bien, aun habiendo demostrado demasiadas veces no tener ninguna clase de escrúpulos.

—Son unas crías, tío.

—Mejor. Así se resisten menos —dijo Antonio Anglés—. Páralas.

# 13

Las dos unidades del Grupo Especial de Operaciones, el equipo al completo del inspector Moreno y seis agentes de apoyo aguardan dentro de dos furgones a varias calles de distancia del chalé donde vive Antonio Anglés con su mujer y sus dos hijos. Observan el exterior a través de una cámara oculta que lleva un policía que se hace pasar por un repartidor de Amazon. Gracias a la grabación de la gasolinera donde encontraron sus huellas —en la que se veía la matrícula del coche que conducía—, han podido averiguar que el asesino utiliza la documentación de un ciudadano mexicano llamado Jorge Sierra González desde hace algo más de quince años y que llegó de Argentina hace seis para montar una empresa de reformas.

—¿Por qué no se quedaría viviendo allí? —pregunta la subinspectora María Ortega después de regresar de ver a Indira y encontrarse con la noticia más sorprendente de toda su carrera como policía.

—Cualquiera sabe —contesta Moreno—. Lo mismo les cogió el corralito de lleno y tuvieron que salir por patas.

—El corralito fue en diciembre de 2001 —dice el oficial Óscar Jimeno negando con la cabeza— y se supone que él volvió a España en 2016.

—Ya llega —dice la agente Lucía Navarro.

Todos observan la pantalla conteniendo la respiración. El agente disfrazado de repartidor entra en una calle con chalés a ambos lados. En la calzada, un grupo de niños le dan patadas a un balón mientras otros se apiñan alrededor de una niña que juega muy concentrada con una consola.

—No me hace gracia que haya tantos niños —dice el inspector Moreno—. En menos de nada se podría formar un pifostio de narices.

—Sus hijos también están en la calle. No creo que quiera ponerlos en peligro —responde la agente Navarro.

—¿Tú no te has leído su expediente, Navarro? Ese hijo de puta es capaz de degollarlos con tal de escapar.

Todos vuelven a mirar la pantalla, donde el falso repartidor sube unas escaleras y llama a una puerta. Abre Valeria Godoy, de unos cuarenta y cinco años, guapa y con mucha clase.

—¿Sí?

—¿Silvia López?

—Te equivocaste, flaco —responde la mujer con acento argentino—. Aquí no vive ninguna Silvia.

—¿Este no es el número tres de la calle Olmo? —El repartidor mira la etiqueta del pequeño paquete aparentando desconcierto.

—Es el tres, pero de la calle Olivo. Esperá. —La mujer se gira hacia el interior—. ¡Jorge, ¿podés salir un momento?!

A los pocos segundos sale el marido. Mira al repartidor con desconfianza, la misma con la que suele mirar a todo el que se le acerca y no ha visto antes. El policía encubierto intenta contener la excitación que le produce saber que está frente al hombre más buscado desde dos años antes de que él naciera. Ahora que lo ve de cerca, puede encontrarle el parecido con las decenas de fotos de Antonio Anglés que lleva examinando desde ayer, aunque esté mucho más gordo y más viejo.

—¿Qué pasa? —pregunta Anglés.

—Se equivocó de calle —responde la mujer—. ¿Vos sabés dónde queda Olmo?

—Es la calle de atrás.

Los policías que aguardaban la confirmación visual de la presencia de Antonio Anglés dentro de la casa se han puesto en marcha nada más aparecer él en la pantalla. Mientras corren hacia allí y cubren todas las posibles vías de escape, le están pidiendo al repartidor a través de un pinganillo que intente entretenerlo hasta que ellos lleguen.

—Según mi GPS, estoy en la calle correcta.

—Entonces tu GPS está jodido.

—¿Y no será que esta calle antes se llamaba Olmo y la han cambiado hace poco? La verdad es que llevo sin actualizarlo un montón de tiempo.

Cuando la mirada de Antonio Anglés se encuentra con la del repartidor, el asesino comprende qué está pasando. Mira por encima de su hombro y ve a media docena de geos corriendo hacia allí y a otros tantos agentes de paisano retirando a los niños de la calle. Siempre fue consciente de que esto podría ocurrir en algún momento y sabe muy bien lo que tiene que hacer. Sin entretenerse en protestar o en mostrar su sorpresa, se da la vuelta para huir por la parte trasera, pero cuatro geos más revientan el cristal del jardín y entran en el salón.

—¡Policía, las manos en la cabeza!

La mujer de Anglés grita asustada al ver a esos hombres armados en mitad del salón, sin tener ni idea de qué buscan allí. Antonio analiza sus opciones, pero enseguida se da cuenta de que se ha quedado sin ninguna. El inspector Moreno llega por su espalda y le da una fuerte patada en las corvas, lo que hace que sus piernas flojeen y que caiga de rodillas al suelo.

—¡Como muevas un solo músculo te vuelo la cabeza, Antonio!

Dos geos terminan de tumbarle en el suelo y le esposan.

—¡Esto es un error! —grita Valeria—. ¡Mi marido se llama Jorge Sierra y no ha hecho nada!

La subinspectora Ortega y la agente Navarro contienen a la mujer mientras Moreno procede a la detención del fugitivo. Lo que más sorprende a Valeria es que, mientras le leen los derechos y le llaman Antonio, él no proteste ni diga que se están equivocando de hombre. En cuanto lo levantan ya esposado del suelo y pasa por su lado, lo mira desconcertada.

—¿Qué está pasando, Jorge?

—Avisa al abogado —responde él con frialdad.

# 14

El inspector Moreno observa a Antonio Anglés con curiosidad. El detenido permanece esposado en el pasillo de los calabozos a la espera de que le tomen las huellas y la primera declaración. Lo que más inquieta al policía es que no muestre ningún signo de nerviosismo. Quiere pensar que, después de toda una vida huyendo, por fin puede descansar.

—De creer que seguías vivo —dice sin perder detalle de sus reacciones—, jamás hubiera apostado por encontrarte en España. ¿Es una especie de burla hacia las familias de tus víctimas o algo así?

Antonio se limita a sonreír y continúa a lo suyo, como si esto no fuese con él. Sigue habiendo algo en su forma de actuar que pone al policía los pelos de punta. Cuando terminan con la rutina de ingreso, le acompaña hasta los calabozos y sube a hablar con el comisario. Este le invita a entrar en su despacho con un gesto mientras termina de hablar por teléfono. Por la satisfacción que muestra y cómo se lo cuenta a su interlocutor, parece que haya sido él personalmente quien encontró las huellas y después detuvo al asesino.

—¿Ya está encerrado? —pregunta nada más colgar el teléfono.

—Sí —responde Moreno—. Le he puesto vigilancia las veinticuatro horas.

—Cojonudo. Hay que llevar esto con la máxima discreción posible. Mañana daré una rueda de prensa antes de que se filtre y nos jodan la sorpresa. ¿Cómo es?

—No ha abierto la boca en todo el viaje, pero a mí me da muy mal rollo. El tío parece estar por encima del bien y del mal.

—Lleva treinta años fugado, así que es normal que se sienta invencible.

—Lo que sí me ha parecido es educado, y eso no cuadra con lo que llevo escuchando toda la vida de él. Siempre lo han pintado como un monstruo y resulta que viste bien y se hace la manicura.

—No os habréis equivocado de hombre, ¿verdad? —pregunta el comisario asustado.

—Tan gilipollas no somos, jefe.

—Entonces será que ha madurado. Ya tiene más de cincuenta años. —El comisario mira al inspector con condescendencia y decide cambiar de tema. Por su expresión, se trata de algo bastante incómodo para él—. Ahora debo comentarte una cosa, Moreno. Algo que no va a hacerte mucha gracia.

—¿De qué se trata?

—Pues... el caso es que... será mejor que lo veas con tus propios ojos. —Descuelga el teléfono y pulsa un botón—. Que pase.

El comisario vuelve a colgar ante la intrigada mirada del inspector Moreno. A los pocos segundos, la puerta se abre y entra la inspectora Indira Ramos. De primeras, Iván no consigue reaccionar, sorprendido por verla después de casi tres años. A él le han salido unas cuantas canas en la barba, pero en ella apenas se nota el paso del tiempo. Cuando se da cuenta de que está frente a la mujer que más ha querido y odiado en su vida, se esfuerza para crispar el gesto.

—Hola, Iván —Indira lo saluda con cordialidad.

—¿Ya se te han acabado las vacaciones?

—En efecto —interviene el comisario—. Por suerte para nosotros, la inspectora Ramos ya ha terminado su excedencia y se incorpora hoy. Sé que entre vosotros hubo ciertas diferencias en el pasado, pero confío en que seáis profesionales y os comportéis como adultos.

—Enhorabuena por tu detención de esta mañana —dice Indira, intentando mostrarse amable—. Antonio Anglés, nada menos.

El inspector Moreno ignora su felicitación y se vuelve hacia el comisario.

—No querrá meterla en mi equipo, ¿verdad?

—Técnicamente es mi equipo —matiza Indira sin dejarse avasallar—. Si mal no recuerdo, yo los seleccioné a todos, incluido a ti.

—¡Te largaste sin decirle nada a nadie, joder! —Moreno se revuelve contra ella.

—¿Qué queríais que hiciese si me insultaste y me acusaste de ser la culpable de la muerte de tu amigo?

—Era la puta verdad.

—Lo siento mucho, pero yo no tengo la culpa de que tu amigo fuese adicto, y menos de que fuese a comprar droga en un lugar donde había hecho una redada hacía menos de un año. ¿En qué cabeza cabe?

En solo unos pocos segundos, el inspector Moreno ha recordado por qué la odiaba tanto. Aprieta los dientes, trabado de rabia. El comisario lo percibe y se adelanta, intentando poner paz.

—Tranquilidad, por favor. El equipo no es de ninguno de los dos. Sois mis mejores policías y necesito que trabajéis mano a mano. Aparte de lo de Anglés, hay varios casos más abiertos que necesito que cerréis.

—Como te cruces en mi camino —le dice Moreno a la inspectora Ramos—, te juro que te hago la vida imposible.

—O sea, que estamos igual que antes de marcharme —responde ella conservando la calma.

—No, estamos mucho peor. Lo de la fosa séptica en la que te caíste no va a ser nada comparado con el pozo de mierda en el que te voy a meter yo.

Indira lo mira dolida y el inspector Moreno se marcha del despacho sin despedirse. Al volverse hacia el comisario, este fuerza una sonrisa.

—Bienvenida, Ramos. Te hemos echado de menos.

—Ya lo veo, ya.

# 15

—¿Vais a Coolor? —preguntó Anglés a las niñas bajando la ventanilla del Opel Corsa blanco.

—Sí...

El coche era de tres puertas, así que Antonio se bajó y empujó el respaldo de su asiento contra el salpicadero, invitándolas a pasar detrás.

—Subid.

Las chicas se miraron dubitativas. La discoteca ya quedaba cerca, pero todavía les faltaba un trecho y estaban cansadas de andar. Anglés percibió sus dudas y trató de tranquilizarlas esbozando esa sonrisa seductora que tan bien le funcionaba tanto con hombres como con mujeres.

—Ya entiendo. Vuestros padres os han dicho que no subáis al coche de unos desconocidos, así que nos presentaremos. Él es mi colega el Rubio y yo soy Rubén.

—Tú no te llamas Rubén —dijo Miriam—. Tú eres uno de los hermanos Anglés.

—¿Nos conoces?

—Todo el mundo os conoce —contestó la chica—. Sois los chorizos oficiales de Catarroja.

Sus amigas contuvieron la risa. Mientras sonreía, Antonio decidió que a esa bocazas, la más guapa de las tres, sería a la que más daño haría. Si no era esa noche, sería otra, pero ya se la tenía jurada.

—No deberías hacer caso de las habladurías, niña. Pero si sabes mi apellido, ya no soy un desconocido. ¿Subís o no?

Miguel Ricart empezaba a impacientarse por llevar allí detenido tanto tiempo y se inclinó para asomarse por la puerta del copiloto.

—Subid de una vez, que yo no puedo estar más rato parado en la carretera.

Miriam, Toñi y Desirée volvieron a cruzar sus miradas, vacilantes. La mayor parte de las decisiones que uno toma no tienen trascendencia; algunas son acertadas y otras algo menos, pero las hay de un tercer tipo que pueden cambiarte la vida. Y, por desgracia para las tres niñas, lo que decidieron aquella noche pertenecía a estas últimas.

—Venga —les dijo finalmente Toñi a sus amigas—. Cuando lleguemos a la disco ya se habrá pirado todo el mundo.

Desirée fue la primera en subir y se acomodó detrás de Miguel Ricart. Después entró Miriam y, por último, Toñi. Antonio Anglés devolvió el asiento a su posición, se sentó y cerró la puerta. Después miró a su compinche con una sonrisa siniestra que incluso a él le puso los pelos de punta.

—Dale, Rubio. Esta va a ser la mejor noche de nuestra vida.

Miguel Ricart arrancó y Antonio Anglés se volvió para hablar con las chicas. Miriam se incomodó al notar cómo las miraba. Fue la primera en sentir que no debían estar ahí, que si a ese tío se le ocurría hacerles algo, no tendrían por dónde escapar.

—¿Habéis quedado con vuestros novios? —preguntó Anglés.

—Sí —se apresuró a contestar Miriam—. Llevan un buen rato esperándonos. Ya deben de estar preocupados por nosotras.

—¿Ah, sí? —Desiré la miró, divertida—. Y yo sin enterarme.

—Buen intento —dijo Antonio sonriente, sin apartar la mirada de Miriam.

La chica apretó a la vez los muslos de sus dos amigas con tanta fuerza que ellas no necesitaron más para comprender lo que quería decirles. Toñi vio los ojos de Ricart a través del retrovisor y este los bajó, cobarde, confirmándole que estaban en un verdadero apuro y que él no iba a hacer nada por ayudarlas.

—¿Queréis una rayita? —preguntó Anglés.

—No, gracias. —Desirée también se percató de lo que pasaba—. Podéis dejarnos por aquí. No queremos que nuestros novios nos vean llegar con vosotros y se mosqueen.

—De repente te has acordado de que tienes novio, ¿no, bonita? Enseguida te llevamos con él, pero antes de ir a la disco tenemos que pasarnos por un sitio. Písale un poco, Rubio —dijo mirando a Ricart.

Este obedeció una vez más y pasó de largo el aparcamiento de la discoteca Coolor, a esa hora llena de chicos y chicas que salían del local para seguir bebiendo, riendo y ligando al aire libre. Miriam, Toñi y Desirée protestaron, exigiendo a gritos que las dejasen irse, pero Antonio la emprendió a golpes con ellas.

—¡Callaos la puta boca, joder! ¡No quiero oír ni un grito más!

—Dejad que nos vayamos —rogó Toñi—. Tenemos que estar en casa a las diez.

—Id haciéndoos a la idea de que esta noche llegaréis un poquito tarde.

—No, por favor. —Las lágrimas de Desirée se mezclaban con la sangre que le brotaba de la nariz a causa de un golpe—. ¡Dejadnos salir!

Anglés volvió a golpearlas con saña y, al ver que seguían llorando y protestando, sacó su pistola y les apuntó con ella, apoyando el cañón en el respaldo de su asiento.

—A la próxima que diga una puta palabra le meto una bala en la cabeza, ¿está claro?

Las niñas, a pesar del profundo terror que sentían, procuraron no hacer ningún ruido, comprendiendo que ese salvaje no estaba bromeando. Las tres se agarraban las manos sobre las piernas de Miriam, pensando que, si se mantenían juntas, nada malo les iba a pasar. Miguel Ricart, que durante todo el trayecto había permanecido callado, por fin se atrevió a hablar.

—¿Adónde vamos?

—A La Romana. Allí estaremos tranquilos.

Ricart condujo en silencio durante los más de veinte kilómetros que faltaban para llegar a la localidad de Tous. Una vez allí, se desvió por un camino de tierra que ascendía hacia la montaña y se detuvo cuando el coche ya no pudo subir más debido al mal estado en el que se encontraba el camino.

—¿Qué coño haces? Tira un poco más.

—El coche no puede con tanto peso. Tendremos que seguir andando.

Antonio Anglés maldijo en voz baja y salió del coche.

—Todas fuera.

Ellas obedecieron y, al sentir el intenso frío de la montaña, se apretujaron unas contra otras.

—¿Adónde nos lleváis?

—A buscar setas, no te jode —respondió Anglés—. Vosotras seguid al Rubio. Y calladitas, no me pongáis de mala hostia.

Miguel Ricart echó a andar por el camino alumbrándose con una linterna que sacó del maletero y las niñas le siguieron. Antonio Anglés cerró la comitiva apuntándolas con la pistola. A pesar de que tardaron más de veinte minutos en llegar hasta la caseta abandonada a la que solía ir cada vez que necesitaba quitarse unos días de la circulación, no se le pasó por la cabeza que lo que quería hacer con esas crías era una locura. Llevaba mucho tiempo deseándolo y había llegado el momento de cumplir sus fantasías.

La caseta de La Romana era una construcción de piedra de dos plantas abandonada en mitad del monte, llena de escombros y de desperdicios, el lugar perfecto para cometer la mayor aberración de la historia reciente de España sin que nadie pudiese escuchar los gritos y las súplicas. Miriam, Toñi y Desirée se estremecieron al ver el lugar donde pretendían meterlas y se detuvieron, con más miedo a ese caserón —quizá intuyendo lo que allí dentro les sucedería— que a la pistola de Antonio Anglés.

—No nos obliguéis a entrar ahí, por favor —suplicó Miriam—. Esa casa está en muy mal estado y es peligroso.

Miguel Ricart, cansado tras la caminata y con ganas de quitarse las piedrecitas de las zapatillas, comprendió que sería más fácil calmarlas que hacerlas pasar a la fuerza.

—Tranquilas —dijo con voz pausada—, nosotros venimos bastante y está mejor de lo que parece por fuera. Arriba tenemos bebida y unos sillones en los que podemos descansar antes de llevaros a casa.

—Si entramos, ¿dejaréis que nos marchemos? —preguntó Desirée.

—Claro que sí —respondió Ricart—. Solo tomaremos algo, nos fumaremos unos canutos y nos volvemos. Os lo juro.

Las niñas se aferraron a su promesa y cedieron. La caseta aún tenía peor pinta por dentro que por fuera y el Rubio notó sus titubeos.

—El piso de abajo está hecho una mierda, la verdad, pero arriba está de puta madre.

Miguel Ricart subió por una angosta escalera de piedra y las tres niñas le siguieron. En esta ocasión fue Toñi, al sentir el aliento de Anglés en su nuca, la primera en darse cuenta de que cada vez se hacía más difícil huir. Al llegar al piso superior descubrieron que estaba en tan mal estado como la planta baja; aparte de suciedad, había dos colchones putrefactos y un sólido pilar de madera que iba desde el suelo hasta el techo. A un lado, un rollo de cuerda parecía estar esperándolos.

# 16

La reincorporación de Indira es celebrada por casi todos sus compañeros, algo que a ella le sorprende más que nada en el mundo. La inspectora Ramos, que siempre había sido el hazmerreír y el blanco de todas las críticas, es recibida como el hijo pródigo que vuelve al hogar.

—¿Entonces ya estás curada, jefa? —pregunta el oficial Jimeno después de darle dos besos y no percibir lo mal que se lo hace pasar.

—Nunca he estado enferma, Jimeno.

—Vamos que no. Antes eras más rara que un perro verde. No había Dios que aguantase esa manía tuya de tenerlo todo impoluto, por no hablar de lo de lavarte las manos tropecientas veces al día o de cambiarte de ropa a la mínima. Eras insufrible. ¡Ah! Y lo de no poder desayunar delante de ti por miedo a que se fuera a caer una miguita era para matarte.

Todos lo miran en silencio, con cara de circunstancias.

—¿Qué? —pregunta él desconcertado.

—¿Cuánto cociente intelectual dices que tienes, Óscar? —pregunta la agente Lucía Navarro.

—El suficiente, ¿por qué?

—Porque no lo parece, melón.

El oficial Jimeno se pone rojo como un tomate.

—¿No jodas que sigues igual, jefa?

—Déjalo, Jimeno. —La subinspectora María Ortega se vuelve hacia Indira—. ¿Te has encontrado ya con Moreno?

—En el despacho del comisario.

—¿Y cómo se lo ha tomado?

Antes de que Indira pueda responder, entra el inspector Moreno. Lleva una bolsa de plástico con un gran bulto en su interior y se sienta a la cabecera de la mesa, marcando las distancias.

—A trabajar todo el mundo. Ahora que la inspectora Ramos nos ha honrado con su presencia, vamos a repartirnos los casos que tenemos abiertos.

—¿Vas a desmantelar el equipo, jefe? —pregunta Navarro asustada.

—Aquí nadie va a desmantelar nada, pero como hay dos inspectores al mando no vamos a ir todos en comandita.

—Demasiados gallos en este gallinero, me parece a mí —masculla la subinspectora Ortega.

—¿Decías, Ortega?

—Nada.

—Bien. Pues sentaos de una vez y empecemos a repasar los casos.

Todos se sientan y el inspector Moreno pone la bolsa de plástico sobre la mesa, de la que saca dos botas cubiertas de barro. Sus compañeros lo miran alucinados. Solo Indira comprende qué intenta.

—¿Se puede saber qué haces? —pregunta la agente Navarro.

—Comportarse como un crío, eso hace —responde la inspectora Ramos.

—¿Te molesta que limpie mis botas de campo? —pregunta él, provocador.

—Estarás conmigo en que una sala de reuniones no es el lugar más adecuado.

—¿A alguien más le importa?

Aunque todos quieren decir que sí, ninguno se atreve a abrir la boca. El inspector Moreno sonríe.

—Ya ves que la única rarita aquí sigues siendo tú, Indira. —Mira a la subinspectora Ortega—. Adelante, María.

Mientras la subinspectora comenta que dos de los tres atracadores de la gasolinera ya han pasado a disposición judicial y el conductor está identificado y en busca y captura, el inspector Moreno quita con parsimonia los pegotes de barro de sus botas, que van a parar al suelo y sobre la mesa. Indira pensaba que, después de parir una niña y haber tenido que cambiar pañales, limpiar mocos y hasta vómitos, ya estaba curada de espanto. Pero como le dijo su psicólogo cuando se enteró de que estaba embarazada, a un hijo se le aguanta todo. Ahora, mirando a su alrededor, se da cuenta de que vivía en una burbuja y de que no podrá soportar estar rodeada de tanto desorden y suciedad. No solo es el barro que se acumula sobre la mesa, sino también la cafetera, que nadie parece haber limpiado en varias semanas, los paquetes de galletas abiertos y a medio comer, la papelera llena de toda clase de desperdicios, las persianas descuadradas y llenas de polvo, y la pizarra con restos de letras en diferentes colores de casos anteriores. «¿Tan difícil será pasar un paño húmedo cuando se cambia de caso, joder?», se pregunta.

Y después están los miembros de su equipo. Aparte del ahora inspector Moreno, al que prefiere no mirar, se fija en que el oficial Jimeno está mal afeitado, en que la subinspectora Ortega va mal conjuntada y en las uñas de la agente Navarro, que parece haberlas metido en un sacapuntas eléctrico.

—¿Indira? —pregunta la subinspectora María Ortega después de hacerle una pregunta de la que la policía ni se ha enterado.

—Sí, esto... —titubea, volviendo a la tierra—, ¿nos dejáis solos un momento, por favor?

—¿A quién? —pregunta el oficial Jimeno.

Tanto la agente Navarro como la subinspectora Ortega lo han captado a la primera y se llevan a su compañero casi en volandas. Una vez que se quedan solos, Indira e Iván se miran con menos odio que tristeza.

—Siento muchísimo lo de tu amigo —dice Indira.

—Llegas un poco tarde, ¿no crees? Unos tres años.

—Te fuiste de mi casa dando un portazo después de decir que no querías volver a saber de mí, Iván.

—Y era verdad. Aquí hemos estado de puta madre todo este tiempo. No sé por qué coño has tenido que volver.

—Porque soy policía, porque me gusta mi trabajo y porque...

Indira se calla. Ha pensado un millón de veces en cómo decirle que tienen una hija en común, aunque ahora que ha llegado el momento no encuentra el valor necesario. Sabía que el hecho de habérselo ocultado durante tres años supondrá otro conflicto y no le importaba demasiado, pero hasta que no le ha tenido delante no se ha dado cuenta de que lo que necesita es acercarse a él, no alejarse. Creía que después de todo este tiempo sus sentimientos por Iván habrían desaparecido por completo, pero al igual que su TOC, solo estaban dormidos. Y lo peor es que intuye que él siente lo mismo, por mucho que se esfuerce en demostrarle desprecio.

—Porque ¿qué? —pregunta Iván al ver que su silencio se prolonga más de la cuenta.

—Porque me parece absurdo que estemos así por una...

Indira consigue detenerse antes de decirlo. A Iván le basta lo que ha escuchado para endurecer todavía más el gesto.

—Por una gilipollez, ¿no? ¿La muerte de Dani te parece una gilipollez?

—Yo no he dicho eso.

—Lo piensas, Indira. Para ti solo era un drogadicto y un poli corrupto, pero era mucho más, te lo aseguro. Fue él quien me sacó de las calles y quien me dio una oportunidad, y tú le jodiste la vida.

—Se la jodió él colocando una prueba falsa en la escena de un crimen.

—¡Estaba frustrado por no poder meter a un asesino en la cárcel! ¿Sabes lo que hizo ese tío el año pasado? Degolló a una señora para robarle el monedero. Si no llega a ser por ti, habría estado cumpliendo condena. Ahora dime cuál de los dos es una puta mierda de policía, ¿tú o él?

El inspector Moreno sale de la sala de reuniones dando un portazo. Indira se queda hecha polvo, y más cuando se sienta frente al ordenador y comprueba que es cierto, que el hombre al que pretendía incriminar el amigo de Moreno no dejó de delinquir desde entonces, hasta que hace dieciocho meses le quitó la vida a una mujer de ochenta años. No se arrepiente de haber hecho lo correcto, pero en ocasiones como esta es muy complicado mantenerse firme en sus convicciones.

# 17

—Si no me equivoco, el crimen del que se me acusa prescribió hace diez años.

Antonio Anglés sigue conservando la calma en la sala de interrogatorios, a pesar de que todos los ojos están puestos sobre él. Además de un par de agentes en el interior y de los cuatro policías (entre ellos el comisario) que observan desde detrás del cristal, está bien resguardado por Alejandro Rivero, su abogado, un hombre muy bien parecido de alrededor de cuarenta años que oculta como puede el desprecio que siente por su cliente después de conocer su verdadera identidad. Aunque el triple crimen de Alcàsser ocurrió cuando él tenía diez años, es algo que siempre se ha mantenido vivo en la memoria colectiva. Escuchar su apellido le provoca escalofríos, pero su obligación es defenderlo lo mejor que pueda.

Hace cuatro o cinco años, antes de la pandemia, Anglés se presentó en su bufete como un ciudadano mexicano llamado Jorge Sierra. Solicitaba los servicios de un abogado laboralista, ya que necesitaba despedir a algunos trabajadores de su empresa de reformas y buscaba asesoramiento. Alejandro es penalista y en nada le podía ayudar, pero desde el primer momento notó que mostraba interés por él; siempre que iba a la oficina pasaba a saludarle por su despacho, un par de veces le invitó a un palco en el Santiago Bernabéu, otras tantas le envió entradas para el teatro, botellas de vino caro por Navidad e incluso pasó unos días de vacaciones con él y su familia. El abogado nunca supo qué había detrás de tantas atenciones, hasta ahora. Ese hombre solo quería tenerlo a mano si al fin sucedía lo que acababa de pasar.

—En efecto —dice Alejandro—, el crimen por el que mi cliente ha sido detenido sucedió en 1992, así que, según el código penal, habría prescrito en el año 2012. O, como poco en 2017, ya que fue juzgado en 1997. De una u otra manera, llegan tarde.

—Lamento comunicarles que eso no es así —dice uno de los policías—. El caso se ha reabierto varias veces desde entonces y esa prescripción ha quedado en suspenso. La última vez, de hecho, fue tras el hallazgo de varias falanges de una de las víctimas en el año 2019.

—Habrán podido reabrir la causa policial, agente, pero la jurídica está prescrita. Como bien sabe, el artículo 131.1 del código penal establece veinte años para la prescripción de un delito cuya pena señalada sea de quince o más años. Y el de mi cliente lo ha superado con creces.

—Esa es su opinión, abogado.

—Es la ley. El juez solo podrá decretar su inmediata puesta en libertad.

—Se olvida de la falsedad documental. Le recuerdo que su cliente lleva al menos quince años paseándose por ahí con una documentación falsa a nombre de Jorge Sierra.

—Acúsenle entonces y déjenle en libertad con cargos.


En el exterior de la sala de interrogatorios, el comisario y el resto de policías asisten al intercambio entre el abogado y el interrogador como si estuvieran en un partido de tenis. El inspector Moreno llega a tiempo de escuchar parte de la conversación.

—¿Cómo va esto?

—Mal —responde el comisario con gesto serio—. Ese abogado cabrón alega que el crimen del que se acusa Anglés prescribió hace años.

—¿No será verdad?

—No tengo ni puta idea, Moreno. Mañana lo trasladaremos a los juzgados de Plaza de Castilla a ver qué dice el juez. Pero como dejemos libre a este malnacido, la que se va a montar en la calle va a ser fina.

Los policías vuelven a prestar atención a lo que sucede en el interior de la sala de interrogatorios, donde el abogado se ha cansado de discutir:

—No tiene sentido que sigamos dándole vueltas a algo que no vamos a decidir ni usted ni yo. Cuando mañana lleven a mi cliente ante el juez, nos dirá cuál de los dos tiene razón.

El más veterano de los interrogadores, alguien que en 1992 ya era policía y, por tanto, vivió aquellos hechos con la misma repulsa e indignación que el resto de los españoles, se salta el protocolo, indignado:

—¿Va a poder dormir sabiendo que defiende a este hijo de puta?

Alejandro lo mira ocultando la vergüenza que siente. Nunca es fácil defender a un criminal, y menos a alguien como Antonio Anglés, pero todo el mundo tiene derecho a la mejor defensa posible, incluido él.

—Yo solo hago mi trabajo.

—Se pone del lado de un maldito asesino.

—Yo no he matado a nadie.

Todos se vuelven hacia Antonio Anglés, que no pierde la calma ni eleva el tono de voz en ningún momento.

—No hay ninguna prueba contra mí —continúa muy seguro de sí mismo—. Solo está la declaración de Miguel Ricart, un drogadicto cobarde al que seguramente apaleó la policía para que me culpara de ese horrible crimen, pero bien podría haber acusado a su prima o al Papa.

Al abogado y a los policías que hay tanto dentro como fuera de la sala de interrogatorios se les eriza el vello al escucharle hablar con esa falta de escrúpulos y de culpa. Por un momento sienten que están frente al mismísimo diablo.

# 18

Ya había amanecido hacía varias horas cuando Antonio Anglés y Miguel Ricart se marcharon del barranco de La Romana. Durante el trayecto de vuelta a Catarroja, apenas cruzaron un par de palabras; Ricart, intentando olvidarse de la salvajada que habían hecho, conducía pensando en su exnovia y en la hija que tenía con ella. Decidió reconquistarla con la promesa de que por fin había sentado la cabeza. Anglés, por su parte, se limitaba a quitarse la tierra de las uñas y a arrancarse a mordiscos los pellejos de los callos provocados por la pala que utilizó para cavar la fosa. Las voces de las tres niñas suplicando por sus vidas justo antes de ser ejecutadas resonaban en la cabeza de Ricart, que encendió la radio del coche, tratando de acallarlas.

«Y, en noticias locales —dijo una locutora después de unos minutos hablando de política—, las familias de tres niñas de catorce y quince años de la localidad de Alcàsser han denunciado su desaparición. Fueron vistas por última vez anoche, mientras se dirigían haciendo autoestop a una discoteca de Picassent. Si alguien tiene alguna información del paradero de Miriam García, Antonia Gómez y Desirée Hernández, le rogamos que se ponga en contacto con las autoridades».

Anglés apagó la radio y miró a su compinche, cuya templanza empezaba a hacer aguas.

—Nos van a pillar —dijo Ricart asustado.

—Y una mierda nos van a pillar —respondió Anglés.

—Ya lo están diciendo hasta en la radio, joder.

—¡Pues claro que lo están diciendo en la radio, gilipollas! ¿Pensabas que no se iba a enterar nadie?

—¿Qué vamos a hacer?

—No vamos a hacer una puta mierda. Vamos a seguir con nuestra vida como si nada porque a esas niñas nunca las van a encontrar.

—¿Y si alguien nos pregunta dónde hemos estado?

—Decimos que hemos pasado la noche con dos putas callejeras de Valencia y arreglado. Dos negras, para que no las puedan localizar. Las cogimos en la carretera de Silla y nos las follamos en el coche, ¿estamos?

Ricart lamentaba en voz baja haberse dejado arrastrar por Anglés y este le agarró violentamente la cara y la volvió hacia él, haciendo que perdiese el control del coche y que estuviese a punto de salirse de la carretera.

—Te he preguntado si te ha quedado claro lo que hay que decir, Rubio.

—Sí... pero ¿cómo sabes que no las van a encontrar, Antonio?

—Porque por La Romana no va ni Dios, y menos aún en esta época, que hace un frío de cojones. Y, como vuelvas a llamarme Antonio, te juro por mis muertos que te entierro con ellas.

Ricart tragó saliva, convencido de que cumpliría su amenaza. Conocía desde hacía años a Anglés y sabía que no tenía escrúpulos, pero hasta aquella noche no le había visto la verdadera cara al monstruo, que continuaba limpiándose las uñas con tranquilidad.

—Tira para Alcàsser —dijo Anglés tras unos minutos de silencio.

—¿Por qué?

—Porque me parece que hoy allí va a haber un ambiente de la hostia. Dale, venga, así compruebas que no tienen ni puta idea de lo que les ha pasado y se te quita la cara de susto.

Cuando llegaron a la plaza de Alcàsser, se encontraron a mucha más gente de la que se imaginaban, y más aún para ser un sábado por la mañana. Buena parte del pueblo estaba allí reunido comentando la extraña desaparición de Miriam, de Toñi y de Desirée. Empezaba a haber teorías de todos los tipos, pero Esther aseguraba que habían estado en su casa la tarde anterior y sus planes se limitaban a acercarse a la discoteca Coolor y volver a casa a su hora, como habían hecho decenas de tardes.

Mauricio Anglés, el hermano pequeño de Antonio, trapicheaba con drogas entre los distintos grupos de chavales. Este se acercó a él y lo apartó de allí agarrándolo del cogote.

—Como eso que estás vendiendo sea mi hachís, te corto los huevos.

—Una polla tu hachís. —Mauricio se revolvió—. Este es mío, que se lo pillé ayer a un moro de Beniparrell.

Miguel Ricart miraba nervioso a su alrededor, donde varios guardias civiles y los familiares de las niñas organizaban las patrullas para salir a buscarlas.

—¿Qué ha pasado aquí? —le preguntó a Mauricio.

—¿No os habéis enterado? Ayer desaparecieron tres niñas del pueblo. Algunos dicen que las han secuestrado para violarlas.

—¿Quién dice eso? —volvió a preguntar Ricart.

—No sé, eso he oído —respondió el chico encogiéndose de hombros.

—Gilipolleces —zanjó Anglés—. Lo más seguro es que hayan acabado hasta el coño de esta mierda de pueblo y se hayan largado por ahí.

Mauricio fue a hablar con un chico que le llamó con un gesto y Antonio Anglés miró a Miguel Ricart, que no parecía que fuese a aguantar demasiada presión.

—Cálmate, Rubio —le dijo en voz baja.

—¿Cómo quieres que me calme, joder? Mira la que hay aquí liada.

—Es por la novedad, pero estos en dos días se cansan de buscarlas, ya verás. Tú lo que tienes que hacer es cerrar el pico.

# 19

Después de tres años deshabitada, la casa de Indira ha acumulado suficiente polvo para que la inspectora Ramos vuelva a sus viejas costumbres y la friegue de arriba abajo en bragas y sujetador. Le horrorizaba la idea de alquilarla y que viviera allí un desconocido que la pudiese contaminar sin remedio, así que se limitó a cerrarla a cal y canto y cruzar los dedos para que no se le metieran okupas.

Su madre y su hija se quedan de piedra al entrar con unas bolsas de una tienda de ropa infantil y encontrarla de esa guisa.

—¿Se puede saber qué haces, Indira?

—Limpiar, ¿qué voy a hacer?

—¿Y tiene que ser desnuda?

—No estoy desnuda, sino en ropa interior. Esto huele a cerrado, y ya sabes lo que significa eso.

—¿Hay bacterias? —pregunta la niña asustada.

—Bacterias hay en todas partes, Alba —responde la abuela—. Tú no hagas caso de las chaladuras de tu madre y lleva la ropa a tu cuarto. Enseguida voy yo a ayudarte a guardarla en el armario.

—Lávate antes las manos con agua y jabón, hija.

Indira la besa y observa con repelús cómo Alba arrastra las bolsas por el suelo del pasillo. Al girarse, se encuentra con la inquisitiva mirada de su madre.

—¿Qué pasa?

—¿Otra vez has vuelto a las andadas, hija? Creía que eso de los microbios ya lo habías dejado atrás.

—No es tan sencillo como tú te piensas, mamá —responde Indira—. Además, tampoco es tan grave querer vivir en un lugar limpio.

—Asustas a Alba, ¿no te das cuenta?

—Eso es una tontería.

—No, no lo es, hija. A ella la asustas y a mí me incomodas si entro en casa y te encuentro haciendo cosas de loca.

—Pues si tan incómoda estás, ahí tienes la puerta.

Carmen encaja, muy dolida. Indira se arrepiente.

—Perdona, mamá. No quería decir eso. Te estoy muy agradecida por haberlo dejado todo en el pueblo para venir aquí conmigo, pero entiende que no ayuda demasiado a la convivencia que me llames loca.

—Intentaré no volver a hacerlo, no te preocupes. Voy a ayudar a Alba a guardar la ropa que le he comprado.

—¿No convendría lavarla antes?

La abuela Carmen se muerde la lengua y se pierde hacia el interior de la casa sin decir una palabra. Indira es consciente de que le espera una convivencia muy difícil, pero si no fuera por su madre, no habría podido reincorporarse al trabajo e intentar recuperar su vida. Y necesita hacerlo o se volverá loca de verdad.


—Te encuentro estupenda, Indira —dice el psicólogo, contento de tenerla de vuelta—. No daba ni un duro por que pudieses criar tú sola a una hija.

—No la he criado yo sola, Adolfo. De no ser por mi madre, yo ya me hubiese tirado por la ventana.

—A mí me pasaba lo mismo con mis hijos cuando eran pequeños, tranquila. Cuando cumplen veinticinco años se les aguanta mejor... ¿Qué tal la vuelta al trabajo?

—Solo llevo un día y ya estoy que me subo por las paredes. —Indira se recuesta en la silla—. No sé si podré soportarlo.

—No es fácil recuperar las rutinas después de tres años. ¿Sigues teniendo los mismos compañeros?

—Sí..., aunque el subinspector Moreno ha ascendido a inspector y ahora tiene carta blanca para tocarme las narices a todas horas.

—¿Cómo se lo ha tomado?

La cara de culpa de Indira hace comprender a Adolfo que todavía no ha tenido el valor de contarle que es padre. El psicólogo la mira con reprobación.

—No puedes retrasarlo más, Indira. Tanto él como Alba se merecen saber la verdad. ¿La niña nunca te ha preguntado por su padre?

—Su primera pregunta elaborada fue por él, a los catorce meses.

—Pues ya sabes lo que toca. ¿Quieres que ensayemos a ver si así te resulta más sencillo?

—Ya lo tengo más que ensayado, Adolfo, y de sencillo no tiene nada. Todas sus posibles reacciones son horrorosas.

—Tal vez te sorprenda.

Indira lo mira con incredulidad y le habla del miedo que le da que Iván decida ejercer de padre con Alba. Debido a su carácter y al desorden de su vida, que conoce por la subinspectora Ortega, no sería lo lógico, pero en cuanto adivine que con eso la destrozaría, no lo dudará. Después de hacerle prometer que le contará la verdad la próxima vez que le vea, el psicólogo le pregunta por la evolución de su trastorno obsesivo-compulsivo. Aunque ella pensaba que había logrado volver a la etapa previa a su accidente en la fosa séptica, donde podía considerarse una mujer maniática pero capaz de mantener el control, se ha dado de bruces con la realidad al recuperar su antigua vida.

—Creo que estoy incluso peor, Adolfo.

—Será mejor que empecemos por trabajar tu rutina de contención...

# 20

La agente Lucía Navarro, aparte de ser buena policía, es una mujer inteligente, agradable y guapa a la que nunca le han faltado candidatos para ir a cenar o a tomar una copa. En su vida solo ha tenido un par de relaciones serias, que duraron dos años cada una y que terminaron cuando a ellos empezó a molestarles que fuese tan libre a la hora de salir con sus amigas o de marcharse unos días sola de viaje; paradójicamente, lo que en un principio ambos dijeron que era lo que más les había gustado de ella. En cuanto al sexo, desde que a los dieciséis años lo descubrió con un compañero de clase, siempre lo ha vivido con naturalidad. Tiene sus fetiches y sus fantasías, como todo el mundo, pero nunca se había planteado llevarlas a cabo..., hasta que Héctor Ríos se cruzó en su vida.

Durante la pandemia, la falta de vida social empezaba a hacer mella en Lucía y decidió darse de alta en una conocida red de contactos. Al principio se sintió apabullada por la cantidad de propuestas que le llegaban, la inmensa mayoría de carácter sexual, pero poco a poco aprendió a manejarlo y tuvo cinco o seis citas en algo más de un mes. Para su sorpresa, casi todas fueron placenteras, aunque nunca llegó a sentirse satisfecha del todo. En diciembre de 2021, cuando la mayoría de la gente ya estaba vacunada contra la pesadilla que se había originado en un mercado de China dos años antes, lo conoció. Al principio no le llamó la atención, pero le bastó con intercambiar unos cuantos mensajes con él para darse cuenta de que era un hombre culto, educado y bastante atractivo, aunque de las fotos que se muestran en esas páginas, como solía decir el oficial Jimeno, nunca te puedes fiar. Héctor Ríos era un arquitecto veinte años mayor que ella y, como Lucía siempre había tenido curiosidad por estar con un hombre maduro, le dio una oportunidad.

Lo primero que le sorprendió de él fue que, al contrario que el resto de sus citas —que si por ellos fuera la esperarían en la cama—, Héctor quiso invitarla a cenar para charlar y conocerse. Eligió Salvaje, un restaurante de moda en la calle Velázquez de Madrid que mezcla la cocina japonesa con la mediterránea. Para alivio de Lucía, en esa ocasión las fotos no le hacían justicia. Hablaron sobre cine, arte, viajes y sus respectivas profesiones. Lo único que no le gustó fue que, cuando ya estaban tomando la copa, le dijese que estaba casado y que tenía una hija de nueve años.

—Entonces no sé qué narices haces en una página de contactos, Héctor —dijo Lucía disimulando su decepción.

—No es tan sencillo, Lucía. Sigo queriendo a Elena, pero hace ya seis años que dejamos de ser un matrimonio.

—¿Y eso por qué? —La sinceridad con la que parecía hablar Héctor despertó su curiosidad.

—Sufrió un accidente esquiando. Resbaló con una placa de hielo y se golpeó la cabeza con una piedra.

—Lo siento.

—Yo también. Los médicos que la atendieron me recomendaron ingresarla en una clínica especializada en daños neuronales, pero yo decidí que donde debía estar era en casa con nuestra hija. Aunque no puede llevar una vida normal, el contacto con nosotros le hace mucho bien.

La deriva que había tomado la conversación hizo que, aquella noche, desapareciera el buen rollo que había habido entre ellos y que cada uno se marchase a su casa. Al día siguiente,

Lucía hizo algunas averiguaciones para confirmar, punto por punto, la historia que Héctor le había contado. Según le comentaron, el arquitecto y su mujer eran la pareja perfecta hasta que aquel accidente en Baqueira Beret lo había tirado todo por la borda. Lucía decidió que se mantendría al margen de aquella relación, pero lo cierto es que se moría de ganas de volver a verlo. A la tercera vez que él insistió, ella cedió.

En la segunda cita hubo aún más *feeling* entre ellos y, después de cenar y de tomar la correspondiente copa, terminaron en un *loft* que Héctor tenía en el paseo de la Habana, siempre preparado para alojar a sus socios y clientes cuando iban de visita a la capital. Entre el vino de la cena y lo a gusto que se sentía, ya en aquella primera noche Lucía consiguió desinhibirse como nunca antes lo había hecho.

—Un trío con dos mujeres, no me digas más —dijo divertida cuando empezaron a charlar después de haber hecho el amor.

—Llevo casi treinta y cinco años en el mercado. Ya he probado casi todo en la cama.

—¿No me digas? ¿También te has acostado con tíos?

—Para responder a esa pregunta necesitamos unas tres o cuatro citas más.

Lucía se rio y, sin saber muy bien por qué, se subió a horcajadas sobre él y le inmovilizó las manos, apretándole las muñecas con todas sus fuerzas.

—¿Te gusta dominar?

—No lo sé... —respondió ella—. ¿A ti te gusta que te dominen?

—¿Por qué no?

Lucía cogió su corbata y le ató las manos al cabecero de la cama. Al apretarla y sentir que lo sometía, se excitó más que nunca y tuvo uno de los orgasmos más intensos que recordaba. Acordaron mantener su relación en secreto y, en los siguientes tres meses, cogieron como costumbre verse dos veces por semana. Cenaban, tomaban algo y siempre terminaban en el mismo lugar. Fuera de la cama, Héctor era un hombre dominante, pero en cuanto atravesaban la puerta del *loft*, le dejaba ese papel a Lucía. Ella, por su parte, sencillamente disfrutaba de su sexualidad y de lo que ese hombre le hacía sentir. De la corbata pasaron a las esposas, a la lencería de cuero y a toda clase de juguetes. El problema era que los juegos cada vez iban a más.

# 21

Antonio Anglés y Miguel Ricart eran conscientes de que la desaparición de las adolescentes iba a causar cierto revuelo, pero jamás imaginaron que fuese a tener tanta repercusión mediática. En apenas unas horas, las calles se inundaron de carteles con las caras de Miriam, de Toñi y de Desirée, y llegaron periodistas desde todos los puntos de España interesándose por el paradero de las que bautizaron como «las tres niñas de Alcàsser». Ni mucho menos, como le había dicho Anglés a Ricart la mañana siguiente de su desaparición, aquello se olvidaría en dos días. Cuando los asesinos salían de comprar en un supermercado, uno de los periodistas se acercó a ellos para conocer su teoría sobre la suerte que habían corrido las niñas.

—Para mí que se han largado a Madrid o a Barcelona —dijo Anglés con mucha sangre fría—. Aquí hay poco que hacer.

—Se empiezan a oír rumores sobre que se las pueden haber llevado a la fuerza. ¿Qué opináis de eso?

—No opinamos una puta mierda —Ricart no lograba mantenerse tan tranquilo como su compinche—. A tomar por culo con las preguntitas, hombre ya.

Antonio le pidió que conservase la calma o terminarían descubriéndolos, pero eso era imposible cuando el caso aparecía constantemente en la tele e incluso hacían programas en directo desde Alcàsser y los pueblos vecinos. Tanto se hablaba de las tres niñas desaparecidas que hasta Antonio Anglés perdía a menudo los nervios. Una tarde le dio una paliza a su hermano Enrique por decir que estaba seguro de que se las habían cargado y que estarían enterradas en el monte.

—Como te vuelva a escuchar decir eso, te mato —dijo furioso mientras su hermano le miraba dolorido desde el suelo.

—¿Por qué, Antonio? Si también lo dicen en la tele.

—Me suda los cojones lo que digan en la tele. Tú cierra la puta boca y no vuelvas a hablar de ese asunto, ¿estamos?

Era difícil controlar que nadie a su alrededor hablase sobre las niñas de Alcàsser cuando era el tema más comentado en los medios, y aún se hacía más popular según iban pasando los días y el misterio de su paradero seguía sin desvelarse. Lo que más temía era que el Rubio se fuese de la lengua, y no iba muy desencaminado, porque a este cada vez le pesaba más el secreto. Procuró alejarse de Antonio por temor a que quisiese cerrarle la boca para siempre y sintió alivio cuando, a principios de diciembre de 1992, unos policías lo identificaron en un control rutinario y lo detuvieron al estar en busca y captura por un delito anterior. Apenas pasó unos días en la cárcel, pero para él fueron como unas vacaciones, a pesar de que en la Modelo de Valencia las dichosas niñas también fuesen el principal tema de conversación.

Al volver a recuperar la libertad, encontró a Antonio mucho más calmado. Seguían haciendo programas y había todo tipo de teorías y especulaciones, pero ambos estaban seguros de que jamás descubrirían lo que de verdad había pasado y volvieron a su rutina de hurtos, atracos y trapicheos con drogas.

Setenta y cinco días después de los asesinatos, la mañana del 27 de enero de 1993, dos apicultores que tenían colmenas en la zona conocida como el barranco de La Romana acudieron a comprobar si las bajas temperaturas de aquellas fechas habían causado algún problema. Al subir por el camino que llevaba desde las casetas abandonadas hasta el lugar donde estaban los panales, se extrañaron al ver tierra removida y arbustos colocados sobre un pequeño socavón. Al retirar las ramas para ver qué había pasado allí, descubrieron con espanto que medio brazo humano sobresalía de la tierra. Habrían sido unos huesos difícilmente reconocibles de no ser porque aún conservaban un reloj.

Corrieron a dar parte al cuartelillo y, un par de horas después, regresaron acompañados de la Guardia Civil y del juez que se iba a encargar del levantamiento del que pensaban que era el cadáver de un chico desaparecido en la zona unos días atrás. Pero el horror se apoderó de todos cuando, debajo de ese primer cuerpo, había otro y, aún a más profundidad, uno más. Los restos estaban en un avanzado estado de descomposición, pero no tuvieron duda de que se trataba de las tres niñas de Alcàsser. Alguno de los presentes debió de hablar más de la cuenta, porque la noticia del hallazgo corrió como la pólvora y enseguida aparecieron por allí algunos de los reporteros que hacían guardia en la zona.

En una primera inspección ocular, los guardias civiles encontraron diversas prendas de ropa, algunos objetos que presuntamente habían utilizado los asesinos y, enredados en unos matorrales cercanos a la fosa, amarillentos por el paso del tiempo, varios trozos de un volante médico a nombre de Enrique Anglés.

Antonio Anglés sintió un mazazo cuando oyó decir a alguien en la calle que habían encontrado los cuerpos de las tres niñas cerca de la presa de Tous. Volvió a toda prisa a casa y comprobó que era cierto cuando vio a su madre, a sus hermanos Enrique y Kelly, y al novio de la chica alrededor de la radio.

—¿Qué te había dicho? —Enrique sonrió a su hermano, como si se tratase de un juego—. Estaban enterradas en La Romana.

Antonio sabía que eso podía ocurrir y tenía pensado un plan de fuga. Unos días antes, había obligado a su madre a pedir un crédito al banco para disponer de dinero en efectivo en caso de tener que largarse de repente, como ahora estaba claro que sucedería. Intentó tranquilizarse y pasó la tarde mirando por la ventana por si había movimientos raros. Y, a eso de las ocho, vio llegar a la Guardia Civil.

—Me cago en la puta...

Se guardó el dinero en la chaqueta y corrió hacia la salida, pero al asomarse al descansillo vio que ya estaban subiendo y volvió al interior del piso. Cogió una madera y atrancó la puerta con ella.

—¿Qué pasa, hijo? —preguntó su madre.

—Los picoletos vienen a buscarme por no haber vuelto a la cárcel después del permiso. Que nadie abra la puerta hasta que yo no me haya marchado, ¿habéis oído?

—¿Por dónde vas a salir?

Antonio corrió a su habitación y sacó del armario varias sábanas que tenía atadas desde hacía días. Fue a la habitación de Kelly, anudó un extremo a la cama y el otro lo tiró por la ventana.

—Te vas a matar, Antonio —le dijo su hermana—. Estamos en un cuarto piso.

—Solo necesito llegar al tejado de la casa de al lado. En cuanto salte, desatas las sábanas, las guardas como si aquí no hubiera pasado nada y decís que no me habéis visto desde hace meses.

En ese momento, la Guardia Civil aporreó la puerta de la casa de los Anglés. Enrique, que sufría un notable retraso agravado por el consumo de drogas, pero que a veces era más listo de lo que parecía, discutió con los agentes a través de la puerta, exigiendo que le mostrasen una orden de registro para dejar que entrasen.

Antonio se descolgó por la fachada con la cuerda de sábanas, se balanceó y se lanzó a la terraza del edificio contiguo, un salto de más de cinco metros que bien pudo romperle los dos tobillos, pero que solo era un ejemplo de la enorme destreza que demostraría durante las siguientes semanas.

Cuando al fin los guardias civiles consiguieron entrar en el domicilio, se dieron cuenta de que Enrique no podía haber cometido aquella atrocidad contra las tres niñas y de que a quien debían detener era a su hermano Antonio, en busca y captura por saltarse un permiso carcelario tras haber sido condenado por el secuestro, tortura e intento de asesinato de una drogadicta. Unas horas después, cuando ya se habían llevado a Kelly y a Enrique a la comisaría para interrogarlos, sonó el teléfono. El mensaje que se escuchó en el contestador de la habitación de Kelly fue lo que puso a Miguel Ricart –conocido como el Rubio en los círculos policiales y entre los propios delincuentes– en el punto de mira de los investigadores:

«Kelly... soy yo, Rubén. Cuando vengas le dices al... al Rubio que vaya a donde está el plato y la maneta de la moto. Y que traiga los dos sacos de dormir y los Kellogs y la leche que está encima de la nevera. ¿Sabes? Y eso, cuanto antes posible..., ¿vale? Adiós, hasta luego».

# 22

Indira tiembla como si hubiera despertado en mitad de un estercolero mientras observa al inspector Moreno hablar por teléfono dentro de su despacho. Está decidida a sincerarse con él en cuanto cuelgue, pero, llegado el momento, toda su seguridad se desvanece.

—Vamos, Indira —dice para sí, infundiéndose ánimos—. Has hecho cosas muchísimo más difíciles en la vida.

Coge aire, ignora a los policías que se extrañan al verla hablar sola y enfila hacia el despacho. Va tan nerviosa que hasta se olvida de llamar a la puerta.

—¿Por qué entras en mi despacho sin llamar? —El inspector Moreno ya está dispuesto para la guerra.

—Tenemos que hablar, Iván.

—Ahora estoy ocupado. Dentro de un rato trasladan a Anglés a los juzgados y tengo que organizar su escolta.

—Es muy importante, créeme. Se trata de... lo nuestro.

—No hay nada nuestro.

—Lo hay —dice Indira descompuesta—. Vamos que si lo hay...

El nerviosismo y la ambigüedad de la inspectora Ramos despiertan la curiosidad de su compañero. La mira extrañado y se olvida por un momento de la profunda animadversión que siente por ella.

—¿Qué pasa, Indira?

—¿Recuerdas la noche en que me presenté en tu casa un poquito achispadilla y terminamos en la cama?

—Claro que la recuerdo, ¿por qué?

—Porque...

Justo cuando iba a decirle que aquella noche había tenido consecuencias, se abre la puerta del despacho y entra el comisario.

—Menos mal que os encuentro a los dos juntos. Os hago responsables de trasladar a Antonio Anglés a los juzgados y de vigilarle mientras permanezca bajo nuestra custodia. Me da igual que no durmáis, que no comáis o que no caguéis. Os quiero con él las veinticuatro horas del día, ¿estamos?

—Este es mi caso, comisario —protesta Moreno.

—No te equivoques, muchacho —responde el comisario—. Este es mi caso, y no voy a arriesgarme a que haya algún percance y quedar como el hombre que volvió a dejar escapar al fugitivo más célebre desde el Lute.

—Si solo es una cuestión de seguridad, lo mejor es que se encarguen de trasladarle los geos, comisario —dice la inspectora Ramos.

—Llevaréis vehículos de apoyo, está claro, pero quiero que mis dos mejores policías vayan en el mismo coche que Anglés. Como la caguéis, os corto los huevos. A ti también, aunque no los tengas —añade amenazante mirando a Ramos—. Y preparaos porque va a haber follón. Voy a hablar ahora mismo con los medios.

El comisario sale apresurado a repasar una vez más el discurso con el que pasará a la posteridad. A Moreno le repatea el hígado tener que trabajar con Ramos y no se molesta en disimularlo.

—Si me jodes este caso...

—Lo sé... —Indira se adelanta, cansada de sus amenazas—. Me haces la vida imposible, ¿no?

—Exacto. ¿Qué ibas a decirme?

Visto lo visto, Indira considera que lo mejor es soltarle su secreto de sopetón y que sea lo que Dios quiera. Mucho peor tampoco pueden quedar las cosas. Cuando coge aire para decirle que es padre desde hace más de dos años, ve algo a través del cristal que la hace palidecer.

—No puedo creerlo.

Indira sale del despacho y se dirige a un hombre trajeado que firma unos documentos apoyándose en la pared.

—Alejandro... —dice Indira mientras se acerca a él conteniendo la respiración.

—Indira... —Él se gira y la mira con emoción contenida—. Qué alegría verte. ¿Cómo estás?

—Muy bien, ¿y tú? Te veo genial.

Él la conoce mejor que nadie y sabe que no puede lanzarse a abrazarla, aunque sea lo que más desea en este mundo. Indira consigue vencer todos sus miedos y es ella quien se refugia en sus brazos. Disfruta de una cercanía que conoce muy bien, de un hombre que, después de ocho años, sigue oliendo igual. El inspector Moreno llega hasta ellos. Carraspea molesto por lo que ve y por que su compañera le haya dejado con la palabra en la boca. La inspectora y el hombre se separan.

—¿Conoces a este tío? —pregunta Moreno con un punto de celos.

—Sí, perdona... —responde Indira rehaciéndose y procediendo a presentar a los dos hombres, que se miden con la mirada—. Alejandro Rivero, te presento al inspector Iván Moreno. Alejandro y yo tuvimos... algo —aclara.

—Yo jamás definiría lo nuestro como «algo», Indira —dice Alejandro.

—Está bien —concede ella—. Estuvimos a punto de casarnos. Ya teníamos incluso la fecha, pero yo tuve aquel accidente en las alcantarillas y...

Alejandro e Indira se miran con tristeza. Ambos saben que si la cosa no se hubiera torcido en el último momento, a estas alturas seguirían juntos. El inspector Moreno siente cómo la rabia se apodera de él.

—No sabes quién es, Indira —dice al fin.

—Ya te he dicho que sí, Iván. Nos conocemos desde hace...

—Es el abogado de Anglés, joder —la corta—. El cabrón que está intentando que le suelten.

Indira mira a Alejandro, esperando que contradiga a su compañero, pero él mantiene el tipo.

—Si me disculpáis, tengo que terminar el papeleo de la declaración de mi cliente en los juzgados de Plaza de Castilla. Me alegro de haberte visto, Indira.

# 23

Antonio Anglés disfruta del paseo como si no lo estuviesen llevando ante el juez para responder por uno de los crímenes más abominables que se recuerdan. Lo único que le perturba es que las cuatro motos que rodean el coche y los dos furgones policiales que abren y cierran la comitiva le impiden apreciar las vistas como le gustaría. Mientras Iván conduce encabronado por tener que cargar con Indira —y más aún tras descubrir que el abogado del detenido es su ex—, ella disecciona al asesino observándolo a través del espejo retrovisor. Cuando estudiaba en la Academia de Policía de Ávila, hizo un trabajo sobre él. Aunque seguía siendo el criminal más buscado, todos daban por hecho que había muerto al poco de iniciar su huida. Algunos incluso estaban convencidos de que jamás había salido de Valencia, de que había sido ejecutado por orden de instancias superiores que nadie sabía concretar.

Pero allí está.

Lo que más le llama la atención es que va impoluto: lleva las uñas bien cortadas, el pelo pulcramente arreglado, la ropa limpia y sin rozaduras, y la barba, a pesar de no haber tenido ocasión de afeitarse desde el día anterior, crece de manera regular y ordenada. No tiene nada que ver con el Antonio Anglés que retratan en los informes, alguien sucio, basto y primitivo acostumbrado a vivir entre desperdicios y jeringuillas.

—Eres la inspectora Ramos, ¿verdad? —pregunta Anglés cuando sus miradas coinciden en el reflejo del espejo.

—¿Me conoces?

—No trates con el detenido, inspectora —interviene Moreno.

Indira no piensa desaprovechar su oportunidad y, haciendo caso omiso de las protestas de su compañero, se vuelve para hablar con el criminal cara a cara. Este sonríe, divertido por la irritación que consigue provocar esa mujer en el inspector Moreno.

—He escuchado muchas cosas sobre ti —responde Anglés sin evitar su mirada—, aunque creía que te habías retirado.

—No creas todo lo que escuchas, Antonio. Yo he leído mucho sobre lo que tú hiciste.

—No te creas todo lo que lees, Indira.

El inspector Moreno no aguanta más y se incorpora a la conversación.

—Este maldito hijo de puta asegura ahora que él no mató a las niñas.

—Nunca dije que lo hubiera hecho.

—Si fueses inocente, no habrías desaparecido durante treinta años.

—Estaba condenado antes incluso de que fueran a detenerme, inspector. Era un delincuente común adicto a los tranquilizantes que tenía todas las papeletas para convertirse en cabeza de turco.

Bajo la atenta mirada de Anglés, Indira se abre la camisa y desconecta el micrófono que tiene pegado al pecho. Enseguida hace lo propio con el micrófono de su compañero.

—¿Se puede saber qué cojones haces, Indira?

—Estamos solos, Antonio —Indira se dirige al detenido—. Nadie nos escucha y no tendremos pruebas de lo que nos digas en este coche. Todo quedará entre nosotros tres. ¿De verdad puedes resistirte a contar lo que hiciste y cómo has conseguido burlarte de la policía durante treinta años? ¿De qué sirve tu proeza si no puedes hablar de ella?

—Es tentador, pero no gano nada.

—Tampoco tienes mucho que perder. Según tengo entendido, tu abogado alegará que el crimen del que se te acusa ha prescrito.

—En efecto, así es.

—Entonces ¿por qué no hablar de ello?

Las palabras de Indira surten efecto y Anglés tiene que contenerse para no decirles que sí, que mató a esas niñas y que volvería a matarlas una y otra vez, porque en las casi once mil noches que han pasado desde entonces no ha podido olvidar lo poderoso que se sintió. El inspector Moreno se da cuenta de que su compañera está consiguiendo su propósito y deja que actúe, cautivado por lo excelente que sigue demostrando ser como policía.

—¿Las encontraste por casualidad, como dice el sumario, o ya las habías visto en alguna parte? ¿Puede que Ricart y tú ya las hubieseis llevado antes a la discoteca aquella... cómo se llamaba?

—Coolor... —responde Moreno.

—Eso es, Coolor. ¿Habíais estado con ellas allí antes?

—Yo tenía veintiséis años. Aquella discoteca era para niñatos.

—Entonces solo las cogisteis, las torturasteis y las matasteis, ¿no?

A Antonio Anglés le queman las palabras en la garganta. La inspectora Ramos sigue apretando.

—Vamos, Antonio. Pronto te harán ofertas millonarias para contarlo en algún documental. ¿Por qué no nos concedes ese pequeño privilegio?

—¿Qué quieres saber exactamente?

—Que me digas qué se siente al matar.

«Excitación» y «poder» son las palabras que el asesino está a punto de decir en voz alta, aunque se conforma con pensarlas. Es probable que algún día hable de ello después de una oferta con muchos ceros, pero confesar ante una policía de la que sabe que no se detiene ante nada es jugar con fuego.

—Pregúntale a tu compañero, Indira. Si no recuerdo mal, hace tres años le reventó la cabeza a un hombre que estaba a punto de matarte.

El detenido pierde interés por la conversación y vuelve a mirar por la ventanilla. No dice nada más hasta que llegan a los juzgados y le ponen delante del juez, pero la breve conversación le ha servido a la inspectora Ramos para saber que están frente a un verdadero depredador.

## 24

Si la desaparición de Miriam, Toñi y Desirée había causado mucha expectación, el hallazgo de sus cadáveres y las informaciones que se filtraron en los siguientes días sobre las torturas que les habían infligido fue aún más desmedido. Con cada nuevo detalle que se daba, por pequeño e intrascendente que fuera, se hacían horas de televisión, y el foco de atención pasó de encontrar a las niñas a buscar a Antonio Anglés, el principal sospechoso de sus muertes. Miguel Ricart, incapaz de soportar la presión, tardó pocas horas en confesar, pero se escudó en que su compinche le había obligado y que él fue un mero espectador de las atrocidades a las que sometió a las niñas en la caseta de La Romana.

Anglés, por su parte, aprovechó las horas de ventaja que tenía sobre los investigadores para desaparecer. Nada más saltar por la ventana del piso de Catarroja, cogió un taxi que le llevó hasta el cercano municipio de Alborache, donde pasó la noche en un corral de ganado. Al día siguiente estuvo allí escondido, esperando a que llegase su compinche, como le había dejado dicho en el mensaje del contestador, pero se dio cuenta de que estaba solo y de que necesitaba alejarse mucho más si quería burlar a la Guardia Civil. Un camionero despistado lo vio en la carretera y, sin darse cuenta hasta muchos días después de que había colaborado en la huida del hombre más buscado de España, lo acercó hasta Valencia, donde Antonio entró en una peluquería para teñirse el pelo y, ya de paso, para intentar conseguir Rohypnol y poder quitarse el mono que desde hacía horas no le dejaba pensar con claridad. Una vez que consiguió los tranquilizantes, se dirigió a una estación de tren abandonada en Vilamarxant, donde pasó unas cuantas noches con una familia que la había convertido en su hogar. Acordó con el patriarca la compra de un coche para continuar con su huida, aunque este, al darse cuenta de que podría meterse en un problema muy serio, decidió denunciarlo a las autoridades. Pero como ocurriría tantas y tantas veces durante aquellos días, la Guardia Civil llegó tarde, después de que el fugitivo ya hubiera abandonado el lugar.

Anglés, cada vez con menos apoyos, decidió que lo mejor era esconderse hasta que se calmasen un poco las cosas, y para ello eligió un chalé desocupado en el municipio de Benaguasil, donde permaneció casi una semana, hasta que un vecino le sorprendió robando naranjas y se dio cuenta de que era el famoso asesino de las niñas de Alcàsser. Antonio abandonó el lugar a toda prisa y, al borde de la desesperación, secuestró a punta de cuchillo a un agricultor, al que obligó a llevarle en su furgoneta hasta Cuenca, donde robó un vehículo con la intención de llegar a Madrid. Pero, cuando iba a incorporarse a la autopista, descubrió un control policial y recorrió algunos kilómetros por carreteras secundarias, donde finalmente abandonó el coche. Ya convencido de que su huida estaba a punto de acabar, después de pasar días malviviendo en lugares abandonados, tuvo otro golpe de suerte y consiguió esconderse en el portaequipajes de un autobús de jubilados que regresaba a casa después de pasar unos días de vacaciones en Benidorm.


—¿Qué hace usted ahí? —preguntó sorprendido un anciano cuando fue a recoger su maleta del portaequipajes.

—¿Dónde estamos? —preguntó a su vez Anglés, bajándose del autobús después de haber conseguido dormir algunas horas.

—En Alcalá de Henares.

Anglés maldijo al saber que todavía le quedaban más de treinta kilómetros para llegar a la plaza de Tirso de Molina, donde vivía el Nano, un antiguo compinche. Aunque no se fiaba un pelo de él, tenía escondido el cuchillo con el que, varios años atrás, el Nano había apuñalado hasta dejar tetrapléjico a un guarda jurado durante el atraco a un banco. Antonio le pidió que le diera el arma, que él se desharía de ella, pero al ir a tirarla se dio cuenta de que quizá algún día necesitaría tener a su amigo cogido por los huevos. Y ese momento había llegado. Paró un taxi, consciente de cuánto arriesgaba, aunque el taxista estaba más preocupado de que el Real Madrid no terminaba de convencer fuera de casa que de los asesinos de niñas.

—¿Qué haces aquí, tío? —preguntó el Nano sobrecogido en cuanto abrió la puerta y le vio allí—. Te está buscando toda España. Lárgate.

—Necesito que me escondas durante unos días.

—No quiero saber nada de lo que has hecho —dijo intentando cerrarle la puerta en las narices.

—Sabes que te conviene, Nano. —Antonio sujetó la puerta con el pie—. Te juro que, como me detengan, lo primero que hago es decir dónde está el cuchillo. Y te recuerdo que, aparte de la sangre de aquel tío, está plagadito de tus huellas.

El Nano ocultó a Antonio en el trastero de la vivienda, un cuartucho sucio y oscuro lleno de cajas que habían ido dejando olvidadas los anteriores inquilinos. Durante más de dos semanas, solo salió de aquel lugar para ducharse y usar el baño cuando la novia del Nano se marchaba a trabajar como cortadora en una sastrería de la calle Mantuano. Pero una mañana ella no se sentía bien y decidió volver a casa antes de lo previsto. Se llevó un susto de muerte al encontrarse con Antonio en el pasillo, mientras el Nano fumaba un cigarro en la terraza.

—¿Quién coño eres tú?

—Soy Rubén. Un amigo del Nano.

—¿Dónde está él?

El Nano se dio cuenta de lo que estaba pasando y entró corriendo.

—Tranquila, Ana. Es un colega mío al que he invitado a ducharse. A él... se le ha jodido el calentador —improvisó.

—¿Y no se te ocurre avisarme, joder? Casi me muero del susto al encontrármelo en casa.

—Perdona. No pensaba que fueras a llegar a esta hora. ¿Te pasa algo?

—Nada, estoy un poco revuelta —respondió Ana y volvió a mirar a Antonio—. ¿De dónde lo has sacado?

—Somos compañeros de curro —volvió a improvisar y se dirigió a Antonio—. Te presento a mi novia, Ana. Él es...

—Rubén, ya se lo he dicho —se adelantó Anglés al percibir sus dudas.

—¿Es compañero de curro y ni sabes cómo se llama, Nano?

Antonio y el Nano cruzaron sus miradas, cogidos en falta, y a Ana le dio tiempo a pensar. Desde hacía más de veinte días, cuando habían encontrado los cadáveres de las tres niñas de Alcàsser, en la tele solo hablaban del presunto asesino. No lo reconoció por los ojos claros, el pelo teñido o sus facciones delicadas, sino por un llamativo quiste sebáceo que tenía encima de la nuez y, sobre todo, por el tatuaje de una mujer china con un paraguas que lucía en el antebrazo izquierdo. En los programas hablaban continuamente sobre su capacidad de mimetizarse, pero lo que jamás conseguiría ocultar, ya fuese vestido de hombre o de mujer, eran cosas como esas. Antonio supo que lo había reconocido y tensó los músculos.

—¿Pasa algo?

—Nada, no pasa una puta mierda —se adelantó el Nano, y después se dirigió a su novia—. Ve a hacer café, venga.

Si la chica hubiese hecho caso, tal vez el Nano la hubiera podido convencer de que a ambos les convenía callarse la boca y seguir con su vida, pero en lugar de ir a hacer café a la cocina quiso salir de casa. Antonio sacó su pistola y le golpeó en la cabeza con la culata. Ana cayó al suelo, aturdida, y él se dispuso a ejecutarla como tres meses antes había ejecutado a Toñi, a Miriam y a Desirée, pero el Nano lo impidió.

—¡No, tío, no la mates! ¡Te juro que no dirá nada!

—¿Cómo sé que no va a denunciarme?

—Porque entonces seré yo quien la mate. Confía en mí, por favor. Lárgate y jamás diremos que te hemos visto.

# 25

Indira e Iván aguardan en silencio en el despacho del juez, el mismo que hace tres años la echó a ella a patadas por tratar de recolocarle los diplomas y los cuadros de la pared. Al igual que ocurrió la última vez, el desorden reinante en aquel lugar hipnotiza a la inspectora Ramos, que es incapaz de apartar la mirada del maremágnum de fotografías, periódicos viejos, expedientes y papeles desprendidos de algún informe que quedará incompleto para siempre.

—Y después nos quejamos de que los delincuentes queden libres por falta de pruebas... —dice para sí.

Moreno ya la conoce y sabe qué se le está pasando por la cabeza. En cualquier otro momento aprovecharía para chincharla, pero siente una extraña desazón desde que hablaron en la comisaría y fueron interrumpidos, primero por el comisario y más tarde por el exnovio de la inspectora. Tiene la certeza de que lo que iba a decirle era importante.

—Claro que recuerdo aquella noche, Indira.

—¿Qué? —ella le mira desconcertada.

—Antes, en mi despacho, me preguntaste por la noche en la que tú y yo nos acostamos. ¿Por qué querías saber si me acordaba?

—No creo que sea ni el momento ni el lugar de tratar ese tema, Iván. —Indira se revuelve incómoda en su silla.

—La declaración de Antonio Anglés puede durar cinco minutos o cinco horas. Si vamos a tener que aguantarnos de ahora en adelante, creo que es el mejor momento para aclarar las cosas.

A Indira se le desboca el corazón. Desea con todas sus fuerzas que se abra la puerta y que entre el juez para posponer un poco más esa incómoda conversación, pero no ocurre nada y su silencio intriga todavía más a su compañero.

—Creía que tú eras de las que dicen las cosas a la cara sin pensar en las consecuencias, Indira.

—Está bien... —se rinde.

El inspector Moreno se da cuenta de lo serio que es el asunto cuando, dejando a un lado cualquier escrúpulo, su compañera llena un vaso de agua usado que hay junto al ordenador del juez y se lo bebe de un trago, temblorosa.

—¿Tan grave es?

—Me quedé embarazada.

—¡¿Qué?! —Iván la mira aturdido—. ¿Abortaste sin consultarme?

—El caso es que... no aborté. Se llama Alba, tiene dos años y dos meses, y es una niña muy lista y muy feliz. No te pido nada, tranquilo. No quiero que colabores ni en su educación, ni en su manutención, ni en nada.

Moreno tarda unos largos segundos en asimilar la noticia.

—¿Cómo puedes ser tan hija de puta, Indira? —pregunta más decepcionado que cabreado—. ¿No se te ha ocurrido hasta hoy que quizá querría saber que soy padre?

—Alba solo te complicaría la vida, Iván. ¿Para qué querías saberlo?

—¡Porque tenía derecho, joder!

—Lo siento, de verdad. —Indira sabe que tiene razón al reprochárselo—. Cuando lo supe pasó lo de tu amigo, después vino la pandemia y... hasta hoy no me había atrevido. Tienes razón en enfadarte, pero si lo piensas fríamente, te he hecho un favor. No te culparé si sigues con tu vida como si no hubiera pasado nada.

Iván no sabe cómo reaccionar, y tampoco tiene ocasión de hacerlo, porque, ahora sí, se abre la puerta y entra el juez. Contrae el gesto cuando ve allí a la policía.

—Inspectora Ramos... Pensaba que usted y yo teníamos un acuerdo que consistía en que no le metía un puro por desacato si no volvía a verla en mi vida.

—No es una visita de cortesía, señoría —responde ella con suavidad—. He estado los últimos tres años evitando venir, pero custodiar a Antonio Anglés es una orden directa de mi comisario.

—No se haga la lista conmigo, inspectora. Sé muy bien que ha estado de excedencia, y por aquí nos habíamos quedado muy tranquilos sin sufrirla.

El juez se quita la toga, la cuelga en el perchero y se sienta tras su escritorio después de suspirar con preocupación.

—¿Dónde se encuentra el detenido, señoría? —El inspector Moreno vuelve en sí tras el bombazo que le ha soltado su compañera.

—He ordenado su traslado a prisión.

—Entendemos entonces que ha rechazado la prescripción del delito que pedía su abogado, ¿verdad? —pregunta la inspectora Ramos.

—No es tan sencillo. Aunque es cierto que ese caso ha permanecido abierto debido a diferentes motivos, como la declaración del capitán del barco en el que parece que huyó o la aparición de un diente o de las falanges de una de las niñas en la fosa donde fueron enterradas, lo cierto es que ya han pasado treinta años de aquello y es complicado pedirle a Anglés responsabilidad penal.

—Debido a que las últimas diligencias policiales se efectuaron en 2009, la jueza de instrucción de Alzira fijó la prescripción del crimen en el año 2029, señoría —dice el inspector Moreno.

—Eso es un brindis al aire, inspector —contesta el juez—. Si no soy yo, será el Tribunal Supremo, el Constitucional o el Tribunal Europeo, pero en algún momento alguien la dará la razón al abogado de Anglés.

—¿Significa eso que tenemos que soltarlo?

—Yo, de momento, lo he encerrado por falsedad documental y por riesgo de fuga, pero no creo que pueda prolongar demasiado su detención o me acusarían de prevaricación. Es la jueza de Alzira la que tiene que pedir un exhorto si pretende tumbar la prescripción, aunque desde ya les digo que lo va a tener muy complicado.

—Tenemos que hacer algo más, señoría —dice el inspector Moreno—. Ese hijo de puta secuestró, torturó, violó y ejecutó a tres niñas de quince años. ¡Hay que juzgarlo por ello, joder!

—Si por mí fuera, lo metía en la cárcel y tiraba la llave, inspector, pero tengo que ceñirme a lo que dicta la ley. Y, en cuanto al juicio, el problema es que no existen más pruebas contra él que una declaración de Miguel Ricart de la que después se ha retractado en infinidad de ocasiones. Y, sin una acusación sustentada en pruebas, no se puede condenar a nadie.

—¿Sabe lo que supondría dejar a Antonio Anglés en la calle, señoría? —pregunta Indira.

—Un quebradero de cabeza. Soy consciente de que tendré que soportar toda clase de insultos y de descalificaciones, pero si no me dan algún motivo por el que encerrarle, lo más seguro es que en unos días sea puesto en libertad.

# 26

Antonio Anglés no se fiaba ni un pelo de la novia del Nano y, después de lo de las niñas, no solo no tenía problemas en volver a matar, sino que empezaba a desearlo. Seguía apuntando a la chica mientras su amigo le rogaba que lo dejase en sus manos, que nunca nadie se enteraría de que había estado allí. Mientras decidía en qué orden los mataría a ambos, Ana aprovechó un despiste del asesino para escabullirse hacia la habitación y encerrarse en ella.

—¡Joder! ¡Abre la puta puerta! —gritó Antonio, aporreándola.

En el interior se escuchaban sollozos y muebles arrastrándose para bloquear la puerta, sonidos del profundo terror que puede sentir alguien al haber reconocido en su propia casa a uno de los peores asesinos de su tiempo. Antonio Anglés apuntó a su amigo.

—Dile que salga ahora mismo, Nano.

—Tranquilo, Antonio —dijo levantando las manos—. Baja eso.

—O la sacas o te dejo en el sitio, te lo juro por mis muertos. Supongo que ya sabes de lo que soy capaz.

—La conozco y no va a salir. ¿Por qué no lo hablamos tranquilamente?

—Me parece que ya no hay nada de lo que hablar. —Antonio seguía apuntándole, dispuesto a disparar.

—Claro que sí, tío. Hasta ahora nadie sabe que estás en Madrid. Ayer, en la tele, dijeron que creían que intentabas pasar a

Francia y que te buscaban en Barcelona. Márchate en la dirección contraria, hacia Portugal, y no te pillarán. Pero si nos disparas, sabrán que estás aquí y ampliarán la búsqueda. Y eso sin contar con que las putas paredes son de papel y todo el barrio escucharía los disparos. ¿Quieres tener que volver a saltar por la ventana?

Antonio Anglés dudó.

—¿Y si tu zorra dice algo?

—A mí es a quien más le conviene que se calle, joder. No solo está lo del cuchillo, sino que si se enteran de que te he tenido aquí dos semanas, me crucifican. De verdad, deja que yo me ocupe de ella. Ahora está muy nerviosa, pero en algún momento se tranquilizará y saldrá de ahí. La haré entrar en razón, te lo juro.

Antonio comprendió que no le quedaba otra que fiarse de su amigo.

—Como me pillen, sea culpa tuya o no, lo primero que hago es decir dónde está el cuchillo. Reza todo lo que sepas para que consiga escapar.

Antonio Anglés salió a la calle y caminó sin rumbo, sintiendo que todo el mundo le miraba. Al pasar por delante de un quiosco, vio su foto en los periódicos y comprendió que no podía exponerse tanto o su huida habría terminado. Un hombre salió de un portal y entró en su coche, aparcado en la acera de enfrente. En cuanto lo arrancó, Anglés se subió en el asiento trasero y lo encañonó.

—¿Qué pasa? —preguntó el hombre asustado.

—Arranca. Y sin hacer gilipolleces o te mato.

—Tranquilo, tío. Te llevo adonde quieras.

Anglés lo obligó a pasar media hora dando vueltas hasta que decidió dejar que se marchara y se llevó su coche. Su intención era quedarse unas semanas más escondido en Madrid y después ir hacia el norte y tratar de cruzar la frontera con Francia, pero sabiendo que la Guardia Civil esperaba eso de él, optó por ir a

Portugal, como su amigo le había sugerido. El problema era que las cosas se habían precipitado y no tenía ni idea de cómo llegar hasta allí cuando toda España le estaba buscando. De momento, debía deshacerse del coche. Por cómo le miraba, intuía que el propietario, igual que la novia del Nano, también le había descubierto y ya debía de estar de camino a alguna comisaría o incluso a alguna cadena de televisión. Lo abandonó en el primer aparcamiento que vio y fue caminando a la estación de Atocha. Era un inmenso riesgo meterse en un lugar tan concurrido y tan bien vigilado, pero tenía que salir de inmediato de la capital. Se cruzó con viajeros, con guardas jurados y hasta con una pareja de agentes de la Policía Nacional, pero nadie reparó en él.

—A Talavera de la Reina, por favor.

Antonio nunca había oído hablar de aquel lugar, pero vio en un mapa que se encontraba en el camino a Portugal y, cuando escuchó a una señora decirle a su marido que el tren hacia allí salía en quince minutos, lo tomó como una señal. Aguardó en el andén agarrando su billete como si fuera a salir volando y dos horas después ya estaba a casi ciento cincuenta kilómetros de Madrid. Necesitaba comer algo caliente, pero no quería arriesgarse a entrar en un restaurante y que lo reconocieran. Se tuvo que conformar con comprar un bocadillo y una botella de agua en un bar de mala muerte y echó a andar hacia el campo. Llevaba muchos años preparándose para sobrevivir en las condiciones más adversas —«como Rambo», solía decirle al Rubio— y no le costó encontrar un refugio en el que pasar la noche.

Al despertar a la mañana siguiente, vio que estaba cerca de una gasolinera y se encaminó hacia allí. En la parte trasera había aparcados varios camiones, cuyos propietarios desayunaban en el interior. Uno de ellos era de una empresa de productos cárnicos de Badajoz que parecía volver a la fábrica después de vaciar su carga. En los casi trescientos kilómetros que viajó oculto en los bajos del camión estuvo varias veces a punto de perder el equilibrio y morir aplastado por las ruedas, pero consiguió bajarse cuando paró en un semáforo a la entrada de la ciudad. Atravesó Badajoz como un turista más, atreviéndose incluso a comprar otro bocadillo en un bar de la plaza Alta y se sentó a admirar los mosaicos mientras se lo comía.

Solo estaba a unos kilómetros de Portugal y quiso acercarse a la frontera para comprobar si era difícil cruzarla. Al llegar vio que no había ni un puesto de vigilancia y aprovechó su oportunidad. Se encontró con un agricultor al que saludó con un gesto de cabeza y que más tarde declararía haber visto al asesino, pero en un principio la policía no le hizo mucho caso. Cuando Anglés estaba llegando al municipio portugués de Elvas, vio a un hombre cambiando la rueda de su coche. Chapurreaba algo de portugués; su madre, Neusa, era brasileña, él había nacido en São Paulo, adonde fue varias veces después de emigrar a España a visitar a la familia que todavía le quedaba allí. Se acercó al hombre con precaución, aunque pronto se dio cuenta de que en aquel país todavía no habían oído hablar del asesino de las niñas de Alcàsser.

—Disculpe, ¿va usted a Lisboa? —preguntó en un correcto portugués.

—A Sintra —respondió el hombre—, pero puedo acercarte. Me coge de camino.

# 27

La detención de Antonio Anglés cae en España como una bomba atómica, y es aún peor cuando la gente se entera de que será puesto en libertad en las próximas semanas debido a la prescripción del delito por el que encabeza la lista de los más buscados desde hace treinta años. Una vez más, los españoles se dividen en dos bandos enfrentados e irreconciliables: los hay que opinan que, guste o no, hay que respetar la ley y soltarlo, y otros que abogan por cambiar el código penal, ignorarlo o directamente aplicarle la pena de muerte en la plaza mayor de cualquier ciudad. Los debates en las distintas televisiones y los enfrentamientos en el Congreso de los Diputados se trasladan a calles, bares y lugares de trabajo. Por muchos años que transcurran desde el crimen, el asesinato de las tres niñas de Alcàsser sigue siendo una herida abierta y es habitual que de las palabras se pase a las manos. En un bar de Lugo, dos hombres están a punto de matarse a cuchilladas porque a uno de ellos se le ocurrió decir que las niñas iban buscando guerra.

A los familiares de Antonio Anglés su aparición también les pone la vida patas arriba. Todos sus hermanos –algunos de ellos propietarios de florecientes negocios –se cambiaron el apellido hace años, para intentar huir del rechazo que provocaba cada vez que alguien lo pronunciaba. Lo mismo tuvieron que hacer otras personas que, aunque no tenían que ver con el fugitivo, se apellidaban igual. Nada más escuchar esas seis letras en un ambulatorio, en un comercio o en una clase, la gente se volvía con temor y curiosidad. Aunque todo el que conocía el caso pensaba que, de seguir vivo, el asesino mantendría contacto con su familia, lo cierto es que su aparición les ha sorprendido tanto como al resto del mundo. Los periodistas los persiguen para tratar de arrancarles una declaración, pero ellos aseguran que les da igual la suerte que corra, que Antonio se esfumó de sus vidas para siempre la noche en que saltó por la ventana de la casa familiar de Catarroja.

Los otros grandes afectados son los familiares de las tres niñas. Todos soñaban con el momento en que detuvieran a Anglés y le hicieran pagar por su execrable crimen, pero ahora que ha ocurrido preferirían no tener que revivir todo aquello. Aunque nadie se acostumbra al dolor de perder a sus hijas, hermanas, amigas o sobrinas, era algo con lo que habían aprendido a vivir. Y saber que su asesino podría quedar libre hace que más de uno se plantee presentarse con una escopeta de caza en la puerta de los juzgados y añadir un nuevo capítulo al caso Alcàsser.

En cuanto a Miguel Ricart, fue condenado en un mediático juicio celebrado en 1997 a ciento setenta años de cárcel por secuestro, tortura, violación y asesinato, pero obtuvo la libertad en 2013 debido a la derogación de la denominada doctrina Parot, con la que se pretendía que se aplicaran los beneficios penitenciarios sobre cada una de las penas impuestas al recluso y no sobre el máximo de treinta años de permanencia en prisión, con el fin de evitar que criminales como él pudieran quedar en libertad apenas veinte años después de cometer sus delitos. Cuando abandonó la prisión de Herrera de la Mancha, continuó asegurando que él solo era un chivo expiatorio y que nada había tenido que ver con el crimen, pero era tanto el odio que generaba a su paso que decidió desaparecer cruzando la frontera con Francia, hasta que en enero de 2021 fue identificado por la Policía Nacional en un piso okupa de Carabanchel cuando iba a comprar droga. Su aspecto desaliñado y la mala vida que parecía llevar tiraron por tierra las teorías que aseguraban que le pagaban con regularidad grandes cantidades de dinero para que mantuviese la boca cerrada y no señalase a los verdaderos responsables del crimen, al parecer gente muy poderosa.

La mujer de Antonio Anglés y sus hijos, por su parte, se ven sobrepasados por las informaciones que les llegan sobre quién es en realidad el que tenían por un honrado marido y padre dedicado a su familia y a su pequeña empresa de reformas. Desde el primer día se encuentran apostadas en la puerta de la urbanización cadenas de televisión y agencias que informan de cada movimiento que hacen; pero desde que se llevaron al que ellos conocían como Jorge Sierra, Valeria decidió que ni ella ni sus hijos volverían a pisar la calle más que para ir a coger un avión que los devolviese a Buenos Aires, de donde nunca debieron salir.

Lo que a Valeria más le duele es que haya algunos periodistas que aseguran que ella sabía cual era la identidad de su marido y que le ha estado ayudando a huir de la justicia desde que lo conoció, hace quince años.

—¡Eso es mentira! —dice desesperada a Alejandro Rivero, el abogado de su marido, mientras pasea de un lado a otro del salón—. ¿Vos creés que si yo supiera que hizo esa salvajada con esas pobres niñas habría tenido dos hijos con él?

—Tienes que intentar tranquilizarte, Valeria.

—¡¿Cómo voy a tranquilizarme si me están acusando de ser su cómplice, Alejandro?! ¡Hay gente que hasta pide que se me juzgue!

—Eso no va a suceder porque no tienen nada contra ti. Tú eres una víctima más. Siéntate y hablemos con calma, por favor.

—Yo solo quiero saber cuándo podré volver a Argentina.

—Mientras no se decida si el crimen del que se le acusa ha prescrito o no, tendréis que quedaros en España.

—Pero ¿lo van a soltar?

—No es fácil responder a esa pregunta, Valeria.

—¡¿Quién sino su abogado va a responderme?!

—Tienes que entender que este no es un crimen normal, Valeria. —Alejandro intenta mantener la calma—. Hay mucha presión social y a los jueces les va a costar tomar la decisión de soltarlo, pero yo intentaré lo que sea para lograrlo.

—¡No entendés una mierda, abogado! ¡Lo que quiero es que se pudra en la cárcel y que no vuelva a ver a mis hijos, ¿me oís?!

Alejandro ve en las palabras de Valeria una posibilidad de escapar de algo que no le ha dejado dormir en las dos últimas noches. Para muchos abogados sería el caso de su vida, pero él no quiere tener nada que ver con Antonio Anglés, y mucho menos ser recordado como quien consiguió que lo pusieran en la calle. Si no fuera porque se ve comprometido con el bufete al que representa, ya habría renunciado a defenderlo.

—Si no estás conforme con mis servicios, lo mejor es que me despidas y que busques otro abogado que...

—No quiero otro abogado —Valeria le corta pasando de la ira a la frustración—. Lo que quiero es que esto pase cuanto antes y seguir con mi vida. ¿Qué podemos hacer con esos periodistas que me están calumniando?

—Yo creo que lo mejor es que preparemos un comunicado y que amenacemos con interponer demandas a quien, de ahora en adelante, te acuse.

—Mi nombre ya está pisoteado, pero escribí ese texto de una vez.

Valeria se marcha al piso superior, donde sus hijos están en un cuarto aislados por completo del exterior. Alejandro saca su portátil, dispuesto a redactar el comunicado que tendrá que leer delante de la prensa y por el que seguramente sea todavía más odiado.

# 28

El inspector Moreno aguarda dentro de su coche. Había dejado de fumar hacía cinco años, pero esta mañana, sin saber muy bien por qué, ha entrado en un estanco y ha comprado un paquete de tabaco y un mechero. La primera calada le supo a rayos y le provocó un mareo que estuvo a punto de hacerle vomitar. Ahora que lleva medio paquete fumado, ya se siente como si nunca lo hubiera dejado.

Cuando ve a Indira salir de su portal acompañada de su madre y de su hija, le da un vuelco el corazón. Se olvida de respirar mientras se despiden y abuela y nieta se marchan calle arriba. Moreno sale del coche y las sigue hasta el mercado de San Antón sin apenas acercarse a ellas, con la misma precaución que si estuviera siguiendo a un sospechoso de asesinato. Las vigila mientras van de puesto en puesto y se toman dos enormes tostadas con aceite y tomate; la niña acompañada de chocolate caliente y la abuela de café con leche. Cuando terminan de desayunar, Carmen y Alba van a un parque en el que la niña se junta con una docena más de críos que se encaraman a una especie de barco pirata con la habilidad de chimpancés. No sabe si solo es la típica preocupación de un padre primerizo, pero tiene el alma en vilo pensando que se va a caer desde el mástil y que se va a descalabrar. Cuando las dos chicas filipinas que compartían banco con la madre de Indira se levantan y se marchan, el inspector Moreno se arma de valor y va a sentarse junto a ella. Se dan los buenos días con amabilidad y ambos observan en silencio a los niños durante cinco minutos. Iván necesitaba saciar su curiosidad y ya lo ha hecho, así que decide aceptar la oferta que le hizo Indira de seguir con su vida. Cuando se va a levantar del banco, la señora habla:

—Parece que son de goma, ¿verdad?

—¿Qué?

—Los niños —aclara ella—. Digo que ya se pueden caer desde lo más alto que rebotan. ¿Cuál es el suyo?

—Pues... aquel de allí. —Moreno señala a un niño negro que hace un castillo de arena junto a la proa del barco pirata.

—Todo lo que sea ayudar a darle un futuro a esas pobres criaturas me parece muy requetebién. Mi nieta es aquella de allí. ¡Alba, ven un momento!

—No, tranquila. La veo bien desde aquí.

Pero la niña, obediente como ella sola, ya se ha bajado del barco pirata y se dirige hacia ellos con paso firme. Aunque lo intenta, el inspector Moreno no logra apartar la mirada de Alba, buscando algún parecido con él. Si no fuera porque sabe que Indira no pudo tener relaciones con nadie más y que nunca le mentiría en algo así, diría que se ha equivocado de padre.

—Mira, Albita —le dice la abuela a la nieta cuando ella ya se ha plantado frente al banco—. Este señor es el padre de aquel niño que juega con la arena.

Alba mira al niño y después observa al inspector Moreno, desconcertada. Ahí hay algo que no le cuadra.

—Es adoptado, supongo —le aclara su abuela.

—¿Eso qué es?

—Que como no tenía papás, este señor y su mujer se lo han quedado.

—Yo tampoco tengo papá.

—¿Y eso? —pregunta Moreno con un hilillo de voz.

—Mi hija quiso tener a Alba sola —responde la abuela Carmen—. Y, con tantas rupturas como hay, casi es lo mejor. Si no

128

conoce a su padre, no le va a echar de menos después del divorcio.

—Eso es un poco egoísta, ¿no le parece? —Moreno se revuelve.

—¿Cómo dice?

—Y si resulta que el padre quería ocuparse de su hija, ¿qué? Me parece muy rastrero privarle de ese derecho solo porque es un hombre. Porque no sé si se ha parado a pensarlo, pero nosotros somos los que ponemos la semillita. Vale que las mujeres lo llevan dentro nueve meses y que se crea un vínculo de la hostia, pero sin los hombres no habría hijos. Que ahora parece que sin nosotros el mundo seguiría igual y tampoco es así. Y eso sin contar con lo que piensa la niña. —Mira a Alba—. ¿A ti te hubiera gustado tener papá, Alba?

—Creo que sí.

—¿Lo ve?

La abuela Carmen mira al inspector Moreno muy incómoda, sin comprender a qué ha venido todo eso.

—Será mejor que nos marchemos ya a casa, Alba. Tengo que hacer la comida. —Coge a la niña de la mano y se despide con educación del policía—. Buenos días.

Iván la despide con un gesto comprometido y abuela y nieta se marchan. El inspector Moreno no deja de mirar a la niña, esperando que se dé la vuelta, como si a quien hubiese despedido fuese a una primera cita y necesitara que le confirmase que ella siente lo mismo que él. Cuando ha recorrido unos metros, Alba se gira y lo saluda con la mano que tiene libre y una enorme sonrisa.

En ese momento, Iván comprende que ha caído en sus redes para siempre y que no quiere seguir perdiéndose cómo crece su hija, por mucho que a Indira le pese.

## 29

Paseando por las calles de Lisboa, Antonio Anglés se sintió libre por primera vez en el mes y medio que llevaba fugado. A pesar de que siempre se cruzaba con españoles, no se sintió observado. Quizá era porque ninguno de aquellos turistas se podía imaginar que el famoso asesino de las tres niñas de Alcàsser estuviese tan lejos de donde lo buscaban. También ayudaba el hecho de que, después de tantos días malcomiendo y casi sin ocasión de asearse, su aspecto no tenía mucho que ver con la imagen que ponían de él a todas horas en las televisiones españolas.

Recorrió las calles de la Alfama, el barrio más antiguo de Lisboa, un sinfín de estrechas callejuelas plagadas de bares y de restaurantes que suben desde el mar hasta el castillo de San Jorge. Antiguamente era hogar de pescadores y trabajadores del puerto, aunque por aquel entonces ya se había convertido en uno de los barrios más populares entre la juventud lisboeta. Seguía sin sentirse cómodo rodeado de gente, pero necesitaba comer o terminaría desfalleciendo. Eligió uno de los restaurantes menos visitados por los turistas y tomó un caldo verde que le supo a gloria, de segundo un bacalao con patatas que estuvo a punto de hacerle saltar las lágrimas y, de postre, los famosos pastéis de Belém. Mientras tomaba café, intentó planear cuáles serían sus siguientes pasos. Aunque desde el principio había pensado en emigrar a Brasil, sabía que era el primer lugar en el que lo buscarían, y por eso lo había descartado, pero tenía claro que debía marcharse lo más lejos posible de España si quería tener una oportunidad de escapar y quedar impune de sus crímenes. Lo ideal sería ir a Estados Unidos, a Canadá o incluso a México, y la única manera sería en barco.

Llegó al puerto de Lisboa con el estómago lleno y pasó varias horas observando cómo los grandes cruceros entraban y salían en diferentes direcciones. Gracias al crédito que había pedido su madre, tenía suficiente dinero para comprar un pasaje en primera clase, pero sabía que aquello sería como meterse en la boca del lobo. Durmió varias noches entre los contenedores del muelle, dispuesto a subirse de polizón en el primer carguero que partiera hacia América, pero enseguida descubrió que no era tan sencillo. Debía planificarlo bien si pretendía ocultarse las al menos dos semanas que duraría el viaje, y eso empezaba por aprovisionarse de comida —aunque esperaba poder conseguirla sin ser visto durante la travesía— y, sobre todo, de tranquilizantes.

Antonio llevaba toda la vida rodeado de drogadictos, por lo que no le era difícil identificarlos, así que localizó a uno de ellos y lo siguió hasta donde compraba su dosis diaria. Cuando se sintió seguro, se acercó al camello, que tenía aspecto de estar tan enganchado como cualquiera de sus clientes.

—Perdona, ¿tú sabes dónde conseguir tranquilizantes? —preguntó chapurreando portugués.

—¿Qué clase de tranquilizantes?

—Rohypnol.

—De eso no tengo.

—Estoy dispuesto a pagar bien —dijo Anglés enseñándole varios miles de pesetas.

El camello miró los billetes desconfiado.

—¿Eres español?

—Italiano.

—Puedo conseguirlos, pero tardaré unos días. ¿Dónde te alojas?

—No tengo un sitio fijo. ¿Tú no conoces alguno discreto y en el que no hagan muchas preguntas?

Joaquim Carvalho —como se presentó después el camello— volvió a mirarlo y comprendió que aquel hombre que decía ser italiano podía hacerle ganar mucho dinero. Lo llevó a su apartamento y, a cambio de un alquiler, le dio cobijo y le vendió a precio de oro todos los reinoles que encontró. Casi todos los días, mientras Joaquim se dedicaba a sus trapicheos, Antonio iba a vigilar el puerto. Gracias al descuido de un operario, consiguió robar una carpeta de documentos de la oficina del muelle y, cuando descubrió que salían habitualmente cargueros en dirección a Canadá, tuvo claro que ese sería su destino. Solo debía estudiar cómo colarse en el barco mientras cargaban los enormes contenedores. Después de diez días de vigilancia, decidió que subiría en uno que tenía previsto partir el 20 de marzo de 1993. Hasta entonces aún faltaban tres días, y quiso buscar algo de diversión. Se lo había ganado.

El barrio de Intendente, en la actualidad uno de los barrios de moda de Lisboa, era por aquellos años hogar de traficantes y prostitutas, el lugar en el que mejor podía desenvolverse alguien como Antonio Anglés. Se pasó la tarde observando a las chicas que ofrecían sus servicios cerca de una pensión por horas, pero a pesar de que ninguna pasaba de los veinticinco años, todas le parecían demasiado mayores.

—¿Puedo ayudarte, amigo?

Un hombre negro de más de uno noventa de estatura, con varias cicatrices en la cara que decían mucho sobre lo dura que había sido la vida con él, le miraba fumando un cigarro desde un portal cercano.

—No creo que tengas lo que busco —respondió Anglés.

—Prueba.

Antonio dudó sobre si abrirse con ese desconocido, pero llevaba muchos días sin poder dar rienda suelta a sus deseos y ya no aguantaba más. Y eso sin contar con que la posibilidad de que le cogieran en cualquier momento siempre estaba presente. Y, si eso sucediera, en el futuro solo disfrutaría con sus recuerdos. Estuvo a punto de pedir una niña de catorce o quince años, pero le pareció muy arriesgado; esas eran las típicas cosas por las que un proxeneta avisaba a sus contactos en la policía. Tendría que esperar a mejor ocasión.

—Son demasiado mayores.

—¿Te gustan mucho más jóvenes? —preguntó el proxeneta sin indicios de haberse escandalizado.

—Sí, de dieciocho recién cumplidos y, si es blanca y no está resabiada, mejor.

—Eso cuesta dinero.

—El dinero no es problema.

El proxeneta le condujo al interior de la pensión y le hizo esperar en una habitación recubierta de baldosas, con una cama de matrimonio en el centro y un lavabo y un váter en una esquina, sin una mísera pared que diera algo de intimidad. A pesar de lo sórdido de la decoración, era un lugar limpio. Como siempre acostumbraba a hacer, se asomó a la ventana en busca de una vía de escape por si las cosas se ponían feas y vio que podría saltar a la calle sin problemas y perderse entre los hombres que deambulaban de un lado a otro en busca de carne fresca.

A los diez minutos, y a pesar de que no tenía ninguna confianza en que el proxeneta fuese a cumplir con su palabra, entró una chica joven, con la piel blanca y cara de miedo. Tendría unos dieciocho años, pero su aspecto era de niña recién salida del colegio; llevaba incluso una falda plisada de cuadros, puesta con toda la intención de parecerlo. Su mirada huidiza y cómo observaba con espanto cada rincón de la habitación hizo que Antonio sospechara que era la primera vez que pisaba aquel lugar.

—¿Cómo te llamas?

—Izabel —respondió ella con timidez—. ¿Quieres que me desnude?

Le dijo que sí y se sentó en la cama a mirar cómo lo hacía. Izabel se quitó la ropa sin ninguna gracia ni deseo de agradar, pero aun así su cuerpo joven y atlético excitó al asesino. La obligó a hacerle una felación que, profunda y violenta, provocó arcadas en la chica, y, a continuación, la violó analmente. Cuanto más gritaba y protestaba ella, más disfrutaba Anglés. Una hora más tarde, después de dejarla marchar llorosa y magullada, mientras él se aseaba, entró el proxeneta para exigirle más dinero por el estado en el que había quedado la joven. Antonio no puso ninguna objeción y pagó lo que le pedía. Había merecido la pena.

Aquella misma noche, en su pequeño apartamento, Joaquim Carvalho encendía el televisor después de haberse metido un chute de heroína. En las noticias hablaban sobre un horrible crimen que había sacudido a la sociedad española, el de tres adolescentes a las que habían torturado, violado y ejecutado en un pueblo de Valencia. El camello no prestó demasiada atención a lo que decían, hasta que en la pantalla aparecieron las fotos de los dos presuntos asesinos. Aunque tenía el pelo distinto y estaba más delgado, reconoció sin lugar a dudas al que estaba en busca y captura.

## 30

Indira está sentada a una mesa del bar donde, según dice su psicólogo, se comen los mejores perritos calientes de Madrid. Estar allí le produce una sensación agridulce: parece claro que en ese local no llevan la limpieza por bandera, pero después de visitarlo por primera vez fue directa a casa del entonces subinspector Moreno y se acostó con él, gracias a lo cual nueve meses más tarde dio a luz a su hija Alba. Procura no tocar nada mientras espera a su cita, arrepintiéndose de no haber quedado en un parque.

El abogado Alejandro Rivero entra en el bar y observa fascinado la insólita decoración, que consiste en una mezcla de estilos irlandés, estadounidense, chino y español. Indira se levanta para recibirle.

—Gracias por venir, Alejandro.

—Indira... me ha sorprendido tu llamada. Dadas las circunstancias, no sé si debo hablar contigo fuera de los juzgados.

—Como quieras. —Indira sonríe inocente—. Aunque tendrás que comer en algún momento. Y aquí sirven unos perritos de escándalo.

Alejandro cede y se sienta frente a ella, que le pide al camarero dos perritos especiales y dos dobles de cerveza.

—¿Cómo te ha ido la vida? —pregunta Indira una vez que el camarero va a por el pedido—. ¿Llegaste a casarte?

—No. Después de lo nuestro estuve unos años dando tumbos hasta que me centré en el trabajo. Y ya sabes cuál es el premio.

—Antonio Anglés, casi nada.

—Muchos abogados matarían por defenderlo, pero a mí me revuelve las tripas. Si pudiera, dejaría el caso sin pensarlo.

—¿Qué te lo impide?

—Mi contrato con el bufete. Ser socio me otorga muchos privilegios, pero también tengo unas cuantas obligaciones... —El abogado intenta llevar de nuevo la conversación al terreno personal—. ¿Y tú? Supongo que tampoco te casarías.

—No..., aunque te sorprenderá saber que tengo una hija de algo más de dos años.

—Vaya, eso no me lo esperaba —reconoce Alejandro—. ¿Y el padre?

—Es una larga historia.

—Yo no tengo prisa.

Indira le cuenta su relación con el inspector Moreno, le habla de lo que los unió y lo que los separó, y le describe cómo han transcurrido estos últimos tres años en el pueblo de sus padres. Alejandro le dice que la encuentra muy recuperada de lo suyo y se ríe con ganas cuando les traen las cervezas y los perritos y ella saca unos cubiertos de plástico del bolso y se envuelve las manos con tantas servilletas que el camarero tiene que acercarse para llamarle la atención. Con la segunda cerveza, Indira nota que se le dispara la libido igual que la noche en que se quedó embarazada, pero para su sorpresa y agobio ha dejado de pensar en Moreno y empieza a recordar lo bien que se lo pasaba en la cama con Alejandro.

—Entonces ¿ya no tienes nada con ese poli?

—No... No lo sé... Creía que todo estaba acabado, pero cuando lo he visto algo se me ha removido por dentro..., aunque he de confesar que me ha pasado lo mismo contigo.

Indira se da cuenta de lo que acaba de decir y se tapa la boca avergonzada.

—Perdón. No tenía que haber dicho eso.

—Tranquila. —Alejandro sonríe—. Sé que el alcohol hace que se te suelte la lengua. Y me encanta.

Se ríen recordando anécdotas de cuando estaban juntos y recuperan la confianza como si no hubieran pasado ocho años. Indira se muere de ganas de decirle que se vayan a un hotel, pero se esfuerza por poner una barrera entre ellos, aunque no cree que pueda aguantar mucho tiempo en pie.

—Es como ponerle puertas al campo... —dice para sí mientras hace pis en un equilibrio circense, sin tocar nada y tirando de la cadena con el pie.

Al volver a la mesa, ve que Alejandro ha pedido dos cervezas más.

—Voy a terminar como una cuba.

—Es sin alcohol.

—Serás mentiroso...

Tras las risas y los brindis, se produce un silencio entre ellos. Antes de decidir si dar un paso adelante o retirarse y evitar la tentación, Indira saca el tema que les ha vuelto a juntar.

—¿Qué crees que va a pasar con Anglés?

—No hay pruebas suficientes para fundamentar una acusación contra él y, según el código penal, su delito ha prescrito, así que lo más probable es que en dos o tres semanas se decrete su puesta en libertad.

—Algo estamos haciendo mal cuando vamos a poner en la calle a un hijo de puta de ese calibre.

—Es la ley.

—Eso lo dices como abogado, Alejandro, pero te conozco y sé que como ciudadano te hierve la sangre tanto como a la gente que se está manifestando en este momento frente a los juzgados de Plaza de Castilla para que no vuelva a pisar la calle.

—Y más cuando he pasado horas hablando con él.

—¿Qué significa eso? —Indira se pone en alerta.

—Lo conozco desde hace tiempo, Indira; he cenado con él y con su mujer, hemos ido juntos al fútbol con su hijo, que para más inri se llama Antonio, y hasta pasé unos días con ellos en Ibiza el año pasado, y su frialdad me pone los pelos de punta. Entre tú y yo, no dejo de pensar en que hace unos años vimos juntos un reportaje sobre Alcàsser y recuerdo muy bien que...

—¿Qué?

—Que sonreía. El tío lo estaba disfrutando. Me llamó la atención que se lo estuviese pasando tan bien cuando hablaban de unas niñas torturadas y ejecutadas. Ese cabrón es un psicópata de manual.

A Indira se le eriza el vello. Cada vez que tiene una intuición le sucede lo mismo, y esta vez es de las fuertes.

—Joder...

—¿Qué pasa? —pregunta el abogado.

—Perdóname, pero tengo que irme —dice mientras saca unos billetes y los deja sobre la mesa—. Te vuelvo a llamar y te lo compenso, ¿vale?

Indira se marcha a toda prisa, pero siguiendo uno de esos impulsos que suelen complicarle la vida a la gente —y más aún cuando se ha bebido—, se detiene en la puerta, vuelve hasta donde su ex todavía mira desconcertado los billetes sobre la mesa y le besa en los labios.

—Me ha encantado volver a verte, Alejandro.

# 31

La agente Lucía Navarro y el arquitecto Héctor Ríos hace tiempo que dejaron el pudor a un lado para dar rienda suelta a sus fantasías. Sus sesiones de sexo han ido cada vez a más, hasta lograr una compenetración que ninguno de los dos conocía. Han probado todo lo que se les ha ocurrido, y hasta han llegado a hacer varios tríos, primero con una prostituta y después con un chico con el que ella había quedado un par de veces a través de las redes sociales. En ambas ocasiones lo pasaron bien, pero lo que más les seguía excitando eran los juegos de dominación y sumisión.

—Me ducho yo primero y voy poniendo un par de copas, ¿vale? —dice Héctor nada más entrar en el *loft*.

A Lucía le parece bien y, mientras él entra en el baño, ella va preparándolo todo para la sesión de esta tarde. Ya tiene claro lo que busca y cómo conseguirlo. Lo que más le gusta es que con Héctor no tiene que disimular, a él puede proponerle todo lo que se le ocurra. Solo un par de propuestas han caído en saco roto, pero porque sonaban bastante mejor dentro de su cabeza que una vez dichas en voz alta. Cuando el arquitecto sale del baño con una toalla alrededor de la cintura, ve que sobre la cama hay un par de juguetes y varias esposas.

—No toques nada —dice ella.

—Descuida. Aunque miedo me das...

Lucía se ríe, le besa y entra en el baño. Cuando vuelve a la habitación, al cabo de media hora, va vestida con un conjunto de lencería negro que corta la respiración, medias con ligueros y unos zapatos de tacón de aguja.

—Yo ya estoy lista.

No se entretienen en charlar ni en tomar las copas que ha preparado Héctor. Estas han quedado sobre la mesilla y les van dando pequeños sorbos durante la intensa sesión, que esta noche incluye sexo oral forzado, algunos azotes, muchas palabras y el plato fuerte:

—Dame las manos.

Héctor obedece y Lucía le esposa por las muñecas al cabecero de la cama. Cuando lo tiene a su merced, se quita la poca ropa que le quedaba puesta y se sube sobre él. Está tan excitada que no necesita ni tocar el miembro de su amante para que se pierda en su interior. Sube y baja lentamente, hasta que desliza la mano por debajo de la almohada y saca su pistola. No es la primera vez que juegan con ella, aunque la dejan para las ocasiones especiales. Se la pasa por el vientre, por el pecho y por el cuello. El cañón pugna por entrar en la boca de Héctor.

—Ábrela.

Él abre la boca y Lucía le introduce el cañón, haciéndolo chocar con sus dientes. Él protesta, lo que hace que ella se sienta aún más poderosa y aumente el ritmo de sus embestidas.

—Me voy a correr —dice él con dificultad.

—Ni se te ocurra. Espera un momento.

Cuando, después de unos segundos, Lucía va a llegar al orgasmo, aprieta el gatillo. Las veces que han utilizado su arma, ella se ocupa de descargarla y de comprobar que no haya quedado ninguna bala en la recámara, pero en esta ocasión algo falla y, en lugar de un simple clic, se escucha una detonación. Lucía se queda horrorizada al ver que la almohada se tiñe de sangre.

—¡Héctor!

Le sacude, como si quisiera confirmar que solo es una broma de muy mal gusto, pero al moverle la cabeza los sesos del arquitecto se desparraman por las sábanas. Se baja de un salto y observa paralizada a su amante, que yace muerto sobre la cama. Después mira su pistola, sin comprender qué ha podido pasar, y siente que toda su vida acaba de irse a la mierda.

# 32

A Joaquim Carvalho se le pasó de golpe el colocón al ver en la tele la fotografía del que tenía por un ciudadano italiano. Prestó atención a lo que decían y se horrorizó al escuchar los detalles de lo que había hecho con aquellas tres niñas. Él podía ser muchas cosas, pero no daría cobijo a un asesino pederasta ni por todo el oro del mundo. Descolgó el teléfono y marcó.

—¿Policía? Mi nombre es Joaquim Carvalho. Quiero denunciar al hombre del que hablan en la tele, el que asesinó a esas chicas en España. Sí, claro que sé dónde está: alojado en mi casa. Vengan pronto, por favor. Está a punto de llegar.

Dio la dirección en la que se encontraba y, nada más colgar, Antonio Anglés entró por la puerta. Le bastó con ver lo que estaban poniendo en la tele y la cara de terror con que le miraba su compañero de piso para comprender que le había descubierto. Joaquim todavía tenía la mano sobre el teléfono.

—¿Qué has hecho, Joaquim?

—La policía está a punto de llegar. Será mejor que te marches.

Anglés sacó su pistola y le apuntó con ella.

—No me dispares, por favor. ¿Qué querías que hiciera? —Joaquim levantó las manos, lloroso—. No se le hace eso a unas niñas, joder.

Antonio ignoró sus súplicas y apretó el gatillo, pero al igual que ocurrió cuando fue a ejecutar a las adolescentes en el paraje de La Romana se le encasquilló el arma. Tiró de la corredera y la bala sin percutir salió despedida. Volvió a intentarlo, pero el arma había quedado dañada.

—Has tenido suerte, hijo de puta —dijo Antonio—. Dame tu pasaporte, ¡vamos!

Joaquim sacó la sucia documentación de un cajón y se la tendió, tembloroso.

—Toma, llévate lo que quieras.

Antonio Anglés miró un cuchillo que había sobre la mesa. Él no era de los que solía dejar cabos sueltos, pero a pesar de que Joaquim Carvalho no dejaba de ser un drogadicto como los que él tanto despreciaba, como sus propios hermanos o como Miguel Ricart, pelear cuerpo a cuerpo con él era asumir demasiados riesgos y decidió perdonarle la vida. Le quitó el pasaporte de las manos, cogió sus pocas pertenencias, las pastillas que había almacenado y salió sin mirar atrás.

De camino al centro de Lisboa se cruzó con varios coches de la policía con las sirenas encendidas, pero no se giró para comprobar que iban a casa de Joaquim Carvalho, no tenía ninguna duda de que era así. Apretó los dientes con rabia al constatar que el plan que llevaba preparando tanto tiempo se había ido por el sumidero. Era muy arriesgado esconderse los dos días que faltaban para que saliera el barco en el que pensaba huir —sabía que en unas horas la policía española se habría unido a la portuguesa en su búsqueda y uno de los lugares más vigilados sería el puerto—, así que tenía que marcharse esa misma noche, sea como fuere.

Se deshizo de la pistola y se encaminó al muelle de carga, donde vio que las grúas estaban subiendo enormes contenedores a un barco bautizado como City of Plymouth. No tenía ni idea de adónde se dirigía y tampoco podía entretenerse en averiguarlo. Compró agua y todas las provisiones que pudo en una tienda del puerto y, cuando los trabajadores hicieron un descanso para fumar un cigarro, logró colarse sin ser visto a través de la bodega.

Recorrió interminables pasillos con compartimentos a ambos lados hasta que encontró el lugar donde iba a ocultarse durante la travesía: un pequeño cuartucho lleno de trastos viejos en el que no parecían entrar a menudo. El barco zarpó aquel mismo amanecer y Antonio Anglés pasó allí oculto los siguientes cinco días, aguantando a partir del tercero el hambre, el frío y la sed. En la madrugada del 23 de marzo, cuando ya llevaba muchas horas sin echarse algo a la boca, decidió salir de su escondite y entró a buscar comida en el almacén de proa. Al ir a llenarse los bolsillos, un marinero le sorprendió.

—¿Qué estás haciendo aquí? —preguntó en inglés y enseguida gritó hacia el exterior—. ¡Eh, venid!

Antes de que Antonio pudiese reaccionar, dos marineros más acudieron a la llamada de su compañero.

—¿Quién cojones es este tío?

—Un polizón. Debió de colarse en el puerto de Lisboa. Hay que avisar al capitán.

Antonio solo chapurreaba algunas palabras en inglés y no entendía lo que le estaban diciendo, pero tampoco le hacía falta para saber que tenía un problema. Le llevaron a la cabina de mando y fueron a despertar al capitán, que llegó cinco minutos después. Le preguntó quién era y adónde se dirigía. Antonio le mostró su pasaporte y le dijo que era portugués y que quería ir a México para visitar a su familia.

—¿México? —preguntó el capitán negando con la cabeza—. Entonces te has equivocado de barco, hijo. Nosotros vamos hacia Dublín, Irlanda.

Ordenó a sus hombres que lo encerrasen en un camarote con agua y comida hasta que lo entregasen a las autoridades irlandesas y se desentendió. Pero, al despertar, recibió una sorprendente e irritante noticia: el polizón había conseguido escapar del camarote en plena noche y había robado un bote salvavidas. Por un momento se le pasó por la cabeza abandonarlo a su suerte, aunque al final optó por dar aviso a las autoridades francesas, que enviaron un avión y localizaron al fugitivo en mitad del mar. El capitán dio la vuelta, lo subió a bordo y lo llevó al mismo camarote.

—Si quieres volver a escapar, tendrás que hacerlo a nado —le dijo antes de encerrarlo de nuevo—. Y te aseguro que estas aguas están congeladas y no durarías vivo ni cinco minutos. Tú verás.

Cerró la puerta y la atrancó con una madera. Antonio Anglés estuvo las siguientes horas pensando en lo que debía hacer: tenía claro que, si se dejaba capturar, lo enviarían a España y lo encerrarían hasta que algún preso con ganas de notoriedad quisiera ser recordado como el asesino del monstruo de Alcàsser; y eso no tardaría mucho tiempo en suceder. Si, por el contrario, intentase volver a escapar del camarote —cosa que no le costaría demasiado por muchas maderas que hubiesen puesto en la puerta—, el capitán tenía razón al decir que no duraría mucho en esas aguas heladas.

Pero tendría una oportunidad.

Si ese tenía que ser el final de su huida, él prefería acabar congelado en el mar que acuchillado en el patio de una cárcel. Cuando, a lo lejos, vio unas luces a través del pequeño ojo de buey, supo que estaban acercándose a su destino y que, si quería intentar algo, debía ser en ese momento. Aún estaba muy lejos de tierra y era probable que muriese ahogado, pero cuanto más cerca estuviera más movimiento habría en cubierta y más se reducirían sus posibilidades de escapar. Abrió el pestillo con la hebilla de su cinturón y empujó la puerta hasta que las maderas cedieron y cayeron formando un gran estruendo. Temió que alguien lo hubiera escuchado, pero la suerte de nuevo se alió con él y el ruido coincidió con el golpe de una gran ola contra el casco del barco. Una vez fuera del camarote, volvió a colocar las maderas atrancando la puerta para retrasar la voz de alarma todo lo posible, se puso un chaleco salvavidas que encontró junto a los botes y comprobó decepcionado que les habían puesto cadenas para que no pudiera volver a robar uno. Cogió un cabo que había dentro de uno de ellos y se descolgó los siete metros que le separaban del agua.

Cuando estaba a punto de dejarse caer, sintió cómo el frío se le metía en los huesos, a pesar de que aún no se había mojado. Por un instante pensó en regresar a la cubierta y ponerse en manos de la justicia, pero, aunque pudiese sobrevivir a sus compañeros de condena, él había pasado temporadas en la cárcel y sabía que no aguantaría los veinte o veinticinco años que permanecería encerrado.

Antonio Anglés respiró profundamente y se tiró al agua.

# 33

—¿Qué diablos haces, Ramos? —pregunta el comisario estupefacto al entrar acompañado del inspector Moreno en su despacho y encontrarse a Indira arrodillada sobre la moqueta, limpiando una mancha de café con gel hidroalcohólico.

—Hace poco descubrí que el gel que yo utilizo es buenísimo para las manchas, jefe —responde ella apurada—. Esto ya casi está. En cuanto se seque, quedará como nueva.

—Haz el favor de levantarte.

Indira frota la moqueta durante un par de segundos más y, al levantarse más rápido de la cuenta, sufre un traspiés y está a punto de caerse al suelo. El inspector Moreno la habría dejado desplomarse de buena gana, pero la sujeta instintivamente.

—Muchas gracias —dice Indira arrastrando las palabras.

—¿Vas pedo, Indira? —pregunta Moreno alucinado.

—He tenido una comida y me he tomado un par de cervezas, pero pedo no voy —responde con dignidad—. Tenemos que hablar de Anglés.

—Hablaremos cuando duermas la mona, Ramos —dice el comisario mirándola con dureza—. No quiero escuchar que mis agentes beben estando de servicio.

—Es que es muy urgente, jefe.

—Hemos tardado treinta años en encontrarlo, así que no creo que pase nada por esperar un día más.

—Además —añade Moreno—, ya escuchaste al juez: la ley dice que quizá haya que dejarlo en libertad. Nosotros no podemos hacer nada.

—En eso te equivocas, Iván. Yo sé cómo hacer que encierren a Antonio Anglés de por vida.

El comisario y el inspector Moreno la miran intrigados. Por muchas locuras que haga o por más que haya bebido, la inspectora Ramos no es de las que lanzan esos órdagos si no tienen unas buenas cartas en la mano.

—Habla —dice el comisario.

—He estado reunida extraoficialmente con su abogado —Indira dedica una rápida mirada a Moreno para confirmar con satisfacción cuánto le molesta— y me ha hablado sobre la relación que ha mantenido con él durante estos últimos años. Sin saber quién era su cliente, por supuesto.

—¿Qué te ha contado?

—No puedo traicionar su confianza, pero lo que tengo claro es que es un psicópata que nunca ha mostrado arrepentimiento por lo que les hizo a esas niñas.

—No hace falta ser muy listo para adivinar eso, Indira —dice el inspector Moreno—. ¿Adónde quieres ir a parar?

—A que ese tío ha vuelto a matar, Iván. Es imposible que hiciera aquello en 1992 y que se haya estado comportando como un honrado ciudadano hasta hoy. Estoy segura de que tiene unos cuantos cadáveres en el armario.

El inspector Moreno siente la misma excitación con la que habla la inspectora Ramos. Aunque le gustaría tirar por tierra su teoría, no le queda otra que asentir.

—Podría ser, sí...

—¿De qué leches estáis hablando? —pregunta el comisario, perdido.

—De que Antonio Anglés no se conformó con matar a esas niñas en Alcàsser —responde Moreno—. Este tipo de asesinos sueñan día y noche con volver a experimentar lo que sienten al quitar una vida. Y más si consiguió salir impune la primera vez.

—No sé si entiendo lo que queréis decir, la verdad.

—Siempre tenemos una víctima y nos dedicamos a buscar a su asesino, ¿verdad? —explica Indira—. Pues en esta ocasión va a ser justo al revés.

El comisario empieza a comprender.

—Tenemos al asesino y...

—... y debemos encontrar a las víctimas que haya ido dejando por el camino —la policía completa la frase—. Solo necesitamos seguir sus pasos desde que salió de España en 1993 y descubrir un crimen que todavía no haya prescrito para poder juzgarlo y condenarlo.

# 34

Antonio Anglés sintió el agua helada como si fueran cuchillos clavándosele en la piel y recordó que, antes de ejecutar a las niñas, jugó a pinchar a una de ellas varias veces en la espalda e imaginó que debió de sufrir el mismo dolor que ahora padecía él. Por primera vez desde entonces, tuvo algo parecido al remordimiento.

Nadó desesperado hacia las luces, que, por extraño que pudiera parecer, cada vez veía más lejos. Enseguida el intenso frío dejó paso al más profundo de los miedos. Él nunca fue creyente, pero estando tan cerca de la muerte no pudo evitar pensar que estaba equivocado y que sí había alguien al otro lado para juzgarle por sus actos. Y en ese caso, estaría condenado sin apelación. Cuando las olas lo empujaron hacia atrás y se vio sobre la estela que había dejado el City of Plymouth minutos antes, supo que no lo conseguiría. Aún pasó quince minutos más luchando por sobrevivir, deshaciéndose de todo el peso que le lastraba —incluidas pastillas, botas y dinero—, pero se le agotaron las fuerzas y cerró los ojos. Su último pensamiento fue para su madre. Ella siempre decía que la culpa de todo la tenía su sangre, que no mezclaba bien con la de su marido, y por eso todos sus hijos habían salido así. Seguramente tuviera razón.

Antonio abrió los ojos y se encontró frente a un intenso cielo azul. Sonrió al ver que no le habían enviado al infierno. Después de todo, quizá tuviera una oportunidad de explicarse, de demostrar que él no era tan malo como todos creían, que el entorno en el que había crecido le había condicionado y que esas malditas pastillas a las que estaba enganchado eran las que le obligaban a actuar así. Pero de pronto una ola le golpeó en la cara y volvió a sentir el intenso frío.

—No estoy muerto, joder... —dijo para sí.

Se incorporó magullado y comprendió que la corriente lo había arrastrado hasta las rocas. A lo lejos, pudo ver que el puerto de Dublín había sido tomado por coches patrulla. Le empezaron a castañetear los dientes y se levantó con esfuerzo. Se quitó el chaleco salvavidas y se frotó brazos y piernas, intentado entrar en calor. Analizó la situación y entendió que debía olvidarse de ir a América de polizón en otro barco, al menos desde aquel puerto. Si quería seguir escapando, tendría que dirigirse hacia el interior de aquella enorme isla.

III

# 35

La agente Lucía Navarro sigue paralizada junto a la cama en la que yace el cadáver de su amante, el arquitecto Héctor Ríos. Continúa sin comprender cómo ha podido ser tan estúpida de dejar cargada su arma reglamentaria. Estaba convencida de que, al igual que las anteriores veces que habían jugado con ella, la había revisado con atención. Pero la sangre que ha traspasado la almohada, las sábanas y el colchón, y que ya está formando un charco bajo la cama, indica que al menos una bala seguía dentro.

Lleva un largo rato desnuda, fría e indecisa. La inspectora Ramos le tiene sincero aprecio, pero Lucía la conoce de sobra para saber que, si llegase a enterarse de lo que ha pasado, por muy accidental que hubiese sido, jamás haría la vista gorda. Siempre ha admirado su honestidad, aunque ahora va en su contra. Lo mismo sucede con el resto de los miembros de su equipo: tratarían de ayudarla por todos los medios, de eso está segura, pero no la encubrirían. Además, es consciente de que no puede ponerlos en esa tesitura. Solo tiene dos opciones: avisar a sus compañeros y esperar que el juez sea indulgente o tratar de que quede como otro de tantos casos sin resolver. Lucía sabría bien cómo hacerlo, el problema es que no cree que psicológicamente sea tan fuerte para soportar la inmensa presión que tendría durante las siguientes semanas. Pero se trata de eso o de pasar una buena temporada en la cárcel. Todos sus esfuerzos y sus años de duro trabajo se irían por el desagüe para terminar en el peor sitio para una policía.

Cuando toma la decisión, no se entretiene en lamentos ni en titubeos, ya habrá tiempo para eso cuando esté a salvo en su casa. Lo primero es recuperar la bala. Tiene que darle la vuelta al cuerpo y hurgar entre sesos y una sangre cada vez más densa, ya camino de la coagulación, que hace que tenga que contener una sucesión de arcadas. No es sencillo dar con el fragmento de plomo, pero lo encuentra después de cinco minutos realizando el peor trabajo del mundo.

Por suerte para ella, nadie parece haber escuchado el disparo y puede limpiar sin que la molesten. Baja a Héctor al suelo y retira las sábanas, en las que, aparte de trozos de cráneo, con toda probabilidad habrá restos de su ADN. Busca unos guantes de fregar y un gorro de ducha con el que cubrirse el pelo y, después de lavar el cadáver con cuidado y de volver a subirlo a la cama, procede a fregar cada centímetro de la casa, incluso los sitios en los que no recuerda haber pisado ninguna de las veces que ha estado en ese apartamento. Dos horas y media más tarde, se puede dedicar al baño.

Desatornilla el desagüe para retirar cualquier pelo suyo que haya podido quedar atascado y vacía en su interior cuantos productos químicos encuentra, incluidos un frasco de colonia y otro de *aftershave*. Cuando termina de limpiarlo, le da un último repaso a la casa y, además de la porquería que ha recogido, guarda en varias bolsas de basura la ropa de Héctor, las sábanas empapadas en sangre, los trapos, los guantes y las toallas que ha utilizado.

Su intención era quemar las pruebas y hacerlas desaparecer para siempre, pero para ello debía ir a buscar su coche a casa y llevarlas a las afueras. Y pasearse por Madrid cargada con restos orgánicos siempre supone un problema. Al salir a la calle ve llegar la solución en forma de camión de la basura. Mete las bolsas dentro de los contenedores y no se mueve de allí hasta que comprueba que están de camino a alguna de las plantas incineradoras que hay en los alrededores de la capital. Pronto solo le importarán a los vecinos que viven cerca de esos vertederos y que todas las mañanas se despiertan con olor a basura quemada. Tira el teléfono de Héctor al suelo y lo pisotea hasta que no queda un trozo mayor que una moneda de cincuenta céntimos. Después se ocupa de localizar las cámaras de seguridad que hay por la zona y descubre con alivio que la única que pudo haberle grabado es la que se encuentra en el portal. Fuerza la puerta del cubículo del portero y extrae la tarjeta de memoria micro SD de la unidad de almacenamiento.

Cuando por fin entra en casa ya son las dos de la mañana. Cierra la puerta a su espalda y se derrumba. Llora sentada en el suelo de la entrada por haberse convertido en lo que lleva años persiguiendo y por no haber tenido el valor de asumir sus errores; pero sobre todo llora porque, aunque ni mucho menos lo pretendía, le ha quitado la vida a un buen hombre.

# 36

Alba ha encontrado en el vinilo que cubre las paredes de casa de su madre una gigantesca pizarra en la que dibujar. Cuando Indira llega y ve un campo de flores en la pared del salón, sufre una apnea respiratoria de cinco segundos. Pero lo que más le desestabiliza es descubrir un enorme televisor colocado sobre el aparador.

—Una niña necesita una tele para entretenerse, Indira —le dice la abuela Carmen cuando va a preguntarle—. Y también he contratado unos cuantos canales para que Albita pueda ver dibujos animados.

—Hay que tener mucho cuidado con los dibujos, mamá.

—Pues mira, hay uno que es una esponja. Ese a ti te encantaría.

Indira decide no entrar al trapo y se sienta junto a su hija, que termina de dibujar una masa roja con cuatro patas. Jamás pensó que lograría contenerse ante semejante sacrilegio, pero el amor de una madre lo consigue todo.

—¿No preferirías usar un cuaderno para tus dibujos, Alba?

—Aquí mola más. La yaya me ha dado permiso.

—La yaya, claro.

—Se borra fácil, mami. Mira.

Alba pasa su minúsculo dedito por algo parecido a una flor y esta queda partida por la mitad. Enseguida vuelve a su dibujo, muy concentrada. Indira lo mira con curiosidad.

—¿Qué es eso, cariño?

—Un perro. ¿Podemos tener uno?

—Ni lo sueñes, Alba —responde espantada—. Un perro es un foco de infecciones. Se hacen caca y pis por todas partes.

—Porfi... —ruega Alba.

—He dicho que no. Y menos en un piso en Madrid.

—Si tuviera papá, seguro que me dejaba —responde la niña, rabiosa.

No es la primera vez que Alba menciona a su padre, pero ahora que él ya sabe que existe, Indira tal vez deba tener una conversación con ella. Intenta encontrar la manera de abordar el tema, pero no se le ocurre cómo y decide que esperará a que Iván mueva ficha. Puede que acepte su propuesta y que se desentienda por completo de su hija.

—Es hora de cenar y de irse a la cama, Alba.

—¿Qué hay?

—La yaya está haciendo crema de verduras. ¿No notas que tiene la casa atufada?

—Pues abre la ventana.

Indira sonríe ante la simplicidad con la que ve el mundo su hija y, tras dejarla terminar de dibujar su perro rojo (al que le ha añadido cuernos), la lleva a lavarse las manos y cenan juntas abuela, hija y nieta. Después, a pesar de que aún arrastra una buena resaca desde la comida con su ex y de que desea meterse en la cama cuanto antes, le lee un cuento titulado *¿A qué sabe la luna?*, en el que un grupo de animales deciden subirse unos encima de otros para llegar a la luna y comérsela. El relato, que pretendía conseguir que Alba se quedase dormida, no hace sino despertar en ella un sinfín de preguntas para las que Indira no tiene respuesta, como para qué quieren los animales comerse la luna con la cantidad de comida que hay en la tierra, si el cielo no se quedará muy negro sin luna o si los animales de abajo aguantarán tanto peso. Después de diez minutos de explicaciones que generan aún más preguntas en Alba, Indira se harta y la obliga a dormir.

La abuela Carmen sigue molesta con ella por haberle dicho que volviese al pueblo si no está conforme con su modo de hacer las cosas, así que Indira aprovecha para marcharse a descansar. El problema es que, nada más cerrar los ojos, empieza a darle vueltas a lo que sucederá con Iván y Alba y al estúpido beso que le ha dado a Alejandro en el bar de los perritos calientes, y se desvela. Intenta reanudar la lectura de la novela que tiene a medias, pero no logra concentrarse y pasa cinco páginas sin enterarse de qué narices va aquello. Se levanta para beber un poco de zumo en la cocina y va a sentarse en el sofá. El mando a distancia de la descomunal tele nueva está al alcance de su mano, pero ella se resiste a cogerlo. Al rato sucumbe a la tentación y aprieta el botón rojo. La tele emite un leve chasquido y un programa de teletienda en el que venden un humidificador que califican como mágico ilumina la estancia. Se mueve con torpeza por los diferentes canales hasta que sintoniza una telenovela turca. Se queda encandilada viendo cómo un hombre recio y barbudo con unos insólitos ojos azules conquista a una chica preciosa a la vieja usanza, a base de golpes en el pecho. Cuando la sintonía del final le hace despertar de la hipnosis, continúa su periplo por los canales: varias series, alguna película, deportes, *realities*..., hasta que da con el canal de noticias 24 Horas.

Están hablando de la detención de Antonio Anglés y de las posibilidades de que sea puesto en libertad por la prescripción del asesinato de las tres niñas de Alcàsser. Un juez jubilado al que entrevistan en su despacho comenta que, aunque cueste aceptarlo, el código penal es muy claro a ese respecto y no queda más remedio. También conectan con el exterior de los juzgados de Plaza de Castilla, donde han acampado decenas de personas para exigir que el asesino se pudra en la cárcel. Entre los manifestantes no solo están algunos familiares de Miriam, de Toñi y de Desirée, sino los padres y hermanos de otras chicas tristemente célebres por haber sido asesinadas, casi siempre por criminales reincidentes.

Cuando termina el vídeo que muestra la profunda indignación de la gente, la presentadora del informativo vuelve a tomar la palabra:

«Aunque Antonio Anglés nunca fue eliminado de la lista de los más buscados, la Guardia Civil estaba convencida de que había muerto ahogado en las frías aguas de Irlanda tras saltar desde la cubierta del barco en el que se había colado como polizón en marzo de 1993. Pero, en vista de que no ha sido así, todo el mundo se hace la misma pregunta: "¿Dónde ha estado Anglés estos últimos treinta años?"».

# 37

Oculto entre las rocas, Antonio Anglés veía agentes entrando y saliendo apresurados del City of Plymouth. El puerto de Dublín estaba iluminado por las inconfundibles luces policiales y, aunque desde donde se encontraba no podía distinguirlo, se imaginaba sus gestos de desconcierto por no hallarlo en el camarote donde el capitán había mandado que lo encerraran la noche anterior. Varias lanchas policiales zarparon en busca del cadáver del fugitivo, convencidos de que no podía haber sobrevivido en aquellas aguas heladas. Anglés sabía que alguien, en algún momento no muy lejano, se plantearía que lo había conseguido y empezarían a batir la costa, y cuando eso sucediera, él ya tenía que estar muy lejos. Lo primero era buscar ropa seca y algo que ponerse en los pies, cuyos dedos estaban agarrotados a causa del frío. Caminó cojeando, sintiendo que cada piedra que pisaba le rompía la piel, hasta que llegó a un conjunto de casas de pescadores. En el patio trasero de una de ellas, colgados en una cuerda por alguien demasiado optimista al pensar que no llovería en aquel lugar un húmedo día de finales de marzo, había unos pantalones vaqueros, una vieja camisa de cuadros, un jersey de lana y unos calcetines llenos de remiendos que llevarían varios lustros abrigando los pies de su dueño. No tuvo que buscar mucho más para encontrar junto a la entrada de la casa unas botas que, aunque no eran de su número, cumplirían muy bien su función.

Una vez que logró entrar en calor, pensó en dirigirse al interior de la isla, lo más lejos posible del lugar donde le estaban buscando. Mientras caminaba por sitios poco transitados, veía aviones despegando y aterrizando, y soñó con estar dentro de alguno de ellos; en unas pocas horas, habría conseguido despistar a sus perseguidores para siempre. Aunque sabía que era casi imposible colarse en uno, se encaminó al aeropuerto, que adivinaba muy cerca de allí y que habían construido sobre el antiguo aeródromo de Collinstown, en el condado de Fingal. Cuando llegó a las inmediaciones, era noche cerrada, pero vio que decenas de obreros trabajaban en la ampliación del Muelle A, lo que convertiría al aeropuerto de Dublín en uno de los más modernos de Europa por aquel entonces. Consiguió robar comida de la caseta que habían instalado a modo de comedor y rodeó el aeropuerto hasta llegar a una zona de carga. A lo lejos, detrás de una valla protegida con concertina de seguridad, contemplaba cómo grandes grúas cargaban los aviones de mercancía, y entonces decidió que ese sería su objetivo. No sabía cómo ni cuándo lo haría, pero vio con claridad que saldría de aquella isla volando.

Buscó refugio cerca de allí y se fijó en una casa que, en vista del abandono de la vegetación que la rodeaba, sus propietarios solo la habitaban en verano. Rompió un cristal de la cocina para entrar y en la despensa encontró latas de alubias, de maíz, paquetes de arroz, pan duro y leche en polvo. Aquella noche se dio un festín y confió en que su buena fortuna le llevaría a conseguir algo con lo que aliviar el mono que empezaba a tener, pero en lugar de drogas encontró un bote de aspirinas, media caja de antibióticos y un frasco de jarabe para la tos caducado desde hacía meses. Se tomó un par de aspirinas y se tumbó, por primera vez en muchas semanas, en una cama mullida. Tal era el cansancio y el sueño atrasado que acumulaba que no abrió los ojos hasta que el reloj de la pared indicó que eran las doce de la mañana. Cuando se asomó a la ventana, vio que había bastante movimiento en esa calle, incluidos varios policías que, sin duda, preguntaban a los vecinos por él. No podía arriesgarse a salir y que le vieran, así que aprovechó para volver a llenarse el estómago y para hacer algo que llevaba pensando desde su fugaz paso por Madrid, tras comprobar que las fotos de sus brazos copaban todas las portadas de los periódicos.

Calentó el afilado cuchillo en la lumbre hasta que su hoja pasó del negro a un naranja resplandeciente. Después le dio el último trago a la botella de coñac que había abierto y forró con un trapo de cocina una vieja cuchara de madera que encontró en un cajón.

—Vamos allá...

Mordió la cuchara con fuerza y procedió a arrancarse de cuajo los tatuajes que podrían servir para identificarle en el futuro. Durante el proceso perdió el conocimiento varias veces, pero al cabo de dos horas los pliegues quemados de su piel impedían ver los dibujos. Se tomó los antibióticos, se vendó las heridas con unas sábanas que previamente había convertido en tiras y se metió en la cama. La fiebre por las quemaduras se juntó con la que le producía llevar tantas horas sin tomar sus pastillas y sufrió terribles pesadillas en las que las tres niñas de Alcàsser se levantaban de sus tumbas para vengarse de él. Setenta y dos horas después, cuando los medicamentos le habían ganado la batalla a la infección, un ruido en el piso inferior lo despertó. Antonio Anglés se calzó y se vistió con la ropa que había encontrado en uno de los armarios, empuñó el cuchillo que había utilizado para mutilarse y bajó sigiloso por las escaleras. El ruido procedía de la despensa, donde encontró a un anciano que intentaba abrir una lata de verduras con una pequeña navaja. Por su aspecto, tenía claro que se trataba de un mendigo que, al ver la ventana rota, había entrado por el mismo lugar que él.

—¿Quién coño eres? —preguntó Anglés, apuntándole con el cuchillo.

El anciano balbució algunas palabras en gaélico que sonaron a disculpa y trató de marcharse por donde había venido; pero Antonio le cortó el paso.

—Tú no vas a ningún lado. ¡Siéntate!

A pesar de no tener ni idea de en qué idioma le hablaba, el lenguaje de alguien que enarbola un cuchillo es universal y el anciano se sentó. El asesino le miraba intentando decidir qué hacer con él, y se dio cuenta de que, desde que no tomaba reinoles, pensaba con mucha más claridad. Por lo famélico y derrotado que estaba, dedujo que matándolo le haría un favor, pero por alguna razón cogió la lata de verduras, la abrió y se la tendió. El mendigo se la comió como si fuese un manjar y mostró su sonrisa mellada cuando su improvisado anfitrión le sirvió un vaso de vino. Anglés le vació los bolsillos, pero no encontró nada útil y decidió que era hora de volver al aeropuerto en busca de un pasaje que lo llevase lejos de allí antes de que alguien le reconociese como al español que llevaban días buscando.


Observó desde detrás de la valla cómo cargaban diferentes aviones y comprobó que sería sencillo colarse en uno de ellos, pero sintió un escalofrío al pensar que, al no llevar ningún distintivo en el que pusiese adónde se dirigían, muchos tendrían España como destino. Si llegase a subirse por error en uno de aquellos, sería un paso atrás en su huida, casi seguro que el final. De pronto, vio cómo salía de un hangar un avión algo más pequeño que los demás. Al tener el espacio de carga más reducido, se incrementaba el riesgo de ser descubierto, pero el vuelo sería más corto y se reducirían las posibilidades de que se dirigiera al país en el que todo el mundo sabía quién era Antonio Anglés y lo que había hecho. No le resultó difícil encontrar un lugar por donde saltar la valla y se escondió detrás de unos neumáticos viejos, esperando su oportunidad.

Mientras uno de los pilotos hacía las comprobaciones necesarias para el viaje, el otro afianzaba la carga que metía en la bodega un pequeño toro mecánico. Algo no debió de gustarle, porque se enzarzó en una discusión con el operario. Enseguida se unió su compañero y los tres se dirigieron a las oficinas, dejando el avión al cuidado de dos mecánicos que bastante tenían con llenar el depósito de combustible y confirmar el correcto funcionamiento de los instrumentos de vuelo. Anglés se acercó ocultándose entre las sombras y consiguió entrar en el aparato sin ser visto. Se acomodó en el hueco que había detrás de un palé de cajas de whisky y aún tuvo que esperar media hora a que los pilotos y los operarios resolvieran el problema que había surgido. Por un momento pensó que descargarían los palés y darían con él, pero a los cuarenta minutos el avión se puso en marcha, aceleró por la pista de despegue y alzó el vuelo sin que, al igual que había ocurrido cuando el City of Plymouth zarpó días antes desde el puerto de Lisboa, el polizón que iba en su interior supiera cuál sería su destino.

# 38

Indira ha llegado antes que nadie a la comisaría para poner un poco de orden en la sala de reuniones. Dejarla como estaba antes de que ella se fuese le costaría muchas horas frotando y varios litros de desinfectante, y eso no haría sino resucitar viejas burlas y rencillas. Con los años ha ido aprendiendo a adaptarse al entorno, pero sigue sin soportar vivir rodeada de porquería. Cuando termina de adecentar el lugar, tira la mascarilla (algo positivo de la pandemia es que, desde entonces, a nadie le llama la atención que la utilice cuando no se fía de lo que pueda haber en el ambiente) y va a lavarse concienzudamente las manos al baño; una cosa es tener mayor capacidad para integrarse y otra llevar las manos llenas de bacterias.

Al regresar, se encuentra al inspector Moreno preparándose un café.

—Buenos días —saluda la inspectora.

Iván se limita a mirarla con expresión neutra. Indira interpreta un ligerísimo movimiento de sus labios como la respuesta al saludo.

—¿Has hablado con el comisario?

—¿Hablar de qué? —pregunta Moreno a su vez.

—Esta mañana me ha dicho que tú y yo nos vamos a encargar en exclusiva de buscar a las otras niñas que Anglés haya podido matar después de lo de Alcàsser. Tendremos que reabrir casos antiguos hasta que demos con algo.

—Solo es una teoría, Indira. Y, cuanto más lo pienso, más absurdo me parece todo. Lo más seguro es que nos pasemos meses dando tumbos por medio mundo sin encontrar nada.

—Si crees eso, renuncia y yo me encargo con Ortega o con Navarro.

—¡Una mierda! —el inspector Moreno se revuelve—. Este es mi caso, ¿te enteras? Yo encontré a Anglés y yo lo detuve, así que, si alguien sobra aquí, eres tú.

—Fue Jiménez —replica Indira, muy tranquila.

—¿Qué?

—Según el informe, fue el agente Jiménez, de Dactiloscopia, quien encontró las huellas de Antonio Anglés en la gasolinera. Lo justo es reconocérselo, porque la verdad es que tú no tuviste nada que ver. Solo pasabas por allí.

Desde que se reencontró con Indira, Iván Moreno ha experimentado una montaña rusa de sentimientos hacia ella: primero de sorpresa al verla en el despacho del comisario, después de rabia por entender que solo venía a joderle la vida y, finalmente, pasó de la admiración por su intuición como policía a la indignación al enterarse de que tiene una hija con ella y de que no se lo había dicho.

—Quiero tener relación con Alba —suelta de sopetón.

Al igual que Indira, Iván también ha pasado la noche en vela pensando en qué será de su vida de ahora en adelante. No ha podido quitarse a esa niña de la cabeza desde que coincidió con ella y con su abuela en el parque. Tenía intención de tratar el tema con serenidad y madurez, pero las continuas salidas de tiesto de su compañera hacen que se lo diga de la peor forma posible, de la manera que él sabía que más daño le haría. Y no se equivoca al percibir el profundo terror que hay en sus ojos.

—¿Qué entiendes tú por relación? —atina a preguntar Indira, sin poder disimular el temblor de su voz.

—De momento, quiero pasar tiempo con Alba; que sepa que tiene un padre, colaborar en su educación y en su manutención..., y después, ya se verá.

—Si lo que quieres es conocerla, no tengo ningún problema en...

—Ya la conozco —interrumpe Moreno—. Ayer estuve charlando con tu madre y con ella en el parque que hay cerca de tu casa. Las dos me cayeron mucho mejor que tú, por cierto.

Indira intenta aplicar los ejercicios de contención de su TOC al acceso de ira que le brota, pero es inútil. Su sangre entra en ebullición.

—¡¿Cómo te has atrevido a acercarte a ellas sin mi permiso?!

—Yo no tengo que pedirte permiso para nada, ¿te enteras?

—¡¿A ti se te ha ido la olla?!

—¡A la que se le ha ido la olla es a ti, joder! ¡¿Quién coño te crees que eres para ocultarme durante más de dos años que tengo una hija, eh?! Y desde ya te digo que, como se te ocurra ponerme problemas, iré a los tribunales.

—¿Me estás amenazando?

—Veo que lo has captado.

A Indira le entran ganas de agarrarlo por el cuello, pero sabe que tiene todas las de perder e intenta serenarse.

—Tú no estás preparado para ser padre, Iván.

—Si tú has conseguido ser madre, no puede ser muy difícil.

Indira ve cómo su peor pesadilla se ha hecho realidad y la fortaleza que intenta mostrar y que le sirve como coraza ante los comentarios que siempre suscita desaparece en apenas un segundo. Aunque sus palabras suenan a amenaza, es miedo lo que siente.

—Sé que no he hecho las cosas bien, Iván, pero no dejaré que te interpongas entre nosotras. Te juro que me gastaré todo lo que tengo en los mejores abogados para impedir que me la quites.

—Yo no pretendo quitarte a nadie, Indira. Solo mantener una relación con mi hija. Tanto ella como yo tenemos derecho.

Cuando Indira ve que la subinspectora María Ortega, el oficial Óscar Jimeno y la agente Lucía Navarro se dirigen hacia la sala de reuniones, intenta calmarse. Pero la desazón que siente en ese momento es imposible de ocultar.

—¿Se puede? —pregunta Ortega con cautela al percatarse de que hay problemas.

—Adelante —responde Moreno aparentando normalidad—. Pasad y sentaos, por favor. Tenemos noticias para vosotros.

—¿Podemos servirnos antes un café? —pregunta Jimeno—. Hoy Navarro me ha tenido quince minutos esperando en la calle y no me ha dado tiempo ni de desayunar.

Indira se fija en ella y se da cuenta de que tiene muy mal aspecto. Por sus ojeras, parece que tampoco ha dormido demasiado.

—¿Te encuentras bien, Lucía?

—Sí... Me sentó mal la cena y me he pasado la noche en el baño. Pero ya estoy mejor.

—Me alegro, porque en las próximas semanas Moreno y yo necesitamos que los tres estéis al cien por cien.

—¿Cuándo no lo estamos, jefa? —pregunta Jimeno, ofendido.

—No me tires de la lengua, Jimeno —responde Moreno—. El caso es que el comisario quiere que la inspectora Ramos y yo nos ocupemos de investigar la vida de Anglés, y vosotros tres tendréis que encargaros de los casos nuevos.

—¿No van a poner a alguien al mando del equipo? —pregunta la subinspectora Ortega, sorprendida.

—Yo he pensado en ti, María —responde Indira—. El comisario ha ofrecido traer al inspector Lorenzo, pero le he dicho que no hacía falta. Además, nosotros dos estaremos informados y pendientes de todo. Tendréis un poco de trabajo extra, pero creo que merece la pena. Por lo pronto, he pedido un plus para los tres. ¿Os parece bien?

—Nos parece cojonudo, jefa —responde Ortega, feliz tras consultar con la mirada a sus compañeros—. Podéis confiar en nosotros.

Un agente de uniforme se asoma a la sala de reuniones con un papel en la mano.

—Han mandado un aviso.

—Gracias. —Moreno coge el papel y lo lee—. Aquí tenéis vuestro primer caso: han encontrado un fiambre en un *loft* del paseo de la Habana. Los de la científica ya están allí.

La subinspectora Ortega y el oficial Jimeno no suelen alegrarse de que hayan asesinado a nadie, pero esta vez es distinto. Sienten la responsabilidad de hacerse cargo por primera vez de un caso en solitario, aunque no pueden negar que les encanta. La agente Navarro, en cambio, pasa uno de los tragos más difíciles de su vida. Aparte de un cargo de conciencia que apenas le deja respirar, está aterrorizada al pensar que, si se le pasó algo por alto, esta misma noche dormirá en el calabozo.

# 39

El cadáver del arquitecto Héctor Ríos está desnudo sobre el colchón, cerúleo, como si en su interior no quedase ni una sola gota de sangre. A su alrededor, varios miembros de la Policía Científica intentan encontrar algo que les lleve al asesino, pero por sus gestos de frustración parece que no está siendo una tarea fácil. El forense se acerca a la subinspectora Ortega, al oficial Jimeno y a la agente Navarro, a la que le invade un miedo incontrolable nada más poner un pie en el apartamento.

—¿Se va a encargar el inspector Moreno? —pregunta el forense.

—Yo estoy al mando —responde Ortega con una mezcla de orgullo y timidez y dirige su mirada al muerto—. Supongo que no ha sido un infarto.

—Me temo que no. Le dispararon en el interior de la boca y le volaron literalmente los sesos. Una ejecución en toda regla.

—¿Signos de tortura?

—A primera vista, no. Aunque sí tiene marcas en las muñecas de haber permanecido maniatado. No hay rastro de esposas o de cuerdas.

—¿Y por qué está desnudo? —pregunta Jimeno—. Si no es para torturarle, no entiendo por qué su asesino se ha preocupado de quitarle la ropa.

—Lo mismo ya estaba así cuando le sorprendieron —deduce la subinspectora Ortega—. ¿Y su ropa?

—No aparece por ninguna parte, como tampoco su documentación o su teléfono móvil –responde el forense–. En este caso hay cosas muy extrañas. A la inspectora Ramos le encantaría.

—¿Y eso por qué? –pregunta la agente Navarro con un hilo de voz.

—Porque no hay ni una mota de polvo en todo el piso. Quienquiera que fuese el que lo asesinase, se preocupó de no dejar ni una maldita huella. Han limpiado hasta las baldosas y las tuberías del baño.

—Siempre se olvida algo –dice Jimeno.

—Esperemos que así sea, pero yo no lo tengo tan claro. Le vaciaron el cráneo para encontrar la bala. No debió de ser agradable removerle la masa encefálica todavía caliente y distinguir el plomo de los trozos de hueso.

A la agente Navarro se le revuelve el estómago y tiene que buscar una bolsa de pruebas vacía para retirarse unos metros y vomitar en su interior. El forense la mira condescendiente.

—Es que hoy está pachucha –la justifica Jimeno.

—Perdón. –La agente se reincorpora al grupo.

—¿Por qué no te vas a casa, Lucía? –pregunta la subinspectora Ortega.

—Estoy bien. Creo que ya he echado todo lo que tenía dentro.

—Es absurdo que lo estés pasando así de...

—De verdad que estoy bien, María –interrumpe la agente con firmeza–. Lo que quiero es encontrar a quien le ha hecho esto a ese pobre hombre.

—Bueno, lo de pobre hombre lo dices tú –apunta Jimeno–. Lo mismo era un hijo de puta con tratos con la mafia y por eso le han dejado frito.

—Lo mismo, sí... –dice Navarro y se dirige al forense–. Entonces ¿no han encontrado nada?

—Como os decía –continúa el forense–, han limpiado la casa a fondo y se han llevado hasta la fregona. Mucho me temo que al culpable lo tendréis que buscar en otra parte. Si tuviera que apostar, diría que su asesino tenía una relación personal con él, puede que incluso se apreciaran mutuamente.

—¿Eso cómo se sabe? —pregunta la subinspectora Ortega.

—Aunque tenía la cara descubierta, y lo primero que haría alguien conocido sería tapársela, el cuerpo ha sido lavado y, después de retirar las sábanas, ha sido colocado sobre la cama con mucha delicadeza. Es increíble, pero incluso parece que le volvieron a meter el cerebro en el cráneo después de encontrar la bala, tal vez para que no tuviese tan mal aspecto cuando lo viese la señora de la limpieza.

—La gente está muy zumbada —dice el oficial Jimeno cabeceando.

—Hablamos de asesinos, Jimeno —responde la subinspectora—. Comprueba si hay alguna cámara cerca, anda. Y tú, Lucía, habla con los vecinos por si alguien hubiera visto o escuchado algo. Yo me ocupo de la mujer de la limpieza.

Cada uno va a realizar su labor y vuelven a reunirse en el mismo lugar a los veinte minutos. Ortega informa a sus compañeros de que la señora de la limpieza llegó a las nueve de la mañana, como todos los lunes, miércoles y viernes, y se encontró el cadáver. Ha identificado al muerto como un arquitecto llamado Héctor Ríos. Navarro, por su parte, dice que, según los vecinos, en esa casa había mucho trasiego de gente y que algunas veces montaban más escándalo de lo normal, pero nada fuera de lo común en hombres y mujeres de negocios pasando una noche alejados de sus familias y de sus responsabilidades. Por suerte para ella, ningún vecino podría reconocer a los visitantes, a los que han descrito como «gente de dinero». Y, por último, Jimeno también llega con las manos vacías: el asesino tuvo en cuenta que había una cámara en el portal y se llevó la tarjeta de memoria. Lo único interesante que ha averiguado es que el arquitecto estaba casado y tenía una hija de nueve años.

—Entonces tendremos que ir a hablar con su mujer.

# 40

La inspectora Ramos y el inspector Moreno van en el coche en silencio. Desde que salieron de la comisaría no han cruzado ni una sola palabra, pero los dos mantienen la misma conversación dentro de su cabeza, ensayando para que no se les pase nada a la hora de negociar.

—Está bien —dice Indira al fin—. Tienes derecho a tratar con Alba y yo no te lo impediré, pero olvídate de llevártela un fin de semana entero.

—No tenía intención de hacerlo..., al menos al principio.

—Hasta que cumpla cinco años y ella esté de acuerdo.

—En lo de que esté de acuerdo, me parece bien, no voy a forzarla a hacer nada que no quiera. Pero si los dos estamos a gusto y surge, no pienso esperar tres años.

—Una niña tan pequeña requiere de unos cuidados que tú no serías capaz de darle, Iván.

—¿Tú qué coño sabes de lo que yo soy o no capaz?

—Te conozco desde hace años, ¿recuerdas?

—Y yo a ti, Indira. No quiero ni imaginarme las locuras que le habrás metido a esa pobre niña en la cabeza. Menos mal que tu madre parece estar bastante más equilibrada que tú.

Indira le mira, dispuesta a partirse la cara con él, aun sabiendo que saldrá malparada. Iván se da cuenta de que se ha pasado y la frena, arrepentido.

—Perdóname. Si queremos que esto salga bien, deberíamos dejar a un lado nuestras rencillas personales, ¿te parece?

—El sábado. —Indira cede—. Podrás pasar un rato con Alba, pero mi madre, o yo, o las dos, estaremos presentes en todo momento.

—No se me ocurre un plan mejor —responde él sarcástico.


La calle de la casa donde la familia de Antonio Anglés permanece encerrada a cal y canto sigue tomada por los periodistas, a pesar de que Alejandro Rivero, en calidad de abogado tanto del asesino como de su mujer, ha enviado un comunicado en el que se solicita que dejen de acosarlos y en el que se amenaza con emprender acciones legales contra quien insinúe que Valeria Godoy conocía la verdadera identidad de su marido y que ha colaborado con él en su prolongada huida. En cuanto el coche de los policías aparca frente al chalé, una nube de reporteros lo rodea. De entre todas las preguntas hechas a trompicones en unos pocos segundos, una destaca sobre las demás:

—¿Sospechan que la mujer de Antonio Anglés le ha ayudado todos estos años?

—No vamos a hacer declaraciones.

Mientras esperan a que les abran la puerta, Indira e Iván se preguntan lo mismo: ¿es posible llevar quince años junto a una persona sin sospechar que ocultaba algo tan terrible de su pasado? El inspector Moreno frunce el ceño cuando quien abre la puerta es el abogado de Anglés.

—Adelante, por favor —dice Alejandro con amabilidad—. Valeria os está esperando.

Indira no se atreve ni a mirarle a la cara después de su último encuentro y los dos policías le siguen hasta el salón, donde Valeria espera fumando y mirando por la ventana. Toda la clase y la elegancia que Moreno vio en ella el día que fue a detener a su marido se ha evaporado, aunque no es de extrañar si de verdad ha estado tanto tiempo sin saber que dormía con un monstruo.

—La concha de su madre... —dice con rabia mirando por la ventana—. ¿Por qué no se marchan a su puta casa, eh?

—Valeria... —dice Alejandro acercándose a ella—. Están aquí los policías de los que te he hablado.

Valeria se vuelve para mostrar dos profundas ojeras que evidencian que no ha podido conciliar el sueño desde hace días. Se enciende otro cigarro con la colilla del anterior y, sin molestarse en saludar, va a sentarse al sofá.

—Yo no sabía quién era, ya me cansé de repetirlo.

—La creemos —responde Indira.

—¿Me creen? —Valeria la mira sorprendida.

—Sabemos quién es usted, Valeria. Sabemos quiénes eran sus padres, en qué colegio estudió y hasta quién fue su primer novio. Por eso, y por lo mal que vemos que lo está pasando, no tenemos ninguna duda de que usted no sabía que su marido estaba en busca y captura por asesinato.

—Entonces ¿puedo regresar con mis hijos a Buenos Aires? —pregunta esperanzada.

—Ojalá fuese tan sencillo —interviene el inspector Moreno—, pero hasta que el juez no dé su autorización, no puede moverse de aquí.

—Ese maldito juez va a soltarlo —dice aterrorizada—. Y yo no quiero que nos encuentre acá cuando eso pase.

—Con un poco de suerte y con su ayuda, eso no pasará.

—Díganme qué puedo hacer para que ese hijo de puta no vuelva a pisar la calle.

—Como ya le habrá informado su abogado —la inspectora mira a Alejandro fugazmente—, cabe la posibilidad de que el delito del que se le acusa haya prescrito hace años, pero estamos seguros de que hay más.

—¿De qué estás hablando, Indira? —pregunta el abogado.

—Tú has pasado muchas horas junto a él, Alejandro. ¿No crees que ha podido volver a matar después de lo de Alcàsser?

—No tengo ni idea...

—Nosotros estamos convencidos. Y, si conseguimos seguir sus pasos desde que saltó de aquel barco en la costa de Irlanda, tal vez podamos encontrar un crimen que todavía no haya prescrito. Pero para ello necesitamos la ayuda de quien mejor le conoce: su mujer en los últimos quince años.

—No entiendo bien qué necesitan de mí.

—Que nos cuente todo lo que sabe de su marido —responde Moreno—. En especial, que nos hable de los lugares en los que ha estado antes de que usted le conociera.

Valeria busca con la mirada la aprobación del abogado.

—Solo depende de ti, Valeria —dice Alejandro—. Mi obligación como abogado de tu marido se limita a lograr que el juez declare prescrito el asesinato de las tres niñas de Alcàsser, pero si ha cometido más delitos no me gustaría que saliera impune.

La mujer de Anglés duda durante unos segundos, pero asiente y se enciende otro cigarrillo.

—Les diré lo que sé, aunque no es demasiado. Jorge... o Antonio, como quiera que se llame, nunca ha sido demasiado comunicativo.

—Centrémonos en Irlanda —dice la inspectora Ramos—, en cuyas aguas se le vio con vida por última vez. ¿En alguna ocasión le contó que había estado allí o en cualquier otro lugar de Europa?

—En Noruega —responde recordando—. Una vez me contó que había pasado un tiempo ahí.

# 41

Antonio Anglés no se imaginaba el frío que puede hacer en la bodega de un avión de carga a diez mil metros de altura. Por un momento pensó que moriría congelado y se arrepintió de no haber cogido un abrigo más grueso de la casa que había ocupado durante los últimos días, pero aunque en Dublín la primavera es mucho más cruda que en Valencia, en tierra la temperatura era agradable. Se cubrió con todo lo que encontró y trató de pensar en cómo salir sin ser visto una vez que llegase a su destino, aunque poco podía planificar, pues no sabía en qué ciudad aterrizaría. Un par de horas después de haber despegado, sintió cómo el aparato iniciaba el descenso. Cuanto más bajaba, menos le castañeteaban los dientes, pero se preocupó por la brevedad del trayecto. Solo faltaba que ni siquiera hubiera salido de Irlanda.

Las ruedas rebotaron en el asfalto y a Anglés le crujieron los huesos tras pasar tanto tiempo inmóvil y con el frío metido en el cuerpo. El avión se deslizó por la pista de aterrizaje hasta entrar en un hangar. Cuando se apagaron los motores, escuchó máquinas trabajando y conversaciones en el exterior, aunque no supo distinguir en qué idioma hablaban. La puerta de carga se abrió y entró un toro mecánico igual que el del aeropuerto de Dublín; pero el operario que lo conducía era la persona más rubia que él había visto en su vida. Cogía los palés y los introducía en un camión aparcado a unos metros. Pensó que ir con la mercancía era la mejor manera de salir de allí y abandonó su escondite con sigilo. Tras unos angustiosos minutos en los que estuvieron a punto de dar con él, consiguió meterse en la caja del camión. Todavía tuvo que esperar varias horas más a que se pusieran en marcha. Escuchó al conductor hablar con varios guardias y pasar algunos controles hasta que, al fin, salieron a la carretera. Solo entonces se atrevió a levantar la lona para ver qué había fuera y descubrió cientos de árboles gigantescos rodeándolo. Cuando, al cabo de muchos kilómetros, el camión inició una subida y la velocidad se redujo, saltó al exterior.

Anduvo durante horas por aquel extenso bosque buscando algo que echarse a la boca, temiendo cruzarse con algún oso tan hambriento como él. Cuando el agotamiento empezaba a vencerle, llegó a un merendero en el que una familia compuesta por el padre, la madre y tres hijos —dos niñas y un niño, todos tan rubios como el hombre que había visto en el aeropuerto— almorzaban sobre una mesa de piedra. Esperó agazapado entre los árboles a que terminasen y, cuando se marcharon en la caravana en la que llegaron, se precipitó a la papelera donde habían tirado los restos y pudo aplacar su hambre con lo que recuperó de un estofado de cordero con repollo, un trozo de queso de cabra mordisqueado y medio pan de patata en cuyo interior quedaba un pedazo de salchicha cubierta de hormigas. Cuando terminó de comer, se acercó a un cartel en el que se podía leer: LANGSUA NASJONALPARK.

—¿Dónde cojones estoy?

Antonio siguió caminando por el bosque sin perder de vista la carretera por la que se había marchado la familia minutos antes, hasta que vio a lo lejos las luces de un pequeño pueblo. Intentó acercarse sin exponerse demasiado y saltó desde un montículo a un camino de tierra, sin advertir que una furgoneta se dirigía a toda velocidad hacia él. El golpe lo lanzó a varios metros de distancia. Lo último que vio antes de perder el conocimiento fue un profundo corte en su muslo derecho.

Anglés abrió los ojos y descubrió que estaba tumbado en la cama de una habitación de madera. En una de las paredes, junto a una ventana tras la que se veía un bosque inmenso, colgaba la cabeza de un reno disecada, y, justo debajo de ella, había expuesto un rifle. «¿Qué tipo de cárcel es esta que dejan un arma al alcance de los presos?», se preguntó aturdido. Intentó levantarse, pero nada más apoyar la pierna en el suelo sintió un dolor insoportable. Se llevó las manos al muslo y comprobó que alguien no solo le había vendado la pierna, sino también las heridas que él mismo se había producido en los brazos para borrar sus tatuajes. Alertado por los gritos de dolor, un hombre de alrededor de ochenta años, calvo y con una frondosa barba blanca, entró en la habitación. Se le notaba la edad en las arrugas de la piel y en sus profundos ojos grises, pero aún se conservaba en buena forma.

—¡¿Quién eres, viejo?! —preguntó Anglés.

El hombre intentó tranquilizarlo en el mismo idioma que el asesino ya había escuchado hablar a los operarios del aeropuerto y a la familia del merendero. El anciano comprendió que no le entendía y probó algo nuevo:

—¿Italiensk?, ¿portugisisk?, ¿spansk?

Antonio Anglés reaccionó al escuchar eso último y asintió levemente. El hombre cerró los ojos por unos segundos, rebuscando en lo más profundo de su memoria.

—Yo... amigo —dijo señalando las vendas, haciéndole ver que era cosa suya.

—¿Estoy en un hospital?

—No hospital. Haakon... —se palmeó el pecho para después hacer el gesto de conducir con un volante imaginario—, golpea.

—El hijo puta del viejo me ha atropellado —masculló Antonio para sí, recordando el accidente—. ¿Dónde estoy? ¿En qué ciudad?

—Jevnaker, Norge... Norega...

—¿Noruega? ¿Esto es Noruega?

—Norega, ja...

El viejo le pidió con un gesto que esperase y salió de la habitación. El asesino temió que volviese acompañado por la policía, pero a los pocos minutos regresó con una bandeja en la que había un plato humeante de sopa de verduras, carne en salsa salteada con patatas y champiñones, varias tortas de pan y una botella de vino.

Anglés comió con apetito y se relamió al probar la carne. Tenía un sabor distinto a cualquier cosa que hubiera probado antes.

—¿Qué es? —preguntó mostrándole un trozo de carne pinchada en el tenedor.

—*Finnbiff* —respondió el anciano y señaló la cabeza de reno que había colgada en la pared—. *Reinsdyr.*

La sonrisa franca del viejo mientras señalaba el exterior por la ventana diciéndole que allí había muchos renos hizo comprender a Antonio Anglés que había ido a parar al mejor lugar posible.

Su suerte seguía intacta.

# 42

—La hostia, qué casoplón —dice impresionado el oficial Jimeno a la agente Navarro y a la subinspectora Ortega—. Si llego a saber esto, en lugar de poli me hago arquitecto.

—No sé por qué, pero yo creo que nunca viviría en una casa construida por ti, Jimeno —responde la subinspectora.

El portón de metal se abre con un zumbido y los tres policías se dirigen hacia la entrada de la vivienda por un camino de piedras en cuyos laterales hay todo tipo de plantas y de árboles sobre un manto de césped uniforme. Al fondo, imponente, se alza la casa que cualquiera imaginaría que se puede construir un arquitecto con mucho dinero; de formas rectangulares, blanca y con más cristal que cemento. En la entrada principal, bajo el dintel de una puerta que debe de pesar más de doscientos kilos, aguarda un hombre de unos cuarenta y cinco años. La agente Navarro se estremece al pensar por un momento que se trata del mismo Héctor Ríos.

—Me llamo Agustín, soy el hermano de Héctor —dice tendiéndoles la mano—. Adelante, por favor.

El interior está decorado con buen gusto y mucho dinero. El hermano del fallecido va a despedir a alguien con pinta de abogado que se marcha apresurado, sin molestarse en saludar a los policías. En el jardín trasero, junto a una piscina con forma de L, una niña de nueve años juega a pintarle las uñas a su madre mientras ambas son atendidas por una sirvienta uniformada.

—Le acompañamos en el sentimiento —le dice la inspectora Ortega a Agustín, respetuosa.

—Gracias. ¿Se sabe ya quién lo ha hecho?

—De momento, no sabemos nada. Necesitamos que nos hable de su hermano, si tenía enemigos o si sabe de alguien que quisiera hacerle daño.

—Héctor se llevaba bien con todo el mundo —responde negando con la cabeza—. Aunque en el mundo de la construcción la gente no suele andarse con chiquitas, no creo que llegasen a tanto por alguna desavenencia.

La subinspectora Ortega mira hacia el jardín, donde la niña ha empezado a peinar a su madre. Esta se deja hacer, inexpresiva.

—Necesitamos hablar con la esposa de Héctor.

—Mi cuñada no puede ayudarles.

—Eso lo decidiremos nosotros. Llévenos con ella, por favor.

—Como quieran...

Agustín les muestra el camino hacia una puerta lateral y los tres policías vuelven a salir al jardín. La agente Navarro lo observa todo sin abrir la boca, sintiéndose culpable por haber provocado aquello, pero sobre todo por estar a punto de conocer a la mujer a la que ha dejado viuda y a la niña que ha quedado huérfana por su irresponsabilidad.

—Estrella, cariño —dice Agustín a su sobrina—. Ve a jugar a tu cuarto, anda.

—Todavía no he terminado de peinar a mamá, tío Agus.

—Ya terminarás después.

La niña cede y, tras mirar con inquina a los policías, se marcha hacia el interior de la casa acompañada por la sirvienta. Agustín se agacha frente a la mujer, que no ha reaccionado ni ante la presencia de esos extraños ni ante la marcha de su hija.

—Elena... estos policías quieren hablar contigo un momento.

La mujer parece regresar de un lugar muy lejano dentro de su cabeza y mira a los policías. Al hacerlo, deja al descubierto una enorme cicatriz que discurre por el nacimiento de su pelo. La vida detrás de sus ojos es apenas perceptible.

—¿Qué desean? —pregunta esbozando una extraña sonrisa.

—Necesitamos hablar con usted de su marido, señora —dice la subinspectora Ortega, percatándose de inmediato de que se han equivocado.

—¿Héctor? Se pasa el día trabajando. Es arquitecto, ¿saben?

Agustín mira a los policías con cara de circunstancias. Por primera vez desde que ha entrado en esa casa, la agente Navarro toma las riendas de la situación.

—Lamentamos molestarla, señora. Que pase un buen día. —Se gira hacia sus compañeros—. ¿Nos marchamos ya?

# 43

El día del accidente de Elena, el arquitecto Héctor Ríos estaba
visitando las obras de una urbanización que él mismo había proyectado en Villanueva del Pardillo, una localidad de la zona noroeste
de Madrid. Tenía la intención de resolver cuanto antes un pequeño
problema que había surgido en el alcantarillado para reunirse con
su esposa y con su hija en la estación de esquí de Baqueira Beret,
en el Pirineo catalán. En cuanto recibió la llamada, lo dejó todo a
medias e hizo los casi seiscientos kilómetros que le separaban del
hospital del Valle de Arán en poco más de cuatro horas. Cuando
llegó, a media tarde, la niñera de su hija Estrella salió a recibirle.

—¿Qué ha pasado, Angie?

—Solo sé que la señora se cayó esquiando y que la están ope-
rando, señor —respondió esta con los ojos humedecidos—. Lleva
tres horas en el quirófano.

—¿Y Estrella?

—La he dejado en la guardería del hotel.

—Vuelve con ella. Ya me ocupo yo.

La niñera se marchó y Héctor pasó las siguientes dos horas
esperando a que saliera un médico a informarle. Cuando lo hizo,
le dio una de las peores noticias que podría recibir:

—La vida de su esposa no corre peligro, pero por desgracia se
ha golpeado la cabeza con una piedra y ha sufrido daños neuro-
lógicos.

—¿Se ha quedado paralítica, es eso?

—No. Pronto recuperará la movilidad, aunque ya no será la misma mujer que usted conoció.

—¿Qué quiere decir, doctor? Hábleme claro, por favor.

—Aún es pronto para saber hasta qué punto podrá recuperarse de la lesión cerebral traumática que ha sufrido, pero hágase a la idea de que sus capacidades cognitivas quedarán mermadas.

—¿Mucho?

—En el mejor de los casos, serán similares a las de una niña de cinco años.

A Héctor se le cayó el alma a los pies y, después de cuatro días en los que no salió del hospital más que para ducharse en el hotel y pasar algunos minutos con su hija, pudo pedir el traslado de Elena a Madrid. Los médicos le recomendaron que la ingresase en una clínica especializada en ese tipo de lesiones, pero al saber que la probabilidad de mejoría sería casi nula decidió que donde tenía que estar era en casa con él y con Estrella. Mientras se lo pudiera permitir, pagaría cuidados y atención médica las veinticuatro horas. Durante el primer año, vivió con la esperanza de que los médicos se hubiesen equivocado y de que Elena volviera a ser la de siempre, pero por mucho cariño que le daban, los avances eran mínimos. Aunque empezó a construir frases algo más elaboradas, eran más propias de una niña que de una mujer adulta, como ya le había anunciado el médico que la operó.

Héctor se volcó en cuidar de Elena y todavía tardaría un año en aceptar salir a cenar con una diseñadora de interiores con la que trabajaba en algunos proyectos, y otro más en tener sexo con una mujer que, animado por su hermano y su cuñada, conoció a través de una página de contactos. A él siempre le había gustado el sexo convencional —no tenía fantasías más extravagantes que hacer un trío con dos mujeres, lo que solía compartir con su esposa cuando tenían intimidad, aunque solo lo hicieron realidad en una ocasión–, pero aquella primera vez sintió la necesidad de ser castigado de alguna manera. Quizá fuera porque, desde el accidente de Elena, se culpaba por haberse quedado trabajando en lugar de ir a esquiar con ella y evitar que resbalara en aquella placa de hielo.

# 44

La inspectora Ramos va a servirse un vaso de agua a la cocina mientras el inspector Moreno continúa hablando con Valeria en el salón. Por fortuna para ella, la mujer de Antonio Anglés lo tiene todo reluciente. Saca un vaso del armario que hay sobre la pila y lo enjuaga bien antes de llenarlo de agua. Mientras bebe, no puede evitar pensar que tal vez ese vaso también lo haya utilizado el asesino, algo que le pone los pelos de punta.

—¿De verdad crees que lo vas a atrapar con un crimen posterior al de 1992, Indira? —pregunta el abogado Alejandro Rivero desde la puerta.

—Necesitamos algo de suerte, eso está claro —responde ella volviéndose—, pero estoy convencida de que no se detuvo en aquello.

—Aunque así fuera, hay cientos de miles de crímenes sin resolver en el mundo a lo largo de los últimos treinta años.

—No tantos con las mismas características que los de Alcàsser.

—A lo mejor no es muy profesional esto que voy a decirte, pero si puedo hacer algo para ayudarte a atrapar a ese cabrón, solo tienes que pedírmelo.

Indira asiente dedicándole una tímida sonrisa. Alejandro lo toma como un permiso para abordar asuntos más personales.

—Lo del otro día...

—Iba borracha —le corta avergonzada—. Perdóname.

—No me importa que me besaras, Indira. Al contrario. Me hizo recordar los viejos tiempos, cuando nos escapábamos a Cádiz y no salíamos de la habitación del hotel. ¿Te acuerdas?

—¿Cómo no me iba a acordar? —responde Indira nostálgica—. Ahora que ha pasado el tiempo y ya no hay resentimiento, quiero disculparme por haber desaparecido así de tu vida.

—Tendrías que haberme pedido ayuda.

—Nadie podía ayudarme, Alejandro. Después de caer dentro de aquella fosa séptica me tiré cinco años sin poder soportar el contacto con nadie. No te merecías tener junto a ti a una persona como yo.

—Eso debía decidirlo yo, ¿no crees?

Indira baja la mirada, sin saber qué responder. Alejandro se acerca a ella y, posando los dedos bajo su barbilla, le levanta la cabeza con suavidad.

—¿Ahora es distinto, Indira?

—¿Qué quieres decir?

—Que, ahora que estás mejor, quizá tú y yo podríamos...

—Alejandro —le interrumpe Indira mirando hacia la entrada de la cocina.

El abogado sigue su mirada y se encuentra en el umbral de la puerta a la hija mayor de Antonio Anglés. Al igual que a su madre, se le nota el sufrimiento de los últimos días en la expresión. Lleva zapatillas de deporte, vaqueros, una blusa y un jersey oscuro, sobre el que destaca una fina cadena de oro con un crucifijo en tonos verdosos que cuelga de su cuello. Parece estar preparada para marcharse lo más lejos posible sin mirar atrás e intentar huir de la pesadilla que le ha tocado vivir.

—¿Qué haces aquí, Claudia? —pregunta el abogado—. Deberías volver con tu hermano al piso de arriba.

—¿Es usted policía? —pregunta a su vez la niña sin apartar la mirada de Indira, obviando la recomendación del abogado.

—Sí... —responde ella.

—¿Es verdad que mi padre ha hecho todo lo que dicen en la tele?

—No es bueno que veas la tele en estos momentos, Claudia. Hay demasiadas informaciones, y no todas son veraces.

—Respóndame, por favor —insiste Claudia con determinación—. ¿Es verdad que mi padre en realidad se llama Antonio Anglés y que torturó y mató a tres chicas hace mucho tiempo?

Indira duda sobre lo que responder, pero decide que esa niña, cuya vida ya ha quedado marcada para siempre, tiene derecho a saber la verdad.

—Me temo que sí.

Claudia asimila. Tenía la esperanza de que todo fuese una invención de los medios, pero la confirmación de la policía hace que se le caiga el mundo encima. Mira hacia el salón, de donde proviene la monótona voz de su madre hablando con el inspector Moreno, reviviendo momentos felices junto al hombre del que hasta hace pocos días seguía enamorada.

—¿A mi madre también la van a meter en la cárcel?

—Claro que no, Claudia —responde Alejandro—. La policía no tiene nada contra ella. Igual que tú y tu hermano, tu madre no sabía quién era tu padre ni lo que había hecho hasta que vinieron a detenerlo.

—Quiero que me lo diga ella.

—Alejandro tiene razón, Claudia —dice Indira tranquilizándola—. A tu madre, a tu hermano y a ti no os separaremos, te lo prometo.

—Entonces ¿por qué la interrogan?

—Necesitamos que nos hable de los países que visitó tu padre antes de casarse con ella. Quizá alguna vez le haya hablado de sus viajes. ¿A ti y a tu hermano os contó dónde había vivido antes de ir a Argentina?

—Creo que no...

# 45

Antonio Anglés pasó dos semanas sin salir de aquella habitación, recuperándose de la herida de la pierna. Aunque el señor Haakon Lund chapurreaba algunas palabras en español, el asesino de las niñas de Alcàsser –que se había presentado como Carlos– decidió que el inglés sería el idioma en el que intentarían entenderse. Hablarlo le facilitaría mucho la huida y enseguida descubrió que se le daban bien los idiomas, porque lo cierto es que, a los pocos días de convivir, ya casi podían mantener una conversación fluida. El anciano le explicó que había enviudado hacía cinco años y que, desde entonces, sacaba él solo adelante la granja, en la que criaba cerdos de la raza Norwegian Landrace y renos para vender la carne que tanto le había gustado. Se sentía culpable por haberle atropellado y, en caso de que lo buscase, le ofreció trabajo. Antonio aceptó a cambio de alojamiento, comida y pocas preguntas. A Haakon le pareció bien, sin pararse a pensar que no escapaba de deudas o de algún problema con las drogas. Anglés, por su parte, estaba encantado de haber encontrado el mejor escondite posible hasta que pase el temporal: ¿quién iba a buscarle en una granja de renos en mitad de Noruega?

Cuatro años después de llegar a la granja, Antonio Anglés se había convertido en un hombre nuevo. Una vez desintoxicado de los calmantes que tanto le oscurecían el alma, empezó a disfrutar de una tranquilidad que nunca antes había conocido. A Haakon le alegró la vida hallar en él al hijo que no había tenido, y Antonio encontró un sustituto de su padre, al que siempre despreció por borracho y que había muerto de cirrosis unos años antes de que él saliese de España. El anciano le enseñó cómo llevar un negocio, cómo tratar a los animales para que dieran la mejor carne de la comarca y le inculcó la afición por la lectura; cualquiera de aquellos meses, cuando ya tenía un buen nivel de inglés, leía más libros de los que había abierto hasta los veintiséis años. Después, por las noches, tras comer un buen filete de reno, ambos charlaban frente al fuego. Durante aquella época, Antonio también aprendió a pensar antes de actuar. Lo que el bueno del señor Lund no sabía era que le estaba dando cerillas y un bidón de gasolina a un pirómano.

—Mañana tienes que ir tú a llevar el pedido a Tingelstad, Carlos.

—¿Y eso por qué?

—Porque yo ya no tengo reflejos para conducir tantos kilómetros por la nieve. Solo debes llevar la carne al restaurante de Hela Moen y volver. La está esperando.

Arriesgarse a salir de la granja no era algo que le hiciese gracia. No es que siempre estuviese allí encerrado, pero sus salidas se limitaban a acompañar a Haakon a hacer algún recado y, a veces, las menos, a comer en un pequeño restaurante del pueblo, en el que servían el mejor salmón de Noruega. El viejo se percató de sus dudas.

—¿Qué pasa?

—Ya sabes que no tengo documentación. Me la robaron.

—Eso tendremos que arreglarlo algún día. ¿Por qué no vamos a la embajada española en Oslo y pides una nueva? Yo pagaré lo que cueste.

—No puedo hacer eso.

—¿Por qué no?

Haakon estaba incumpliendo uno de los puntos del acuerdo que tenían, pero él consideró normal que, después de tanto tiempo, necesitase una explicación que aplacase su curiosidad.

—Las cicatrices de mis brazos... —comenzó diciendo tras una pausa— eran tatuajes de una banda a la que pertenecía en España. Yo era el conductor durante el atraco a un banco. Esperaba en el exterior con el coche en marcha cuando vi llegar a la policía. Entré en pánico y...

—Y te marchaste. —Haakon completó la frase.

—Me marché. —Anglés lo confirmó—. Mis tres compañeros fueron detenidos y me culparon de haberlos abandonado. Si supiesen que estoy aquí, vendrían a matarme. Y seguramente también a ti.

—Ni siquiera te llamas Carlos, ¿verdad?

—No, pero no me preguntes mi verdadero nombre, porque no te lo diré.

Haakon asintió con gesto serio.

—Si quieres que me largue...

—No quiero que vayas a ningún sitio, muchacho —le interrumpió el anciano—. Lo que estoy pensando es en cómo ayudarte.

—Ya haces bastante por mí. Y no te preocupes por lo de mañana. Si nunca me han pedido la documentación, no creo que lo hagan ahora.

—Te acompañaré por si acaso. Aunque habiendo tantos inmigrantes causando problemas, no se meterán contigo.

En todo el tiempo que llevaba en aquel país, solo había visto en una ocasión a la policía noruega, cuando varios de los renos del señor Lund escaparon del cercado y provocaron un accidente en la carretera. Por fortuna para él, el jefe de policía era amigo del anciano e hizo la vista gorda al descubrir que tenía a un trabajador ilegal en la granja. Pero no sería tan sencillo evitar las preguntas si con quien se encontraban era con la policía de Tingelstad.

Antonio condujo en tensión los veinticinco kilómetros que separaban Jevnaker del restaurante de Hela Moen, aunque entre la poca densidad de población de aquella zona y la tormenta de nieve que había caído la última semana apenas se cruzaron con nadie. Hicieron la entrega y la dueña del restaurante —una guapa mujer de cuarenta años que se había separado hacía poco— se empeñó en invitarlos a comer por el favor que le habían hecho llevándole la mercancía a pesar del estado de las carreteras. No pudieron negarse y ocuparon una discreta mesa al fondo del salón.

Anglés pensaba que la violencia y crueldad que habían regido toda su vida eran producto de los malditos calmantes a los que estuvo enganchado, pero en aquel preciso momento se dio cuenta de que era algo que llevaba en la sangre, algo de lo que jamás lograría desprenderse.

—Si necesitan cualquier cosa —dijo la señora Moen—, mi hija Annick los atenderá.

El asesino miró hacia la barra y vio a una delicada niña de catorce años sirviendo un café a un cliente. Su pelo rubio, su piel blanca y su cara de inocencia provocaron una inmediata fascinación en él.

El monstruo, que llevaba cuatro años dormido, despertó más hambriento que nunca.

# 46

Volver a empuñar la pistola que acabó con la vida de Héctor Ríos hace que la agente Lucía Navarro se descomponga, pero en cualquier momento podría haber una inspección y tendría muchos problemas si alguien descubriera que falta un cartucho en su cargador. Se coloca los cascos, apunta a la diana que cuelga a unos treinta metros de distancia y dispara doce veces. Por lo general, Lucía tiene una puntería envidiable, pero esta vez finge estar desacertada para evitar dar demasiadas explicaciones de por qué no hay trece agujeros en la diana.

—¿Has disparado con los ojos cerrados, Navarro? —pregunta el oficial encargado de la galería cuando la diana se aproxima a la zona de tiro deslizándose por un raíl y comprueba que solo dos impactos han dado en el centro.

—Hoy no le daría ni a un elefante —responde resignada.

—Mira a ver si queda una bala en el cargador. Cuento doce orificios.

—He disparado los trece cartuchos —dice mientras saca el cargador vacío y comprueba que no ha quedado ninguna bala en la recámara—, lo que pasa es que el primero se me ha ido demasiado alto.

—Joder, será mejor que lo dejes por hoy. Eres capaz de dispararte en el pie.

La agente Navarro asiente y se marcha al vestuario. Allí, saca el cartucho que se había escondido entre la ropa y lo mete en su cargador reglamentario, que de nuevo vuelve a tener los trece correspondientes.

La subinspectora Ortega y el oficial Jimeno, sentados frente al ordenador de la sala de reuniones, esperan a que llegue la agente Navarro. Lucía no tarda en atravesar las dependencias policiales y en dirigirse hacia allí, tan taciturna como suele mostrarse los últimos días.

—¿Dónde te habías metido, Lucía?

—Hacía tiempo que no bajaba a la galería de tiro y debían de estar a punto de darme un toque, ¿por? ¿Ha pasado algo?

—Hemos hablado con la secretaria de Héctor Ríos y nos ha dicho que llevaba meses viéndose con alguien —responde la subinspectora.

—¿Ha dicho con quién? —La policía aguanta la respiración, con el corazón en un puño.

—Eso es lo que intentamos averiguar —responde Jimeno—. Por lo visto, el tío se metía en una de esas páginas de contactos que te gustan a ti. Tú no lo conocerías, ¿verdad?

—¿A qué viene esa gilipollez, Jimeno? —pregunta a la defensiva.

—No le hagas caso —la subinspectora Ortega sale al quite—. Héctor Ríos podría ser su padre, Jimeno. Supongo que Lucía quedará con tíos de su edad.

—Exacto.

—Explícanos cómo funcionan estas cosas, anda.

—No hay demasiado que explicar. Cada persona tiene un perfil y va buscando lo que le interesa. Cuando encuentra a alguien que le gusta, le manda un mensaje y, si se ponen de acuerdo, quedan en un bar.

—Entonces ¿las conversaciones que tuvo Héctor Ríos van a estar en su perfil?

A la agente Navarro se le eriza el vello, dándose cuenta de que por ahí puede llegar su final. Tarda tanto en reaccionar que Ortega y Jimeno la miran, extrañados.

—¿Lucía?

—Sí... —Lucía vuelve en sí—. Aunque no creo que conserve ninguna conversación. La mayoría de la gente las suele borrar. Yo lo hago.

—Puede que él no —dice Jimeno—. Deberíamos pedir una orden para entrar en su perfil personal.

—No creo que eso nos lleve a ninguna parte, Óscar —Navarro insiste, tratando de ocultar su nerviosismo—. Además, los jueces son reacios a dar órdenes que vulneren la intimidad de los usuarios de las redes sociales.

—Al menos hay que intentarlo —decide la subinspectora Ortega—. Iré a hablar con el comisario a ver si le convenzo para que llame al juez.

La subinspectora Ortega sale de la sala de reuniones, decidida. La agente Navarro recuerda que, un par de días antes del accidente que acabó con la vida de Héctor Ríos, habló con él a través de esa misma aplicación, y duda mucho de que borrase la charla que ambos mantuvieron. Al contrario de lo que acaba de decir, casi nadie las borra. Ella misma tiene guardadas en su perfil todas las conversaciones que ha mantenido desde que empezó a chatear, y a estas alturas ya son unas cuantas. Cuando mira a Jimeno, le descubre observándola inquisitivo.

—¿Qué pasa? —pregunta Lucía.

—No sé, dímelo tú. Te encuentro muy rara desde hace un par de días, Lucía. ¿Puedo ayudarte en algo?

—Lo dudo mucho.

—Yo soy muy bueno escuchando, en serio. Es por el tío ese con el que quedabas últimamente, ¿no?

—¿De qué hablas?

—Te ha hecho la trece catorce y, después de echarte unos cuantos polvos, ha desaparecido del mapa, ¿a que sí?

–Pues no.

–Venga, tía, que somos amigos desde hace tiempo –insiste el oficial–. Este también te ha salido rana, ¿no?

–Prefiero que no te metas en mi vida, Óscar.

La agente Navarro se marcha, dejando a Jimeno con la palabra en la boca. Como él mismo acaba de decir, la conoce desde hace años y nunca la había encontrado tan ausente y evasiva. Solo espera que sea cuestión de días y que solucione pronto lo que tanto parece preocuparle.

# 47

Desde que entró en prisión, Antonio Anglés permanece aislado; si le permitieran salir al patio o incorporarse a las rutinas carcelarias, no duraría vivo ni un día. Muchos de los reclusos asumirían con gusto una ampliación de su condena si pudiesen mancharse las manos con la sangre del asesino. Lo que nadie allí dentro se explica es cómo pudo su compinche, Miguel Ricart, salir entero después de pasar entre rejas más de veinte años. Anglés solo disfruta de la compañía de un preso de confianza que han puesto para vigilarlo y evitar que se quite la vida. El Cholo es un albaceteño de sesenta años que lleva desde los dieciocho entrando y saliendo de la cárcel. No es que sea un delincuente incorregible, es que ha elegido pasar su vida allí dentro, donde no le falta un plato de comida y nadie le mira por encima del hombro. Quisiera no hacerlo, pero está dispuesto a matar a cualquier otro preso si amenazaran con volver a echarlo de su paraíso. Aparte de velar por su seguridad, el Cholo tiene como misión chivarse de todo lo que le pueda sonsacar a Anglés. Y desde anoche tiene un cometido concreto.

—Entonces ¿viviste en Irlanda?

Anglés levanta la mirada del cuaderno donde redacta el comunicado que piensa leer ante los medios el día que le suelten —y en el que asegura ser inocente del secuestro y asesinato de las niñas de Alcàsser— para mirar a su compañero de celda.

—Es lo que dicen en la tele —el Cholo justifica su curiosidad—. Según cuentan, la última vez que te vieron ibas en un barco camino de Irlanda. ¿Cómo es aquello?

—Lluvioso.

—Ya me imagino. Yo hace treinta años, en un permiso que me dieron, me fui a Galicia para probar el marisco. No me pareció gran cosa, demasiado salado, pero me llamó la atención que allí lloviese a todas horas.

Antonio Anglés sigue a lo suyo, pero el Cholo no se da por vencido; sabe que, cuanta más información obtenga, más privilegios va a conseguir.

—¿Y con el idioma cómo te apañaste? ¿O es que enseguida te fuiste a Argentina? Porque allí se habla en cristiano, ¿no?

—¿Por qué cojones me haces esas preguntas? —El interrogatorio del Cholo ha conseguido que se ponga en alerta.

—Por nada. —Intenta parecer inocente—. Simple curiosidad.

—No me gusta la gente curiosa.

—De algo tendremos que hablar, tío. Si no, aquí nos podemos morir del asco.

—Prefiero morirme de asco antes que hablar contigo —responde Anglés con dureza—. Como sigas preguntándome lo que hice o dejé de hacer, te juro por mis muertos que te abro en canal, ¿te ha quedado claro?

El Cholo asiente, acobardado. En la cárcel se conoce el verdadero carácter de las personas, allí no se puede disimular, y él sabe que Antonio Anglés es de los peligrosos. Uno de los guardias golpea la puerta con su porra.

—Anglés, tienes visita.

—¿De quién?

—¿Te crees que soy tu puta secretaria? Saca las manos.

Él saca las manos por la abertura de la puerta y el guardia le esposa sin ninguna delicadeza. Cada vez que el asesino sale de su celda, se forma un enorme revuelo en la galería. Insultos, gritos y amenazas se suceden durante todo el recorrido hasta la sala de visitas, pero él ni se inmuta, ya tiene asumidos todos los adjetivos que escucha. Lo único que le pone nervioso es pensar que ha ido a verle alguien de su pasado, un familiar suyo o incluso de alguna de las niñas para intentar conseguir una confesión y poder descansar después de treinta años en vela. Pero con quien se encuentra esperándole es con los dos policías que le llevaron a los juzgados. Mientras el guardia le quita las esposas, se puede fijar en que ella, a la que le sobran unos pocos kilos, tiene unas facciones mucho más bonitas de lo que percibió al conocerla. Él, aunque es aproximadamente de la misma edad que su compañera, parece diez años más joven por su ropa desenfadada, su corte de pelo moderno y su barba de tres días.

—Indira, Iván..., qué alegría veros por aquí —Anglés los saluda con confianza.

—¿Cómo estás, Antonio? —pregunta Indira con desprecio camuflado de amabilidad.

—Peor que en los últimos treinta años, para serte sincero. Ya me había olvidado de lo que era estar encerrado.

—Será mejor que te acostumbres —responde el inspector Moreno sin perder el tono cordial de la conversación—. Estamos trabajando día y noche para que no vuelvas a pisar la calle en tu puta vida.

Aunque Anglés esboza una sonrisa de superioridad, hay algo en la forma de hablar de los policías que no le gusta un pelo. Se sienta a la mesa de metal y junta las yemas de los dedos, como si asistiera a una simple reunión de negocios.

—¿Y bien? ¿Vais a contarme ese trabajo tan interesante que estáis haciendo?

—Sabemos que volviste a matar después de lo de Alcàsser, Antonio —dice Indira sin rodeos—. Solo es cuestión de tiempo que descubramos a quién.

—Eres una mujer sorprendente, Indira. Creía que esto de las investigaciones policiales funcionaba justo al revés.

—Tu caso es especial.

—Siento deciros que no hay caso que valga. Ni maté a esas tres niñas entonces ni he matado a nadie después.

—Entonces no te importará contarnos dónde has estado viviendo todo este tiempo para que podamos comprobarlo, ¿verdad? —Iván intenta sonsacarle.

—Aquí y allá. No es seguro quedarse en un sitio cuando te busca medio mundo por un crimen que no has cometido.

—Sabemos que saltaste del City of Plymouth cerca de la costa de Irlanda y que estuviste allí escondido un tiempo —dice la inspectora Ramos imperturbable. —Lo que nos gustaría saber es cómo llegaste a Noruega.

Antonio Anglés siente que se le eriza el vello. «¿Cómo coño han podido averiguar que estuve allí?», se pregunta intentando conservar la sonrisa. Por mucho que se esfuerza, no recuerda habérselo contado nunca a nadie, aunque ahora le viene a la memoria que una noche, mientras conquistaba a Valeria cenando en un restaurante del barrio porteño de San Telmo, bebió más vino de la cuenta y quiso alardear de haber viajado por medio mundo. La tardanza en su respuesta hace comprender a los policías que le han cogido con el pie cambiado.

—Puedes ahorrarte las mentiras, Antonio —dice Iván devolviéndole la sonrisa—, ya estamos investigando tu paso por allí.

—Valeria, supongo.

—Exacto —responde Indira—. Por desgracia para ti, tiene incluso más ganas que nosotros de que te pudras aquí dentro y está colaborando con nosotros. Solo es cuestión de tiempo que recuerde otros lugares por los que pasaste.

—Aunque conociera las direcciones exactas de los sitios en los que viví, no encontraríais nada por lo que condenarme.

—Entonces ¿qué te impide decírnoslo?

—No quiero quitarle la gracia a este pequeño juego, Indira. Os auguro muchas noches estudiando viejos casos abiertos y muchas mañanas de decepción por no haber encontrado nada que me relacione con ellos.

—Ya veremos. Y, hablando de decepciones, tu hija Claudia te ha cogido un asco tremendo cuando ha sabido todo lo que les hiciste a Miriam, a Toñi y a Desirée.

A Antonio le muda el semblante.

—A mi hija mantenedla al margen de esto.

—Eso es imposible cuando la has dejado marcada de por vida, Antonio —señala Indira, consciente de cuánto daño le ha hecho.

—Largaos —dice Anglés irritado.

—Pronto volveremos para ponerte un poquito más nervioso, hijo de la gran puta —contesta el inspector Moreno.

Los policías se levantan y salen de la sala de visitas. Antonio intenta conservar la calma mientras el guardia le pone las esposas para devolverlo a su celda, pero en su interior siente un terrible desasosiego. Hasta este preciso momento, estaba convencido de que saldría impune de los asesinatos cometidos en 1992, pero con lo que no contaba era con que esos policías no pensaban detenerse allí. Y él sabe que hay mucho más por descubrir.

# 48

Antonio Anglés se esforzó como nunca para apartar aquellos pensamientos, pero la imagen de la joven Annick no se le iba de la cabeza. Consiguió mantener el control doce días con sus respectivas noches, hasta que se dio por vencido. Lo que tenía claro era que esa vez iba a hacerlo bien, sin dejar ninguna pista que pudiera llevar a la policía hasta él, y para ello necesitaba vigilar a la niña y descubrir en qué momento era más vulnerable. El problema era que, desde que le contó el motivo por el que supuestamente había tenido que escapar de España, Haakon le acompañaba siempre que tenía que salir de la granja.

—Puedo ir solo, Haakon. Tú quédate cuidando de los animales —le dijo la mañana del lunes 12 de mayo de 1997, el mismo día en que, a unos tres mil kilómetros de distancia, en la Sección Segunda de la Audiencia Provincial de Valencia, comenzaba el juicio contra Miguel Ricart, el único procesado por el triple crimen de Alcàsser—. Yo estaré de vuelta en un par de horas.

—De acuerdo, pero llévate el teléfono.

Anglés guardó en la guantera de la furgoneta aquel aparatoso teléfono móvil Motorola que Haakon había comprado por si surgía alguna emergencia y fue a por productos para curar las heridas del ganado a la farmacia de Lunner. En cuanto salió de allí, puso rumbo a Tingelstad. Tuvo que esperar quince minutos aparcado frente al restaurante de Hela Moen para volver a ver su hija adolescente. La chica salió por la puerta trasera y se escondió entre los árboles para fumar un cigarro, algo que al asesino no le hizo ninguna gracia; el acto de fumar la hacía parecer bastante más mayor. Durante las siguientes semanas estuvo espiándola siempre que pudo y su sed de sangre y de sexo fueron en aumento. Conocía sus rutinas a la perfección y sabía que el mejor momento para cogerla desprevenida era cuando llevaba la basura a los contenedores que había al otro lado de la calle. Solo tenía que aparcar la furgoneta en la calle de detrás, acercarse a ella y llevársela a golpes.

El día elegido, Antonio casi no podía contener su excitación. Le dijo a Haakon que necesitaba ir a comprar unos zapatos y algo de ropa y fue a comprobar que no hubiera nadie merodeando cerca de la casa abandonada donde pensaba llevar a la niña. Después aparcó en el lugar elegido y se preparó para el ataque..., pero para su sorpresa aquel día quien tiró la basura fue Hela, la madre de Annick. Se sobresaltó al verle allí agazapado, pero él reaccionó con rapidez esbozando una inocente sonrisa.

—Hola, Hela... ¿Me recuerdas? —preguntó en inglés.

—Eres el ayudante de Haakon Lund, ¿verdad? —respondió Hela en el mismo idioma.

—Exacto. Me envía él por si necesitas hacer un pedido.

Hela le miró de arriba abajo unos segundos, dudando de sus intenciones. Al fin, le devolvió la sonrisa.

—¿Por qué no entras y compruebo lo que tengo?

Antonio la acompañó al interior del restaurante y allí se enteró de que la joven Annick se había quedado en casa con fiebre. A esa hora no había ningún cliente en el local, así que Hela se sentó con él a tomar una copa de Aquavit y una tapa de salchichón de reno, el producto más valorado de la granja de Haakon, que desde hacía ya un par de años Anglés preparaba con maestría.

—¿Me vas a decir de una vez para qué has venido? —preguntó Hela mirándole a los ojos después de darle un trago a su licor de patatas y hierbas.

—Ya te lo he dicho. Haakon quiere que te pregunte...

—Haakon me llamó por teléfono la semana pasada y ya le dije que no necesitaba nada —le interrumpió la mujer—, así que será mejor que dejes de mentir.

Anglés se sintió perdido. Si a Hela se le ocurriese llamar a la policía, sus días de paz habrían terminado. Pero la forma en que le miraba no era la de una mujer que sabe que está frente a un monstruo, y mucho menos que ese monstruo tenía como objetivo raptar y violar a su propia hija. Había un brillo en sus ojos que él enseguida supo interpretar.

—En realidad, he venido por ti —dijo al fin.

—¿No me digas? —preguntó ella con el típico tono de alguien que ya creía conocer la respuesta.

—Así es —respondió asintiendo con fingida timidez—. Desde que te conocí hace unas semanas llevo pensando en invitarte a cenar, pero no me atrevía porque no sabía si tienes pareja o...

—No tengo pareja —volvió a interrumpirle Hela—, y me encantaría salir a cenar contigo, pero la única noche que tengo libre de esta semana es la del martes.

—Para mí el martes es perfecto. No conozco muchos sitios por aquí adonde ir. ¿Tienes alguna preferencia?

—Tú ven a buscarme a eso de las cinco, que de todo lo demás ya me encargo yo, ¿de acuerdo?

Él asintió. Si fuese una persona normal, haría lo imposible por conocer a Hela, una mujer atractiva e inteligente que le abría las puertas a una posible relación adulta. Pero, por desgracia, Antonio Anglés seguía siendo el mismo que saltó por la ventana de su piso en Catarroja cuatro años antes. Sus planes se habían torcido y lo más sensato hubiera sido olvidarse de Annick para siempre y centrarse en buscar otra víctima, pero sabía que sería inútil, que tenía que ser ella; llevaba demasiadas noches fantaseando con llevarse a esa niña y no descansaría hasta hacerlo realidad. Hela Moen solo era la llave para llegar hasta su hija.

# 49

Cuando Alba y la abuela Carmen llegan a la cocina, se encuentran a Indira sentada a la mesa, sobre la que hay un plato con una docena de churros bañados en azúcar, otro con tres enormes porras y una jarra de chocolate humeante.

—¿Y esto?

—Es el primer sábado que pasamos las tres juntas en Madrid, mamá —responde Indira disimulando su nerviosismo—. ¿Qué menos que celebrarlo desayunando chocolate con churros y una porra para cada una?

—¿Le quieres dar a Albita fritanga? —la abuela se sorprende.

—Por una vez no pasa nada. Además, he ido a una churrería de confianza. ¿Te apetece probar los churros, Alba?

—No lo sé —responde la niña, extrañada por no tener que desayunar su tazón de cereales con leche y su macedonia de frutas—. ¿Son como las perrunillas?

—Todavía mejores, ya lo verás.

Mientras desayunan, la abuela Carmen mira a su hija de manera inquisitiva, sin fiarse un pelo de sus intenciones ocultas, pero convencida del todo de que las tiene.

—Bueno, ¿qué? ¿Nos vas a decir qué pasa? —pregunta cuando han terminado de desayunar, las tres se han lavado los dientes e Indira ya ha recogido y desinfectado la cocina entera.

—Será mejor que nos sentemos.

—¿Tienes bacterias? —pregunta la niña, preocupada al ver que su madre tiembla de la cabeza a los pies.

—No, cariño. Es solo que tengo que contaros algo y no sé cómo os lo vais a tomar. —Indira coge aire, dispuesta a revelar su gran secreto, ya sin escapatoria—. Verás, Alba. Es que mamá te ha contado una mentira muy gorda, a ti y a la yaya, pero ahora ha llegado el momento de deciros la verdad.

—¿Qué mentira, Indira? —pregunta la abuela, temiéndose lo peor.

—Que no es verdad que decidiera quedarme embarazada yo sola, mamá —suelta de sopetón—. Alba tiene un padre, y ahora quiere conocerla. De hecho, hemos quedado con él dentro de media hora en el parque de abajo.

El inspector Moreno se siente ridículo cargando con un oso rosa de más de un metro de altura y otro tanto de diámetro. Las miradas de recochineo de las madres que pasan por su lado le identifican como un padre primerizo. Un par de hombres, solidarios, le sonríen mostrándole su apoyo.

—¿Qué narices haces con ese bicho, Iván?

Iván esperaba que llegasen de frente, pero Indira, Alba y la abuela Carmen han entrado por otra puerta y le sorprenden por la espalda. Él apenas se atreve a mirar a la niña y a la abuela, avergonzado.

—Le he traído un pequeño detalle a Alba.

—Pequeño, lo que se dice pequeño, no es.

—Un momento, hija —interviene la abuela Carmen con el ceño fruncido, protegiendo a su nieta con su cuerpo—. ¿Tú estás segura de que este es el padre de Alba?

—Claro que sí, mamá.

—Pues he de decirte que es un picaflor, porque también tiene un hijo negro. Le vimos aquí mismo con él el otro día.

—Eso fue un pequeño malentendido, señora —dice abochornado—. Lo cierto es que yo no tengo hijos. Sin contar a Alba, claro.

Iván por fin se atreve a mirar a la niña, que le observa con curiosidad.

—¿Tú eres mi papá?

—Sí, Alba —responde Indira—. Se llama Iván y es policía, como yo.

—Te he traído un oso... Espero que te guste.

La niña duda unos segundos, pero al fin esboza una gran sonrisa.

—Me encanta.

Alba abraza al oso e Iván respira aliviado, pero vuelve a tensarse cuando descubre que la abuela Carmen le mira con cara de pocos amigos.

—Siento lo del otro día, señora —se disculpa con sinceridad—. Quería ver a Alba y le conté una mentirijilla.

—Se ve que estáis hechos el uno para el otro —responde la abuela.

—No le regañes, que el pobre no tiene la culpa de nada, mamá —dice Indira, indulgente, para después dirigirse a Alba—. ¿Quieres que Iván te empuje en el columpio, Alba?

—Vale.

La niña corre hacia el columpio y su padre la sigue titubeante. Indira y la abuela Carmen, con el enorme oso entre ambas, se sientan en un banco a observarlos. Se nota a la legua que el inspector Moreno no ha tenido demasiado trato con niños, pero se esfuerza por hacerlo bien y Alba no se lo pone difícil.

—¿Es de fiar? —pregunta la abuela sin quitarle ojo a Iván.

—Es un buen hombre, de eso puedes estar segura.

—Entonces ¿por qué no me habías hablado de él?

—Es difícil de explicar. ¿Te acuerdas de aquel policía al que denuncié por poner pruebas falsas en la escena de un crimen?

—¿Cómo no me voy a acordar con el disgusto que nos diste a tu padre y a mí convirtiéndote en una chivata? ¿No me digas que es este tarambana?

—No, era su mejor amigo. Y por eso Iván y yo hemos tenido siempre una relación complicada, pero Alba no podría tener mejor padre que él... creo —añade insegura.

Indira y su madre vuelven a centrarse en Iván y en Alba, que en unos pocos minutos han empezado a afianzar su relación: ella le muestra una herida que se hizo en la rodilla y él una cicatriz que tiene en el costado producto de una cuchillada; ella le enseña una picadura de mosquito que tiene en el hombro y él las marcas que le dejó un gato en el brazo al entrar en la casa de un asesino; ella exhibe un diente mellado por un balonazo en el patio del colegio y él dice que eso sí que tuvo que dolerle.

—Casi no lloré..., papá.

Indira sonríe aliviada al ver lo bien que se llevan, pero también preocupada al comprender que no va a poder controlar el cariño que van a tenerse.

# 50

−Esto es una locura, Héctor −le dijo su abogado tres años después del accidente de esquí de su esposa−. No puedes seguir gastándote veinte mil euros mensuales solo en el cuidado de Elena o terminarás dilapidando toda tu fortuna.

−No pienso desatenderla, Fermín −respondió el arquitecto con firmeza.

−Nadie habla de eso, pero si sigues a este ritmo, en tres o cuatro años no te quedará nada que dejarle a vuestra hija.

Héctor Ríos había conseguido reanudar una vida social más o menos aceptable y tenía varios contratos para proyectar un par de urbanizaciones en diferentes puntos de España, pero los gastos en médicos, terapias y cuidados que su esposa necesitaba se habían disparado. Si seguía gastando tanto dinero, pronto empezaría a tener serios problemas de liquidez, y más aún después del fracaso de varias de sus inversiones. Desde que terminó la carrera y había empezado a trabajar, jamás pasó por estrecheces económicas, y solo entonces supo lo que era sufrir insomnio por no poder cuadrar bien las cuentas a final de mes. Decidió reducir gastos en casa, en ocio, en ropa y en lo que se le ocurriera, pero aun así necesitaba mucho más. La única solución para acabar con aquella desazón que no lograba quitarse de la cabeza era ganar con rapidez el dinero que le permitiese vivir tranquilo sabiendo que su mujer y su hija siempre estarían bien cuidadas y atendidas.

–¿Estás seguro de que quieres meterte en esto, Héctor?

Julio Pascual, director financiero de una empresa farmacéutica al que el arquitecto había construido un chalé hacía algunos años y con el que, desde entonces, mantenía una estrecha amistad, le miraba con seriedad desde detrás del escritorio de su lujoso despacho. Julio llevaba tiempo hablándole de un medicamento que iban a comercializar muy pronto y que, según decía, supondría una revolución en el tratamiento contra el alzhéimer. Aunque Héctor se fiaba al cien por cien de su amigo, quiso hacer sus averiguaciones por si había algo que se le escapase, pero tanto los médicos con los que habló como lo que pudo leer en revistas especializadas auguraban un futuro esplendoroso a la farmacéutica gracias al esperado lanzamiento.

–Llevas años hablándome de ese medicamento, Julio –respondió el arquitecto tranquilo–. ¿Ya no crees que multiplicará por veinte el valor de las acciones de la farmacéutica?

–Y por más.

–Entonces ¿cuál es el problema?

–Que ahora mismo hay demasiada gente queriendo invertir y estamos controlando bien quién queremos que lo haga.

–Para eso eres tú el jefe y yo un amigo de confianza, ¿no?

Julio sonrió a su amigo, empezando a ceder. Lo cierto era que tenía tal seguridad en el proyecto que había animado a sus hermanos y al resto de familiares cercanos para que creasen una sociedad y metiesen allí sus ahorros.

–Para que la dirección acepte un nuevo inversor a estas alturas tendrías que aportar una suma bastante elevada –dijo al fin.

–Estoy dispuesto a darte todo lo que tengo.

–Antes de seguir hablando, necesito que me cuentes por qué has decidido hacer esto, Héctor.

–Porque si en los próximos dos años no gano lo suficiente, tendré que ingresar a Elena en una clínica, y la única que me gusta tampoco podría pagarla toda la vida. Mi intención es que nunca tenga que salir de su casa. He calculado que, para costear un nuevo tratamiento del que me han hablado maravillas y los cuidados médicos durante las veinticuatro horas, necesito algo más de dos millones de euros.

—Para conseguir eso, tendrías que invertir al menos tres.

Héctor asintió, convencido de lo que había decidido hacer. El problema era que él ni de lejos podía disponer de aquella cantidad. Entre acciones, ahorros y la venta de varias propiedades conseguiría reunir más o menos la mitad, lo que le reportaría un beneficio insuficiente para lo que él necesitaba.

—¿En qué situación está ahora mismo el asunto?

—Hace unos meses superamos con éxito la fase III de ensayos clínicos y ya estamos en la fase de aprobación y registro. La Agencia Española de Medicamentos y Productos Sanitarios, adscrita al Ministerio de Sanidad, está a punto de aprobar su comercialización.

—¿Y eso cuándo se supone que será?

—Calculamos que dentro de entre tres y seis meses. Hemos seguido todas las fases escrupulosamente y no hay motivo para que se retrase más. En cuanto nos den el visto bueno, entra la producción y la distribución, y ahí será cuando empecemos a tener beneficios. Según nuestros estudios, eso se producirá dentro de doce meses.

Aunque Héctor quería hacerlo, no pudo evitar dudar unos instantes. Invertir en un mercado que no conocía no era algo que le hiciese demasiada gracia, pero él mejor que nadie sabía que aquellos pelotazos urbanísticos con los que algunos amasaron enormes fortunas ya quedaron atrás.

—Piénsatelo durante unos días y me cuentas, Héctor —le dijo Julio al percibir su vacilación.

—No tengo nada que pensar —respondió—. ¿Cuándo necesitarías que hiciese la inversión?

—En veinte días, un mes a lo sumo.

—Ve preparándolo todo.

# 51

A la agente Lucía Navarro no le gusta tener que buscar ayuda para solucionar este asunto, pero necesita que alguien jaquee en un tiempo récord el perfil social de Héctor Ríos y Marco es el mejor en lo suyo. Aunque todavía no ha cumplido diecinueve años, el chaval tiene tanta experiencia en el trato con la policía −su primera detención fue a los doce años por secuestrar la página web de una fábrica de chucherías y pedir como rescate cincuenta kilos de gominolas− que no se corta en liarse un porro mientras habla con la agente, sentado en el respaldo de un banco del parque. Su gorra ladeada, sus pantalones caídos y su camiseta de los Dallas Mavericks tres tallas más grande le hacen parecer un pandillero cualquiera, pero Lucía sabe que hay pocos que se le parezcan.

−A ver si me he enterado bien −dice el chico mirándola con superioridad−. ¿Quieres que me meta en una página y que borre la ficha de un pavo?

−Sí.

−¿Y por qué cojones me iba a arriesgar yo con algo así? ¿Tú sabes lo que me pagan por hacer esas cosas de manera legal?

−Pídeme lo que quieras.

Marco la mira de arriba abajo, con deseo. Lucía adivina sus intenciones y se adelanta a lo que pueda decir.

−Menos eso. Como se te ocurra decirlo, te rompo los huevos.

—Entonces no tienes nada que me interese.

Marco se levanta y se va a marchar, pero Lucía le sujeta del brazo con firmeza cuando pasa por su lado. Aunque no se siente orgullosa, piensa utilizar todo lo que tenga a mano para lograr que el chico cambie de opinión:

—¿Qué crees que dirían los hermanos del Chino si supieran que fuiste tú quien nos chivó dónde estaba escondido y por eso murió tiroteado, Marco?

Al chaval le cambia la cara y se zafa de su agarre para mirar a la policía con un profundo odio mezclado con un miedo aún más intenso.

—Eres una hija de la grandísima puta... —escupe conteniendo la voz, consciente de que, si alguien escuchase esa historia, su vida no valdría una mierda—. Tenía un acuerdo con vosotros.

—Lo sé, y no me gusta tener que romperlo, pero si no me ayudas, hago una llamada ahora mismo. No tardarán en venir a por ti ni cinco minutos.

Marco duda, entre la espada y la pared.

—Yo de ti no me lo pensaba mucho, Marco. Solo tienes que hacer lo que haces todos los días y nadie sabrá que eres un mierda que colabora con la poli y delata a sus amigos cada vez que se mete en problemas.


La habitación de Marco es como la de cualquier chico de su edad, pero sin una madre que le dé la murga para que la limpie, al menos, una vez por semana. Fue por eso por lo que se marchó de casa de sus padres nada más cumplir dieciocho años y alquiló un trastero de treinta metros cuadrados con un cuarto de baño construido de manera ilegal y una buena conexión wifi. Era todo cuanto necesitaba. Marco, todavía cagándose en voz baja en los muertos de la agente Navarro, se sienta frente a un teclado cubierto por una capa de ceniza. La policía mira una silla de *gamer* llena de ropa sucia.

—¿No pretenderás que te la limpie? —pregunta el chico.

—¿Qué menos?

—Si quieres sentarte, te la limpias tú... A ver, ¿en qué página está ese perfil?

—Citahoy.es

—Menuda mierda de nombre. Eso estará lleno de pajilleros. —Escribe en el buscador y entra en una página. Se sorprende al ver que se trata de una web elegante—. Coño, ¿quién lo iba a decir? ¿Aquí se conectan tías buenas?

—Necesito que entres en el perfil de Héctor Ríos González.

El perfil del arquitecto recibe con una foto muy favorecedora, pero auténtica y de no hace más de un par de años. Junto a ella, una breve descripción en la que no parece haber mentiras.

—Según esto, este tío lleva sin conectarse desde hace cuatro días —dice Marco.

—Quiero que entres en su ficha privada, que borres unos datos y que ahí siga apareciendo que lleva cuatro días sin conectarse.

—¿Tú sabes lo jodido que es conseguir todo eso, tía?

—Nada que tú no sepas hacer, estoy segura. Piensa en cuánto te conviene estar a buenas conmigo, Marco.

Él masculla un «zorra», se enciende la chusta de un porro que encuentra en un cenicero repleto de colillas y se centra en el trabajo. En apenas diez minutos trasteando con programas informáticos, consigue abrir el perfil personal de Héctor Ríos.

—Ya está... —dice orgulloso.

—No has dejado ningún rastro, ¿verdad?

—Rastro siempre queda, pero habría que saber lo que se busca para encontrarlo. A ver, que no tengo todo el puto día. ¿Qué datos quieres que borre?

—Métete en el historial de sus conversaciones privadas.

Marco lo hace y se sorprende al ver que la mayoría de ellas son con la propia Lucía Navarro.

—Quiero que lo borres todo de un año hasta hoy.

El chico sigue mirándola, sin reaccionar, intentando comprender por qué esa policía se está arriesgando tanto.

—¿No me has oído? Elimina cualquier rastro de esas conversaciones y no te pediré nada más. Eso sí, como le hables a alguien de esto, te juro por mi vida que la llamada que me permitirán hacer desde el calabozo no será a mi abogado.

# 52

Antonio Anglés vertió en la sopa de pescado casi medio frasco del potente calmante que solían dar a los renos machos en la época de celo para evitar que se matasen entre ellos y atacasen a las personas. Aunque esperaba que no acabase con la vida de Haakon, tampoco le importaba demasiado: ahora que había despertado del letargo en el que estaba sumido desde hacía cuatro años, sabía que tarde o temprano tendría que abandonar la apacible vida que había encontrado junto a él.

—¿Le has echado algo a la sopa? —preguntó Haakon tras probarla.

—¿A qué te refieres? —preguntó a su vez Anglés.

—Sabe diferente.

—Quizá me haya pasado con las especias. Yo la probaré después.

El anciano se encogió de hombros y se llevó una nueva cucharada a la boca. Antonio no sabía cuánto tardaría en hacer efecto la droga, ni siquiera si funcionaría, pero cuando todavía no había terminado de cenar, el viejo se desplomó sobre el plato. Lo arrastró hasta su habitación y lo tumbó sobre la cama sin molestarse en quitarle las botas. Se duchó, se puso su mejor ropa y condujo nervioso hasta Tingelstad.

Hela estaba preciosa, el sueño de cualquier hombre. Se subió en la furgoneta con una sonrisa en los labios, le besó en la mejilla y le dijo que condujese en dirección a Jaren. Una vez que llegaron al lago, le hizo desviarse por un camino de tierra.

—¿Adónde vamos? —preguntó Anglés intrigado.

—Ahora lo verás.

Tras conducir durante unos minutos bordeando la orilla del lago, llegaron a un conjunto de casas diseminadas en un frondoso y cuidado jardín.

—Aparca ahí mismo.

Anglés aparcó frente a una de las edificaciones. Antes de que pudiera preguntar qué era aquel lugar, un hombre de unos sesenta años vestido a la manera tradicional noruega salió a recibirlos.

—¡Hela! ¡Cuánto me alegro de verte!

—Yo también a ti, Ulmer —respondió Hela correspondiendo al cariñoso abrazo que le dio el hombre—. Quiero presentarte a mi amigo Carlos.

—Encantado, Carlos —dijo estrechándole la mano y hablándole en inglés, como le había presentado su amiga—. Será mejor que pasemos dentro. Aquí hace demasiado frío.

La pareja siguió a Ulmer hacia la casa, mientras él les explicaba que eran afortunados y que tenían todas las instalaciones para ellos solos. En cuanto entraron, Anglés percibió un inconfundible olor a aceites aromatizados. Bajaron por unas escaleras talladas en la piedra y, al atravesar una puerta de cristal, apareció frente a ellos una enorme piscina natural de forma irregular y agua cristalina. De diferentes agujeros que había en la roca caían cascadas que producían un intenso ruido, aunque extrañamente relajante.

—Disfrutad. Os espero dentro de una hora con la mesa puesta.

Ulmer se marchó y Antonio miró a Hela, confuso.

—¿Qué pretendes que hagamos aquí?

—¿Nunca has estado en un *spa*?

—No.

—Te encantará, ya lo verás. El agua se calienta de manera natural al pasar por unos conductos subterráneos y está a la temperatura corporal. En cuanto entres en la piscina, creerás que estás flotando en el espacio.

—Pero yo no he traído bañador.

—Estamos solos, ya has oído a Ulmer —dijo Hela guiñándole un ojo con complicidad—. ¿Quién necesita bañador?

Con total naturalidad, Hela se quedó desnuda frente a Anglés. Él la miraba vacilante, sintiendo cómo crecía su excitación. La madre de Annick tenía un cuerpo armonioso, con los pechos pequeños y firmes, el vientre liso y las piernas torneadas. No parecía ser la madre de una adolescente. Cuando se lanzó de cabeza al agua, pudo distinguir el tatuaje de un sol en una de sus nalgas.

—¿A qué esperas, Carlos? El agua está buenísima.

Antonio al fin se decidió y también se desnudó. Dejó su ropa junto a la de su cita y saltó al agua haciendo una bomba. Tal y como le había dicho Hela, la sensación de estar allí dentro era sorprendente. Ella se rio al ver cómo disfrutaba y se acercó para besarle. Después miró las cicatrices de sus brazos y las acarició con la yema de los dedos, sin hacer ninguna pregunta. Antonio intentó tener sexo allí mismo, pero Hela lo detuvo.

—Tranquilo. La noche es muy larga. Ahora vayamos a cenar y después habrá tiempo para todo lo demás.

Cuando llegaron al restaurante —situado en otra de las edificaciones—, la mesa ya estaba puesta. Mientras cenaban y charlaban sobre toda clase de temas, Antonio se sintió un hombre normal por primera vez en su vida. Por un momento, hasta se olvidó del verdadero interés que tenía en esa mujer.

—¿Quieres que vayamos a tomar algo a mi casa? —preguntó ella después de probar un trozo del pastel de chocolate que había pedido Antonio de postre.

—¿A tu hija le parecerá bien?

—Annick ya está avisada y no saldrá de su habitación.

Hela no se entretuvo en invitarle a beber; nada más entrar por la puerta, le llevó de la mano a su habitación y volvió a desnudarse frente a él. En esa ocasión, no frenó los avances de Antonio e hicieron el amor deprisa, como dos amantes que llevasen mucho tiempo deseándose, de una manera que a ella incluso le pareció demasiado tradicional. A las dos de la mañana, Anglés decidió que era hora de marcharse.

—¿Por qué no te quedas hasta mañana? —preguntó Hela acariciándole el pecho.

—Tengo que dar de comer a los animales a primera hora. Será mejor que me ponga en marcha.

—Calentaré café para que no te duermas de camino.

Hela le besó, se puso un camisón y fue a la cocina. Antonio terminó de vestirse y, al salir al pasillo, se detuvo delante de la habitación de Annick, en cuya puerta había clavada una señal de prohibido el paso. Pegó la oreja y no escuchó nada en el interior, así que decidió abrir con cuidado. La niña estaba dormida. Su madre, pensando en que esa noche tendría visita, había puesto demasiado alta la calefacción y a Annick le sobraba el edredón. La pierna, delgada y pálida, y la visión de las bragas de algodón blancas hicieron que Anglés la deseara aún con más desesperación. Entró con sigilo y quitó el pestillo de la ventana.

—No tenías que haberte molestado —le dijo Anglés a Hela cuando por fin llegó a la cocina.

—No es molestia, Carlos —respondió ella tendiéndole una taza de café—. No me lo perdonaría si te durmieses de regreso a Jevnaker.

Antonio se tomó el café y Hela le hizo prometer que se volverían a ver. No se separó de la puerta hasta que la furgoneta salió a la carretera.


A la mañana siguiente, a Hela le extrañó no encontrar a su hija desayunando cuando salió de la ducha. Por lo general, a esa hora, Annick ya estaba esperándola para que la llevase a clase.

—¡Annick! —gritó hacia el interior—. ¡Date prisa o llegarás tarde!

Pero no obtuvo respuesta y se preocupó, pensando que podría estar enferma. Fue a su habitación y encontró la cama vacía, con las sábanas revueltas.

—¡¿Annick, dónde estás?!

La buscó en los dos baños y en todas las habitaciones de la casa, incluida la leñera, donde sabía que de vez en cuando salía para fumar a escondidas. Al no encontrar rastro de su hija, volvió a su habitación, y su corazón se paró cuando vio cómo la cortina se movía ligeramente. Al descorrerla, descubrió que la ventana estaba abierta.

# 53

Indira encuentra el local igual que la última vez que estuvo allí, hace ya ocho años. El piano sigue en el mismo rincón, alumbrado por una lámpara de latón que le da un aire clandestino, y juraría que el pianista y la canción que toca también son los mismos de entonces.

—¿Indira?

Eva Rivero ha salido de la barra para comprobar que la presencia de su excuñada en su bar no es un espejismo. La hermana de Alejandro tiene cinco o seis años menos que ella y un estudiado aspecto desaliñado. Por su sonrisa, parece contenta de volver a ver a la policía.

—¿Cómo estás, Eva? —Indira le devuelve la sonrisa.

—Como siempre, ya lo ves. ¿Y tú? Qué alegría me da verte, de verdad.

—A mí también.

Eva no se atreve a un acercamiento físico, así que es Indira quien recorre los dos pasos que las separan para darle un rápido abrazo, sin recrearse demasiado. Son las pequeñas concesiones que sabe que tiene que hacer para vivir en sociedad.

—¿Nos sentamos? —propone Eva.

—No quiero entretenerte.

—Tranquila. Hasta dentro de un rato esto no se empezará a animar.

Las dos se sientan a una mesa y, mientras toman una copa, se ponen al día de los últimos años. Indira se disculpa por haber desaparecido de manera tan repentina, pero, aunque supo que la había llamado varias veces, asegura que no tenía fuerzas para hablar con nadie. Eva alucina cuando se entera de que Indira tiene una hija que ha dejado al cuidado de su madre tras un sábado muy intenso y Eva, por su parte, le habla de sus dos niños, uno de cinco y el otro de tres años, que están en casa con Iñaki, su novio de toda la vida.

—Me alegra saber que seguís juntos.

—Antes de que naciera el mayor estuvimos a punto de dejarlo, pero al final nos arreglamos y, si no nos matamos durante el confinamiento, lo más seguro es que sigamos juntos hasta que nos hagamos viejos.

—Es una suerte.

—Yo creía que mi hermano y tú también terminaríais volviendo. ¿Os habéis vuelto a ver?

—La verdad es que sí. El otro día dejamos algo a medias y he pensado que seguiría viniendo por aquí los sábados.

—Ahora solo aparece de vez en cuando, pero espera... Le mando un mensaje y está aquí en quince minutos.

Las dos se sonríen con complicidad y, en efecto, quince minutos después de que Eva le mande un mensaje en el que le dice que esta noche le conviene pasarse por el pub, Alejandro entra por la puerta. Sabía que su hermana le animaba a venir para encontrarse con alguna chica, pero no se imaginaba ni por asomo que se tratase de Indira. Una grata sorpresa, sin duda.

—¿Qué haces aquí, Indira? —pregunta sorprendido.

—Me apetecía invitarte a una copa. Siempre y cuando no hablemos de trabajo.

—Me parece bien.

El abogado se sienta en la silla que antes ocupaba su hermana y toman un par de copas hasta llegar al punto en que lo dejaron en el bar de los perritos calientes, justo antes de que Indira tuviese ese arrebato y le besase.

—No te imagino de madre —dice Alejandro divertido.

—Nunca he tenido el mismo instinto que tú, pero soy una madre cojonuda. Aunque reconozco que, para ciertas cosas, necesito ayuda. Por ejemplo, mañana tengo pensado llevar a Alba al zoo y, solo de pensar en lo que puedo encontrarme allí, me pongo enferma. Menos mal que está mi madre para controlar la situación.

—Doña Carmen siempre ha tenido mucho carácter. ¿Qué tal están ella y tu padre?

—Mi madre ha rejuvenecido desde que mi hija llegó a nuestras vidas. Mi padre murió durante la pandemia.

—Lo siento.

—Lo sé... Ya me ha dicho Eva que tus padres están bien, aunque conociendo a tu madre estará nerviosa por que todavía no les hayas dado un nieto.

—Estoy esperando a mi mujer ideal... —Alejandro la mira con intención y el efecto del alcohol hace que Indira no le aparte la mirada.

—¿Buscas algún tipo de mujer en concreto?

—Sigo buscando lo mismo que hace once años, cuando te interrogué durante aquel juicio y tú me abordaste a la salida de los juzgados para llamarme picapleitos con encefalograma plano.

Indira se ríe, pero su gesto enseguida se torna serio, consciente de que ha llegado la hora de mantener la conversación que ambos tienen pendiente desde que se reencontraron hace unos días.

—Estoy muy a gusto contigo, Alejandro, y creo que tú también conmigo. Pero antes de seguir adelante quiero que sepas que no sé cuánto voy a poder darte.

—Yo no te he pedido nada.

—Pero si esta noche terminase en tu casa, quizá mañana lo hagas. Y para mí ahora lo único importante es mi hija. No tengo otra prioridad y no voy a comprometer su felicidad o su equilibrio metiendo a un hombre en su vida. Y menos después de haberle presentado hoy a su padre.

—Creo que te estás embalando un poco, Indira.

—Intento evitar que haya malentendidos. Lo último que querría es volver a hacerte daño.

—Soy lo bastante mayorcito para saber lo que me conviene y lo que no. ¿Qué te parece si continuamos esta conversación en mi casa?

—Me parece perfecto.

Si algo le ha gustado siempre a Indira de Alejandro es que es un hombre limpio y ordenado, y los años y la soledad no han cambiado eso. A pesar de que se percibe desde que se atraviesa la puerta que la suya es la casa de un soltero —debido sobre todo a una decoración basada en impulsos y en recuerdos de viajes—, Indira agradece poder centrarse en él y no en lo que pueda haber a su alrededor. Sonríe con nostalgia al reconocer una lámina de un típico autobús londinense circulando por Piccadilly Circus.

—¿Recuerdas el viaje que hicimos a Londres? —pregunta Alejandro al darse cuenta de lo que mira.

—Me duché con calcetines toda la semana y la humedad me provocó unos hongos que estuve tratándome durante seis meses.

—A veces tantos escrúpulos son contraproducentes. ¿Qué quieres beber?

—Ya he bebido suficiente por hoy.

Los dos saben lo que hacen allí, así que no esperan más para acercarse y besarse. Es exactamente el mismo beso que se dieron la noche anterior a que Indira decidiera perseguir a un asesino por las alcantarillas y sus planes de vida se fueran a la mierda. A Alejandro le sigue haciendo mucha gracia que, aunque la excitación convierta la situación en apremiante, ella siempre encuentra tiempo para doblar su ropa y colocarla como es debido. Cuando está igualando los volantes de su blusa para dejarla sobre una silla del comedor, siente la mirada divertida de Alejandro.

—¿Qué?

—Que te echaba de menos, Indira.

# 54

—¿Cómo que no hay nada? —pregunta la subinspectora Ortega, contrariada.

—Al menos nada reciente —responde el oficial Jimeno frente
al ordenador, después de que el juez les haya autorizado a entrar
en el perfil del arquitecto—. El historial de Héctor Ríos indica
que, aunque la última vez que se conectó fue hace cinco días,
no ha chateado con nadie desde hace más de un año.

—Eso es imposible, joder. Según su secretaria, quedaba a menudo con una mujer a la que había conocido a través de esta
página.

—Entonces es lógico que no haya hablado con nadie más —interviene la agente Navarro—. Lo normal cuando conoces a alguien que te interesa en internet es intercambiar los teléfonos, y
así ya no tienes por qué contactar a través de la página. Se ena-
moraría y se quitó de la circulación.

—El problema es que ya hemos revisado su lista de llamadas
del último mes y no hay ningún número que no tengamos controlado...

Cuando Héctor le dijo a Lucía que solo quería mantener
contacto con ella a través de una aplicación de mensajería muy
poco conocida, se sintió como una vulgar amante a la que pretendía ocultar y no le sentó nada bien, aunque por suerte jamás
se lo comentó. Gracias a eso, por ahí jamás la podrán descubrir.

—Hay que encontrarla como sea —responde Ortega—. ¿Con quién dices que chateó por última vez, Jimeno?

—Con una tal Patricia1974 —responde consultando la pantalla—. En su perfil hay una dirección de correo...


—Yo no digo que fuese mala gente, ni muchísimo menos, pero un poco rarito sí que era, la verdad.

—¿Rarito en qué sentido?

Patricia Ibarra, la mujer que hay detrás del *nick* Patricia1974, es una diseñadora de moda de cuarenta y cinco años que no puede ocultar la incomodidad que le produce que la policía la llamase por teléfono y haya ido a interrogarla a su estudio. Ortega, Navarro y Jimeno aguardan una respuesta mientras Patricia va a cerrar la puerta de su despacho.

—Yo solo me vi tres veces con él. Las dos primeras quedamos a cenar y a tomar una copa y me pareció un hombre agradabilísimo y muy interesante.

—¿Y qué pasó la tercera? —pregunta el oficial Jimeno con curiosidad.

—Después de cenar, fuimos a un *loft* que tenía cerca de la Castellana y terminamos en la cama. Al principio la cosa iba muy bien, pero empezó a pedirme... cosas raras.

—¿Podría especificar un poquito más? —pregunta la subinspectora Ortega con la misma curiosidad que su compañero.

—Quería que... que le sometiese —responde apurada—. A mí a estas alturas me parece todo bien, y no les digo yo que no fuese hasta divertido, pero tuve la sensación de que ese hombre estaba sufriendo.

—Si quería que usted le sometiese, lo normal es que sufriera, ¿no? —dice la agente Navarro sin variar su gesto.

—Sí, pero yo vi que no lo estaba pasando bien y decidí marcharme. Me encantaría contarles algo que les sirviera de ayuda, pero no volví a saber nada más de Héctor hasta hoy.

Los tres policías salen a la calle frustrados por no haber encontrado a la mujer con la que al parecer se veía la víctima. La subinspectora Ortega recibe un mensaje en su móvil y lo lee. Al notar su cara de extrañeza, la agente Navarro se alerta.

—¿Pasa algo, María?

—Es un mensaje del forense. Quiere que me pase por el laboratorio para contarme algo de la autopsia de Héctor Ríos. Vosotros volved a la comisaría.

—¿No prefieres que te acompañemos? —pregunta su compañera, tensa.

—No, mejor id avanzando con los informes que después nos tiramos días con el papeleo.

A la agente Navarro no le gusta que su jefa actual la mantenga al margen de nada que tenga que ver con el caso, pero debe controlarse y acatar las órdenes si no quiere levantar sospechas.


La subinspectora María Ortega entra en el laboratorio del forense, intrigada por el mensaje que ha recibido minutos antes. No está cómoda en aquel lugar, no solo porque suele ser la última parada de la gente que ha dejado este mundo de manera traumática, sino porque ese techo plagado de tubos de neón que emiten una luz blanca tan resplandeciente la perturba, hace que se sienta desnuda, observada más allá de lo físico. No le ayuda a tranquilizarse que el forense rellene un informe sentado a una mesa tras la que hay enormes vitrinas llenas de frascos que bien podrían formar parte del atrezo de cualquier película de terror.

—Doctor —dice María a modo de saludo.

—Adelante, subinspectora Ortega. La estaba esperando.

—¿Qué era lo que quería enseñarme? —pregunta ella directa, pensando en largarse de allí cuanto antes.

El forense abre una de las vitrinas y busca algo en su interior. No lo encuentra y revisa todos los armarios y cajones que se va encontrando a su paso, maldiciendo en voz baja y preguntándose dónde diablos lo habrá metido. Después de unos minutos exasperantes para la subinspectora, da con lo que buscaba.

—Aquí está...

Le muestra un tubito transparente en el que hay un minúsculo fragmento de metal.

—¿Qué es eso?

—Recordarás que el asesino de Héctor Ríos extrajo el proyectil que se había alojado en su cráneo, ¿verdad?

—Así es.

—Pues resulta que se dejó un pequeño fragmento incrustado en el hueso. Ha estado a punto de pasárseme por alto, pero por suerte tengo una vista de lince.

—¿Y qué tiene de especial ese fragmento de bala?

—Por sí solo, no me diría mucho, pero este caso tiene unas características muy especiales. Desde el primer momento me llamó la atención que hubiesen dejado el escenario del crimen tan impoluto. Quien mató a ese hombre sabía muy bien qué hacer para no dejar pistas.

—Un sicario.

—En absoluto. Un sicario no se hubiera tomado tantas molestias. Yo me olía que era otro tipo de asesino, alguien muy preparado. El caso es que, analizando el fragmento de bala al microscopio, han encajado todas las piezas.

—Vaya al grano, por favor.

—Se trata de un calibre nueve milímetros Parabellum en el que he encontrado unas estrías helicoidales muy características. Ha sido un milagro que estuvieran, pero el caso es que están.

—Perdóneme, pero yo de balística sé lo que aprendí en la Academia de Ávila, o sea, bien poquito. ¿Características de qué?

—Yo apostaría por que lo mataron con una Heckler and Koch USP Compact.

La subinspectora Ortega tarda unos segundos en comprender qué está queriendo decirle el forense. Cuando al fin lo hace, abre los ojos impresionada.

# 55

Haakon se despertó con un terrible dolor de cabeza, sin recordar qué había pasado ni por qué estaba tumbado sobre su cama con las botas puestas y la misma ropa del día anterior. Hacía mucho tiempo que no se levantaba en ese estado, desde los días en que celebraba su aniversario de bodas con su esposa en un pequeño hotel que habían descubierto en el centro de Bergen. Se incorporó con esfuerzo y fue hasta la ventana agarrándose a los muebles. En el exterior, vio a quien él conocía como Carlos arreglando el cercado de los cerdos. Era la misma estampa que llevaba presenciando a diario los últimos cuatro años, pero esta vez, no sabía por qué, había algo distinto en su forma de mirarle.

—Al fin has despertado, Haakon —dijo Anglés sonriente cuando entró en casa y vio a su amigo tomando café en la cocina.

—¿Qué pasó anoche? —preguntó el anciano desconcertado.

—Que bebiste más Aquavit de la cuenta y caíste redondo. Tuve que llevarte en brazos hasta tu habitación.

—Yo no recuerdo haber bebido.

—Es lo malo que tiene ese licor que tanto os gusta aquí, que te hace perder hasta la memoria. Te terminaste la botella entera.

Señaló una botella vacía de licor que había junto a la pila y a Haakon no le quedó otra que creer en lo que decía, aunque algo no le terminaba de cuadrar. Siguió con mal cuerpo durante todo el día y se metió sin cenar en la cama apenas cayó la noche. A la mañana siguiente, vio en televisión la noticia de la desaparición de Annick Bjerke Moen.

—Pobre Hela —dijo el anciano horrorizado.

Anglés, a su lado, se limitó a asentir sin apartar la mirada de la televisión, en la que emitían imágenes del exterior de la casa donde había desaparecido la niña, de la habitación y de la ventana por donde al parecer se la habían llevado. Durante los siguientes días, nadie hablaba de otra cosa, y había teorías para todos los gustos: algunos estaban convencidos de que se trataba de una fuga voluntaria, otros de que era un secuestro para pedir un rescate a la familia millonaria del padre de la chica y algunos más temían que un depredador pudiese estar viviendo en la comunidad.

—¿Tú qué crees que le ha pasado a esa niña, Carlos?

El viejo no supo por qué le había hecho esa pregunta tan directa, pero, tras muchos días dándole vueltas a aquella extraña noche en la que había perdido el conocimiento, sintió que debía hacérsela. Aguardó su respuesta, estudiando sus reacciones. Anglés le devolvió una mirada fría.

—¿Cómo quieres que lo sepa, Haakon? Habrá conocido a un chico y los dos se han largado a ver mundo.

Según iban pasando las semanas, el misterio por la desaparición de Annick se agrandaba de la misma manera que la desconfianza entre Haakon y Antonio Anglés. Un día, al volver de visitar a su cuñado en Reinsvoll, el anciano decidió pasarse a ver a Hela para mostrarle su apoyo, pero al llegar al restaurante se quedó de piedra al encontrarla en el exterior abrazada a su ayudante. Se marchó sin desvelar su presencia, pero cada vez más convencido de que pasaba algo extraño. Aquella noche tuvo que contenerse para no preguntarle a Antonio por lo que había visto, pero no quería descubrir sus cartas. A la mañana siguiente, fue a hablar con Hela en persona.

—Aparecerá, ya lo verás —le dijo cariñoso—. Esto solo es una chiquillada y muy pronto volverá.

—Annick no es de esa clase de niñas, Haakon. —La desesperación había hecho mella en su cara y parecía tener diez años más que hacía unas semanas—. Además, tenía todos sus ahorros escondidos en su habitación y allí seguían al día siguiente de desaparecer. ¿Quién se marcha voluntariamente y no se lleva su dinero? Y eso sin contar con que tampoco cogió su documentación.

—No tiene mucho sentido, no.

—Lo único que quiero es que me la devuelvan pronto, por favor.

Hela se derrumbó y Haakon intentó consolarla con palabras vacías para una madre que había perdido a su única hija. Cuando logró serenarse, se sentaron a una mesa y el viejo abordó el verdadero asunto que le había llevado hasta allí.

—Tengo entendido que Carlos te está apoyando mucho?

—Pobre —respondió Hela bajando la mirada—. Lo nuestro podía haber llegado lejos, pero después de lo que está pasando no creo que quiera volver a verme.

—¿Cuándo empezasteis a veros?

—La misma noche que se llevaron a Annick. Estuvimos cenando en el *spa* de Jaren y después fuimos a mi casa. Creía que estabas enterado.

Haakon dudó sobre si hablarle de sus sospechas, pero decidió que, antes de acusar a un inocente, debía encontrar pruebas y se limitó a forzar una triste sonrisa.

—Sí, claro que sí. A mi edad me falla la memoria.


A algunos kilómetros de allí, un pastor alemán desenterraba un pie humano en un bosque de la localidad de Vassenden. En cuanto el dueño del perro vio el cadáver al que pertenecía, comprendió se trataba de la niña a la que llevaban tanto tiempo buscando. Por el estado en el que se encontraba el cuerpo y las heridas que se apreciaban a simple vista, Annick pasó sus últimos minutos de vida en manos de un desalmado.

# 56

—Esta vez usarías un condón, espero... —El psicólogo mira a Indira alucinado por lo que acaba de contarle.

—Por supuesto. Antes de ir al pub de mi excuñada me pasé por la farmacia para comprar preservativos hipoalergénicos.

—O sea, que ya tenías planeado lo que iba a pasar.

—Tenía una ligera idea, no voy a mentirte... —Indira se agobia—. Lo malo es que ahora no tengo claro que no haya sido una cagada monumental.

—¿Por qué?

—Porque desde que salí de casa de Alejandro el sábado a las tres de la mañana no he podido quitarme de la cabeza a Iván.

—¿No decías que ya no querías nada con él?

—Eso decía, sí... —responde con la boca chica.

—Vamos que te gustan dos hombres a la vez y no sabes por cuál decidirte, ¿no?

—Más o menos. No es que tenga que tomar una decisión a vida o muerte, pero odio jugar con los sentimientos de nadie. ¿No hay alguna manera de saber en cuál de los dos debería centrarme?

—Esto no es algo matemático, Indira. Por desgracia para ti, ambos tendrán sus cosas buenas y sus cosas malas. Debes analizarlo y decidir por ti. A ver, descríbeme tu relación con cada uno de ellos.

—Con Alejandro tengo una confianza que jamás he tenido con nadie. Puedo ser yo misma sin avergonzarme y estar con él es como volver a casa; todo va como la seda. Con Iván, en cambio, discuto cada dos minutos y siempre tengo ganas de perderle de vista, pero...

—¿Pero?

—Pero me pone cachonda perdida, Adolfo —responde sin sutilezas—. Además, es el padre de Alba, y verle con ella el sábado ha hecho que me tire todo el fin de semana fantaseando con que todavía tenemos una oportunidad de formar una familia.

—¿Cómo se lo han tomado?

—De maravilla. Alba no deja de hablar de su papá, e Iván me ha sorprendido por lo cariñoso que ha sido con ella. Aunque la verdad, si yo tuviera que elegir a un padre ideal para mi hija, creo que Alejandro cumple más requisitos. O puede que no —corrige dubitativa—. Como pareja para mí ya sería otra cosa. Aunque tampoco está claro, porque tengo la sensación de que Iván es más de aquí te pillo, aquí te mato. Y con Alejandro es todo más sereno, más maduro. De hecho, el sábado me corrí dos veces, y cuando me quedé embarazada de Alba una, y de aquella manera. Pero reconozco que fue más excitante. De hecho, cuando tengo alguna fantasía, pienso en Iván. Claro que todavía no había visto a Alejandro. Igual la siguiente vez pienso en él..., o en los dos... Lo cierto es que en cuanto al sexo, tampoco sé con cuál me compenetro mejor.

—Tienes un lío de narices, Indira —dice el psicólogo, preocupado.

—Ya... En este momento sería más sencillo para mí chupar una barandilla que decidirme por alguno de los dos.


Indira lleva una hora observando trabajar al inspector Moreno a través del cristal de la sala de reuniones, el lugar que ha ocupado como despacho hasta que le habiliten uno. Sabe que es absurdo, pero no puede sacudirse de encima la sensación de haberle sido infiel. Intenta aclararse desde que salió de la consulta del psicólogo: con Alejandro pasó los mejores años de su vida, pero Iván le ha dado lo que le hace querer vivirla.

Una joven agente llega hasta Moreno con unos papeles en la mano y este, tras estudiarlos, sonríe para sí y va directo a la sala de reuniones.

—Hemos recibido una llamada de la OCN de Madrid con una posible coincidencia en Noruega —dice Moreno excitado.

—¿Cuál? —Indira intenta centrarse.

—Annick Bjerke Moen. —Le tiende los papeles—. Tenía catorce años cuando fue asesinada en un pueblo a unos ciento cincuenta kilómetros al norte de Oslo. Las torturas a las que fue sometida recuerdan a las de las niñas de Alcàsser. Algunas son idénticas. No creo que haya demasiados hijos de puta por el mundo con esas aficiones.

—Te sorprenderías... ¿Cuándo fue esto?

—A principios de verano de 1997, cuatro años después de que Anglés fuese visto por última vez a bordo de aquel barco.

La inspectora Ramos niega con la cabeza, contrariada. El inspector Moreno se da cuenta de que no está muy convencida y recupera los papeles.

—Ya sé que está cogido por los pelos, pero no puede ser una coincidencia, Indira. Fíjate —dice señalando uno de los datos del informe—. Ese cabrón la violó analmente con diferentes objetos e intentó matarla a pedradas antes de estrangularla. Lo mismo que hizo en el barranco de La Romana.

—Yo no digo que no pueda haber sido obra de Anglés, Iván, pero no nos sirve.

—¿Por qué no?

—Porque aunque pudiésemos demostrar su culpabilidad, algo que supondría meses de investigación, de los que no disponemos, estaríamos en las mismas. No tengo claro cómo serán las leyes en Noruega, pero lo normal es que un delito cometido en 1997 allí también haya prescrito hace años.

—Joder... —El inspector Moreno se desinfla al darse cuenta de que su compañera tiene razón.

—Tenemos que volver a hablar con Valeria Godoy para que nos diga dónde pudo haber ido al salir de Noruega —dice Indira.

—Ya me dijo que no tenía ni idea.

—Hay que apretarla más. Después de quince años con él, estoy segura de que tiene que haber nombrado otro lugar. Quizá le hablase de algún monumento que visitase o de alguna celebración a la que hubiese asistido. Necesitamos saber dónde estuvo Anglés a partir del año 2002.

—Volveré a visitarla... ¿vienes?

—No puedo. Tengo que quedarme arreglando el papeleo de mi reincorporación.

Iván asiente y se dispone a salir, pero antes:

—Iván... —El policía se gira—. Alba no deja de preguntarme cuándo va a volver a verte. Si tú no quieres seguir con...

—Claro que quiero —la interrumpe él—. Yo tampoco puedo dejar de pensar en ella. Pero esto es nuevo para mí y no sé con qué frecuencia debería verla.

—Si te apetece, esta tarde tengo pensado llevarla al parque, a eso de las seis.

—Allí estaré.

Indira le sonríe e Iván sale. A solas, Indira, traga saliva, todavía más agobiada de lo que estaba, consciente de que tanta cercanía con el padre de su hija solo puede traerle problemas.

# 57

Héctor Ríos había pedido a su abogado que reuniera el millón y medio de euros del que podía disponer gracias a la venta de un par de paquetes de acciones, de diferentes propiedades y de varias participaciones en diversos negocios, pero para conseguir el resto del dinero debía solicitar un crédito personal. Y, como ya imaginaba, eso tenía sus complicaciones.

—Comprenda que darle un millón y medio sin un aval es inviable, señor Ríos —le dijo el director de la sucursal.

—Llevo treinta años como cliente de este banco y jamás he dejado un descubierto ni un mísero recibo sin pagar —protestó el arquitecto.

—Lo sé, y créame que lo tenemos en cuenta, pero para darle tanto dinero necesitamos una seguridad, y más en los tiempos que corren. —Cogió unos documentos y los estudió—. Según consta en el registro, aún conserva en propiedad un *loft* en el paseo de la Habana valorado en quinientos mil euros y una vivienda en San Sebastián de los Reyes tasada en casi un millón. Si pusiera eso como aval, no habría ningún inconveniente.

—El *loft* es propiedad del despacho, por lo que no puedo disponer de él. Y la mitad de la vivienda pertenece a mi mujer.

—Solo necesitaría que le firme un poder notarial universal a su nombre...

Aquella misma noche, Héctor pasó una hora sentado en silencio en la habitación de Elena. Observaba a su mujer, que, ajena a lo que sucedía a su alrededor, se entretenía mirando un viejo álbum de fotos. Según los médicos, era muy difícil que recordase en qué momento o en qué circunstancias se habían tomado aquellas instantáneas, pero por su expresión de placidez parecían hacerla feliz. Aunque le costaba meterla en aquello, se convenció de que lo hacía por su bien; si él conseguía doblar su inversión, ni ella ni su hija Estrella tendrían ninguna necesidad económica nunca más. Se acercó a Elena y le quitó el álbum de las manos con suavidad.

—Tengo que hablar contigo, Elena.

Ella intentó recuperar las fotografías, pero Héctor las dejó sobre la mesilla.

—Enseguida te las devuelvo, tranquila. Ahora necesito que me hagas caso. Es muy importante que te centres en lo que voy a decirte.

Elena le miró y sonrió, como si de verdad tuviese la capacidad de decidir sobre lo que le iba a pedir su marido. Héctor puso unos documentos frente a ella y le tendió un bolígrafo.

—¿Recuerdas cómo hacías tu firma?

—Sí.

—Necesito que firmes estos papeles. Me estás dando permiso para que ponga como aval en un negocio tu parte de la casa. ¿Entiendes lo que digo?

Elena cogió el bolígrafo sin responder y, muy concentrada, procedió a estampar su firma donde le señalaba su marido. Al ver aquellos trazos infantiles, se arrepintió de no haberlo hecho él mismo, pero saber que no la engañaba era algo que le tranquilizaba.

—¿Lo he hecho bien?

—Lo has hecho genial, cariño.

A la mañana siguiente fue a llevar los documentos al banco y, una semana después, formalizaba la inversión en la farmacéutica en la que trabajaba su amigo Julio Pascual. Si todo iba como esperaba, más o menos en un año habría ganado el suficiente dinero para que su esposa y su hija estuviesen siempre bien atendidas.

En cuanto a su vida privada, Héctor siguió quedando con mujeres que conocía a través de internet, pero ninguna de ellas lograba llenarle por completo. No le bastaba con alguien a quien le gustasen las mismas prácticas que a él —eso era fácil de conseguir si sabía en qué páginas buscar—, sino que necesitaba una comprensión y una complicidad muy difíciles de encontrar, y más aún a través de la pantalla de un ordenador. Empezaba a resignarse a no dar con nadie adecuado, hasta que una noche vio el perfil de una joven llamada Lucía Navarro. Aunque le sacaba casi treinta años y no tenía demasiadas esperanzas puestas en que ella le hiciese caso, tras algo de insistencia accedió a cenar con él. Aquella primera cita le sirvió para confirmar que esa chica era especial, y, aunque todo se fue al traste cuando decidió ser sincero y hablarle de Elena y de Estrella, consiguió volver a verla y empezó a pensar que se había enamorado por segunda vez en su vida.

# 58

Cuando Haakon volvió a la granja, muy disgustado por la noticia que había escuchado en la radio sobre el hallazgo del cadáver de Annick, encontró una nota de Antonio Anglés encima de la mesa del comedor: «He salido a hacer unos recados. Volveré por la noche». El anciano decidió aprovechar su oportunidad y fue directo al cuarto de invitados. En el tiempo que llevaba viviendo con Antonio, jamás se le había ocurrido entrar allí sin permiso, pero necesitaba encontrar las pruebas que confirmasen sus sospechas.

La habitación de Anglés era la misma en la que le había alojado después de atropellarlo hacía ya cuatro años, incluso conservaba en la pared la cabeza disecada de reno. Aparte de la cama, había una cómoda, una estantería llena de los libros que había leído en todo ese tiempo, un armario de madera y una mesa sobre la que tenía un pequeño televisor y un equipo de música. Haakon no sabía lo que buscaba, pero estaba seguro de que allí estaba la confirmación de sus temores. Abrió con cuidado los cajones de la cómoda y no vio más que cintas de música, los cuadernos en los que Antonio apuntaba los pedidos que servían, algunas fotos que se había hecho junto a Haakon trabajando en la granja, objetos cotidianos que cualquier persona acumula sin sentido y ropa interior. Nada que llamase la atención. Después revisó de manera concienzuda la estantería y, salvo algunos mapas de diferentes países con anotaciones al margen en español, no encontró nada fuera de lo común. Dentro del armario había ropa, edredones para lo más crudo del invierno y calzado. El anciano se sentó frustrado en la cama y escuchó crepitar algo de plástico. Levantó el colchón y encontró una bolsa llena de periódicos españoles. Eran de ese mismo año y, por la etiqueta que tenían pegada, habían sido enviados a un apartado de correos; el primero estaba fechado en mayo de 1997 y el último solo unos días antes. Haakon no entendía lo que ponía, pero en las portadas de todos ellos se repetía una misma palabra: «Alcàsser».

Observando las fotografías que acompañaban a los reportajes entendió que se trataba de un juicio. En una de ellas se veía a un chico entrando esposado en un juzgado, escoltado por dos guardias civiles. En el pie de la foto, entre otras palabras que no entendía, se leía el nombre que aparecía en los titulares de las noticias: Miguel Ricart. Otro nombre que pudo diferenciar era el de Antonio Anglés, pero no fue hasta que vio su ficha policial —junto a la del chico que estaba siendo juzgado y las fotos de tres niñas— cuando lo comprendió todo. Por mucho tiempo que hubiera pasado, aunque se hubiese cambiado el color de pelo y arrancado los tatuajes de los brazos, identificó al hombre que salía en el periódico como a Carlos, el chico al que tenía por su propio hijo.

—¿Qué estás haciendo, Haakon?

El anciano levantó la vista y vio a Antonio Anglés mirándole desde la puerta con una expresión poco amistosa.

—¿Qué significa esto, Carlos? —preguntó el viejo mostrándole los periódicos—. ¿O debería llamarte Antonio?

Antonio sonrió. Después de tanto tiempo escondiéndose como una rata, por fin podía dejar de disimular. Y eso era algo que le aliviaba.

—Veo que has descubierto mi pequeño secreto.

—¿Qué ocurrió con estas niñas? —preguntó mostrándole las fotos de Miriam, de Toñi y de Desirée.

—No creo que haya que ser muy listo para adivinarlo, Haakon...

—Las mataste, ¿verdad? Igual que has matado a Annick.

—Annick se ha fugado con su novio, ¿no lo recuerdas?

—Acaban de decir en la radio que han encontrado su cuerpo en Vassenden.

Desde que asesinó a la hija de Hela y la enterró junto a la carretera, Antonio tenía claro que el cadáver aparecería, pero esperaba que pasasen unos meses y que no tuviese que volver a huir de forma precipitada. Sin embargo, había sido previsor y, al día siguiente del crimen, acudió a los bajos fondos de Oslo para contactar con un falsificador al que le encargó documentación a nombre de un ciudadano portugués llamado João Mendes. Y la fortuna volvía a aliarse con él, ya que aquella misma tarde había ido a recogerla.

—Vaya —contestó Anglés—. La próxima vez tendré que enterrarlas mejor.

—Hijo de puta. Lo hiciste la noche que me drogaste, ¿verdad?

—No me apetecía que me hicieras preguntas, Haakon. A veces te pones muy pesado.

—Llamaré a la policía.

Cuando el anciano fue a alcanzar la puerta, Antonio le hundió en el estómago el cuchillo con el que sacrificaba a los cerdos y que llevaba escondido a la espalda. Era la primera vez en su vida que mataba a alguien que no fuera una niña indefensa. No era lo mismo, pero también lo disfrutó.

—Siento que nuestra historia vaya a terminar así, Haakon. Aunque no lo creas, te estoy muy agradecido por darme cobijo y por todo lo que me has enseñado durante estos años. De no ser por ti, no lo habría conseguido.

—Te cogerán.

—Puede que sí, pero no será gracias a ti.

Antonio rajó el vientre de Haakon de lado a lado, saboreando cada centímetro que el cuchillo se abría paso en la carne, hasta que las tripas del viejo cayeron a sus pies. Le costaba sentir aprecio por alguien, pero Haakon se lo había ganado y pensó en enterrarlo, aunque se dio cuenta de que tardaría demasiado y optó por desmembrarlo y dárselo de comer a los cerdos. Cogió el dinero que sabía que guardaba en su habitación, así como el Rolex de oro que le había regalado su esposa al celebrar las bodas de plata, y eliminó todo lo que podía delatar su presencia en aquel lugar, incluidas sus huellas. Con los bolsillos llenos y con su nueva identidad, robó el coche de Haakon y lo dejó abandonado a las afueras de Oslo.

Al igual que había hecho años antes en Lisboa, nada más llegar a la ciudad se dirigió al puerto. Volvía a ver entrar y salir decenas de barcos, tanto de pasajeros como de mercancías, pero ahora su situación había cambiado. Sabía lo que tenía que hacer y disponía de los medios para llevarlo a cabo. Estaba a punto de empezar una nueva vida, la tercera con apenas treinta y un años.

# 59

–No me lo puedo creer...

Indira abre la boca, alucinada, cuando ve llegar a Iván al parque infantil llevando un cachorrito sujeto con una correa. Es un perro mestizo atigrado de unos dos meses con una oreja tiesa y la otra caída, una cresta de un blanco nuclear y la boca torcida. Un cuadro. La policía va a su encuentro con paso firme antes de que Alba, que juega distraída encaramada al barco pirata, se percate de su llegada.

–¿Qué es esto, Iván?

–Un perro.

–No sé qué se te habrá pasado por la cabeza, pero ni a Alba, ni a mi madre, ni mucho menos a mí, nos gustan los perros.

–A mí Alba me contó el otro día que su sueño era tener un perrito.

–¡Es una niña, joder! Hoy quiere un perrito, mañana un leoncito y dentro de dos días una jirafa. Ya puedes llevártelo porque no pienso meterlo en mi casa.

–No es para tu casa, sino para la mía. Hacía tiempo que estaba pensando en adoptar y, mira, ha llegado el momento de pasarme por la perrera.

–¿Encima lo has sacado de una perrera? A saber cuántas enfermedades tendrá.

–Con lo lista que eres para algunas cosas, no me explico cómo puedes ser tan ignorante para otras, Indira. Los perros que dan en adopción están lavados, vacunados y desparasitados.

—Me da igual. Llévatelo antes de que Alba lo vea y...

—¡Papá!

Alba corre hacia su padre y se queda pasmada al ver el perro.

—¿De quién es este perrito?

—Tuyo y mío, de los dos. Se quedará en mi casa y podrás visitarlo siempre que quieras, ¿te parece bien?

—¡Sí! —responde feliz—. ¿Cómo se llama?

—Todavía no le he puesto nombre. ¿Qué te parece si le llamamos... Gremlin?

—Vale... ¿Puedo acariciarlo?

—Eso tendrás que preguntárselo a tu madre.

La niña mira a su madre, suplicante. Indira asesina a Iván con la mirada y, sabiendo que negárselo supondría un conflicto con su hija que no se resolvería hasta que Alba cumpliese quince años, cede de mala gana.

—Está bien, pero ni se te ocurra llevarte después las manos a la boca, Alba. Este chucho es una bacteria andante.

—¿Por qué no lo llevas a pasear, Alba?

Iván le tiende la correa y la niña corre con el perrito hacia unos árboles, más feliz de lo que jamás había estado en su vida. Aunque intenta mostrar todo su enfado con Iván, a Indira le enternece ver a su hija jugar con el cachorrito y presentárselo al resto de niños que se acercan a conocerlo.

—Si pretendes comprar su cariño dándole caprichos, lo llevas crudo. Te utilizará como a una tarjeta de crédito, y esa no es forma de educarla.

—Responsabilizarse de un perro es la mejor manera de educar a una niña, Indira. Es meterle valores en vena.

—Ahora resulta que eres la Supernanny. Hay que joderse.

El amago de discusión lo interrumpe la llegada de la subinspectora María Ortega. Por el gesto que trae, no parece ser portadora de buenas noticias.

—Menos mal que os encuentro...

—¿Qué haces aquí, María? —Indira se sorprende al verla allí.

—He ido a tu casa a buscarte y tu madre me ha dicho que estabais aquí.

—¿Ha pasado algo? —pregunta Moreno con cautela.

—Me temo que sí. Acaba de llamarme el forense para decirme que había encontrado algo en el cadáver de Héctor Ríos, el arquitecto que apareció ejecutado en un *loft* del paseo de la Habana.

—¿El qué?

—Una esquirla de metal alojada en la base del cráneo. Su asesino se preocupó de revolverle los sesos para recuperar la bala, pero se dejó un fragmento. Y resulta que, según el tipo de estrías que han quedado, cree que lo mataron con una Heckler and Koch USP Compact.

—¿La pistola de un policía? —pregunta la inspectora Ramos comprendiendo la gravedad del asunto.

—Eso parece. Ya sé que estáis muy liados con lo de Anglés, pero no sabía qué hacer con esta información.

—Has hecho bien en decírnoslo, María —responde el inspector Moreno—. ¿Lo has comentado con alguien?

—Todavía no.

—De momento debe quedar entre nosotros tres. Hay que llevar esta investigación con muchísima discreción hasta que sepamos de quién se trata y de si en verdad es un poli.

Indira mira a Iván con censura. Él se da cuenta.

—¿Pasa algo?

—Ya sabes lo que pienso de los policías que cometen delitos, Iván. Sea quien sea, no pienso mirar para otro lado.

—Nadie te ha pedido tal cosa, Indira. Y ya, ya sé que tú eso del compañerismo te lo pasas por el forro.

El regreso de Alba con el perrito interrumpe la tensión.

—¡Tía María! —dice la niña a modo de saludo, muy sonriente—. ¿Has visto mi perrito? Se llama Gemlin...

—Qué gracioso es, Alba. ¿No me vas a dar un beso?

La subinspectora Ortega se agacha para recibir el beso y para acariciar al cachorro. Arriba, Indira e Iván se miden con la mirada.

—No me has comentado nada de tu visita a Valeria —dice Indira intentando suavizar la situación.

—Canadá.

—¿Canadá?

—Recuerda que —responde asintiendo—, en cierta ocasión, Anglés le contó que había estado en las cataratas del Niágara...

# 60

—¿Negocios o placer?

Antonio Anglés miró de arriba abajo a la chica que había salido a fumar a la proa del Odyssey, un barco que nada tenía que ver con el City of Plymouth que le había llevado en 1993 desde Lisboa hasta Dublín. Este era un crucero con capacidad para trescientos pasajeros y ciento sesenta metros de eslora, más o menos los mismos que tripulantes. Nadie le puso problemas cuando compró en efectivo un pasaje a nombre de João Mendes; en aquel tiempo, cuando aún no se utilizaban los pasaportes biométricos, no era fácil distinguir uno auténtico de otro bien falsificado. En cuanto a la chica, Anglés ya se había fijado en ella la noche anterior, durante la tradicional cena de gala con el capitán. De unos veinticinco años, era alta, guapa y rubia, como la mayoría de nórdicas que había conocido. Lo que le descolocó es que también fuese simpática.

—Ambas cosas —respondió al fin—. ¿Y tú? ¿Para qué vas a Quebec?

—En realidad, no voy a Quebec, sino a Toronto, pero el barco no llega hasta allí.

—Los aviones sí.

—Me da miedo volar. ¿Tú por qué viajas en barco?

—Por lo mismo que tú.

La chica le sonrió y Antonio volvió a sentirse una persona normal. Le contó que viajaba a Canadá porque quería exportar carne de reno desde Noruega. Y ella, que aseguró llamarse Assa, dijo que acababa de terminar la carrera de Derecho y pensaba pasar un año en América perfeccionando su inglés. Aquella misma noche cenaron juntos en el restaurante asiático, jugaron a la ruleta en el casino de a bordo y bailaron en la discoteca hasta las cinco de la madrugada, cuando fueron al camarote de Anglés. No salieron de allí hasta las doce de la mañana del día siguiente.

Durante los diez días que duró el trayecto, Antonio y Assa no se separaron ni un solo minuto. Estaban tan a gusto juntos que él se enamoró perdidamente, tanto que, cuando el barco estaba atracando en el puerto de Quebec, le propuso que vivieran juntos en Toronto. Assa le acarició la cara con ternura.

—Eso no puede ser, João.

—¿Por qué no?

—Porque en Toronto viviré con mi novio.

Antonio Anglés sintió un dolor como nunca antes había experimentado. Ella le despidió con un beso en la mejilla, le dijo que se lo había pasado genial y se marchó a buscar las maletas para reunirse con su novio, que había ido a recogerla. Cuando los vio besarse y abrazarse como si él no existiera, se sintió utilizado y su dolor dio paso a la ira. Aunque seguir escapando de su pasado era su principal objetivo, su prioridad pasó a ser vengarse de la manera más cruel posible de quien tanto daño le había hecho.

IV

# 61

Aurelio Parra al principio confundía los días de la semana y algunos nombres y se olvidaba de dónde había dejado las gafas, el reloj o el mando a distancia del televisor. Pero teniendo en cuenta que se había jubilado hacía casi una década, nadie le dio demasiada importancia. Todos pensaban que eran solo los despistes del abuelo. La primera vez que su familia se dio cuenta de que algo no marchaba bien fue cuando a Aurelio se le olvidó que era el cumpleaños de su nieto; peor aún, cuando, durante unos minutos, se olvidó hasta de que tenía un nieto. El diagnóstico fue alzhéimer, demoledor para toda la familia, pero en especial para él, un hombre que físicamente estaba hecho un toro y mentalmente —salvo por aquellos lapsus que cada vez eran más frecuentes— estaba bastante centrado. Visitó a los mejores especialistas y, con la medicación que le recetaron, logró ralentizar algo el avance de la enfermedad, pero lo cierto es que las rachas malas empezaban a superar a las buenas.

—Algo tiene que haber, Jesús —le dijo a un amigo suyo médico con el que quedaba a jugar al dominó varias tardes por semana—. Ya ni siquiera me entero de la partida, joder. ¿Te crees que no me doy cuenta de cómo os miráis cuando tardo en decidir qué jugada hacer?

—A nosotros no nos importa, Aurelio.

—Pero a mí sí. Me dijiste que ibas a preguntar por algún tratamiento nuevo. ¿Lo has hecho?

—Claro que lo he hecho... Y, aunque todo lo que hay es muy prometedor, está en fase clínica II.

—¿Eso qué significa?

—Que están empezando a probar los medicamentos en humanos, pero todavía quedan varias fases hasta que puedan comercializarlo. Y eso podría tardar años.

—Quiero que lo prueben conmigo.

—¿Te has vuelto loco?

—Loco estaría si no intentase algo antes de que no sepa ni limpiarme el culo solo. ¿Me vas a ayudar o no?

Por medio de un compañero del hospital en el que había trabajado toda su vida, el amigo de Aurelio le puso en contacto con la farmacéutica que llevaba a cabo los ensayos clínicos de un medicamento contra el alzhéimer que estaba llamado a cambiar el desarrollo de la enfermedad. Después de pasar las pruebas, lo seleccionaron como voluntario para la fase clínica III, que empezaría unas semanas después. En cuanto se tomó la primera pastilla, Aurelio notó los efectos. Le advirtieron de que al principio sentiría una mejoría muy rápida para después estabilizarse e iniciar una evolución mucho más lenta, pero cada semana los avances en él eran evidentes, tanto que al terminar la fase III había recuperado casi por completo la memoria, y, cuando se empezó a comercializar el medicamento, no había rastro de la enfermedad que tres años antes había empezado a envolverle en tinieblas.

—¿Te vas a apuntar a jugar al golf a estas alturas, papá? —le preguntó divertida su hija cuando vio que curioseaba en la sección de deportes de unos grandes almacenes.

—¿Por qué no? Estoy harto de perder las tardes en el bar de Paco. Y esto del golf por lo visto se puede jugar mientras te tengas en pie.

Aurelio empezó a dar clases y se le daba mejor de lo esperado, pero una tarde, cuando aprendía a sacar la bola del búnker, notó algo extraño. Sus temores se confirmaron al ver la cara de susto de su profesor.

—¿Qué le pasa, Aurelio?

El viejo intentó responder, pero los espasmos musculares eran tan fuertes que le trasladaron con urgencia al mismo hospital donde todo empezó. Los análisis revelaron que tenía disparados los niveles de serotonina en sangre, y que sufría un síndrome serotoninérgico causado sin lugar a dudas por las pastillas que tomaba contra una enfermedad que ya todos pensaban que había dejado de ser degenerativa, pero que acabó con su vida en solo un par de horas. Aurelio Parra fue el primero de las decenas de ancianos que morirían por culpa de un medicamento que, aunque les devolvió la esperanza y la ilusión, había terminado matándolos.

# 62

El comisario habla por teléfono en su despacho en presencia del inspector Moreno, que lee el *Marca* en su teléfono sentado frente al escritorio. Indira llega corriendo por el pasillo y entra, muy apurada.

—Siento llegar tarde.

El comisario la amonesta con un gesto y se aleja para seguir hablando. Moreno retira su chaqueta de una silla para que la pueda ocupar su compañera. Esta se sienta, no sin antes demostrarle con una mirada toda su animadversión.

—¿Por qué me miras así? —pregunta Moreno.

—¿Tú sabes cuántas veces en mi vida he llegado yo tarde a una reunión de trabajo, Iván? Una. Hoy. Y todo por tu culpa.

—¿Y eso por qué?

—Porque Alba me ha montado un pollo en la puerta del colegio por tu puñetera idea del perrito de las narices. Han tenido que parar hasta el tráfico. Si no nos han multado es porque he sacado la placa.

Moreno ahoga una risa, lo que indigna aún más a Indira.

—¿Te parece gracioso?

—Mucho, la verdad. Sobre todo saber que has mandado a la mierda esa honestidad y esa rectitud tan enfermiza de la que haces gala para evitar una multa valiéndote de tu condición de policía.

En treinta segundos, Iván ha conseguido que Indira ya tenga ganas de mandarle a hacer puñetas.

—Llevas dos días como padre y ya haces lo mismo que muchos separados, que se creen que educar a una niña es darle caprichos.

—Se te está yendo la pelota, como siempre. Ya te dije ayer que lo del perro no es para comprarla, sino porque me apetecía a mí. De todas maneras, ¿a ti qué te importa que yo tenga o no un perro?

—Me importa, porque Alba ahora solo habla de ese chucho. Esta mañana me ha dicho que soy una mala madre por no dejar que lo lleves a casa y se ha escapado corriendo por mitad de la carretera. No la han atropellado de milagro.

—Hablaré con ella —dice comprendiendo la gravedad de la situación.

—Muy amable por tu parte. Pero, por favor, cuando vayas, no lo hagas subido en un poni, ¿vale?

El comisario finaliza su conversación y va a sentarse frente a los dos policías. Mira a la inspectora Ramos con curiosidad.

—Hace unos días te presentaste en mi despacho borracha como una cuba, hoy vienes tarde... Estás irreconocible, inspectora. ¿Va todo bien?

—De maravilla, comisario. He tenido una pequeña desavenencia con mi hija que ya está solucionada —responde y aborda el asunto por el que se les ha citado—. ¿Le ha puesto al tanto el inspector Moreno sobre el fragmento de bala encontrado en el cráneo de Héctor Ríos?

—¿Estamos seguros de que fue disparada por un policía? —pregunta a su vez el comisario tras asentir.

—No al cien por cien, pero el hecho de que fuese disparada por un arma utilizada habitualmente por la Policía Nacional, sumado al estado en que los de la científica encontraron el apartamento de la víctima, apunta en esa dirección.

—A estas alturas, todo el mundo sabe eliminar sus huellas de la escena de un crimen.

—No con ese grado de profesionalidad, jefe —interviene Moreno—. Según el informe, había limpiado a conciencia justo en los lugares donde sabía que buscaríamos. Siguió el protocolo al pie de la letra.

—Lo único que nos faltaba es tener un asesino en el cuerpo —dice el comisario—. Supongo que no hay ninguna pista sobre quién puede ser, ¿verdad?

—De momento, no hay nada —responde Indira—. La subinspectora Ortega, el oficial Jimeno y la agente Navarro están a cargo de la investigación.

—¿Están preparados para algo así?

—Yo llevo varios años sin trabajar con ellos, pero antes de irme ya eran los mejores policías que pude encontrar. El inspector Moreno podrá informarle mejor.

—Yo pongo la mano en el fuego por cada uno de los tres —dice Moreno—. Y juntos forman un equipo cojonudo.

—Está bien, dejemos que demuestren si son tan válidos como decís —resuelve el comisario—. Pero quiero que los dos estéis encima de la investigación, ¿de acuerdo?

Ambos asienten.

—¿Y en cuanto a Anglés?

—Creemos que de Noruega fue directo a Canadá —responde el inspector Moreno—. Su mujer recuerda haberle escuchado hablar sobre una visita que hizo a las cataratas del Niágara.

—Pues ya sabéis lo que tenéis que hacer. Poneos en contacto con la Interpol y a ver si tienen allí algún caso abierto parecido al de Alcàsser.

—Será como buscar una aguja en un pajar —dice la inspectora.

—Esto fue idea tuya, Indira —contesta el comisario—. ¿Ya no piensas que podamos atrapar a ese hijo de puta por un crimen posterior al de 1992?

—Claro que sí. El problema es que reabrir casos tan antiguos supondrá meses de gestiones y comprobaciones, y apenas tenemos unos pocos días antes de que el juez tenga que poner a Anglés en la calle.

—Si se te ocurre alguna idea mejor, soy todo oídos.

Ella niega con la cabeza, resignada.

—Entonces no perdáis el tiempo. Mantenedme informado.

El comisario coge su teléfono y hace otra llamada, dando por terminada la reunión. Los dos policías salen dispuestos a ponerse manos a la obra, aunque no saben ni por dónde empezar. Lo único que tienen claro es que en los próximos días tendrán que pasar muchas horas juntos. Y eso es muy peligroso.

# 63

Antonio Anglés vigiló durante varias semanas a Assa y a su novio, un ingeniero canadiense llamado Logan al que odiaba por arrebatarle a la única mujer por la que había sentido algo, incluidas su madre y su hermana Kelly. En el mismo momento en que confirmó que su historia solo había durado el trayecto desde Oslo hasta Quebec, ese amor se había transformado en desprecio y en ansias de venganza. El inglés aprendido durante los cuatro años que vivió junto a Haakon le permitió desenvolverse con soltura y lograr pasar desapercibido en Toronto, una ciudad que históricamente acoge a personas de todas las partes del mundo, un buen lugar en el que perderse. Tenía planeado entrar una noche en la casa de la pareja y quitarle la vida a Logan frente a Assa para después ocuparse de ella como se merecía, pero vivían en un edificio de apartamentos en el que era muy difícil entrar sin ser visto, y eso sin contar con que las paredes eran demasiado finas para silenciar los gritos y las súplicas que Antonio esperaba escuchar.

Se sentó de espaldas a la pareja en un restaurante del mercado Kensington y, aparte de odiarlos aún más por lo enamorados que demostraban estar, les escuchó decir que al día siguiente visitarían las cataratas del Niágara. Alquiló un coche y los siguió los ciento treinta kilómetros que separaban la ciudad del famoso monumento natural, deseando poder despeñarlos desde lo alto de la cascada. Una vez allí, se dio cuenta de que sería imposible acercarse a ellos con tantos turistas como había a su alrededor y se planteó regresar a Toronto y esperar una mejor ocasión, pero algo le hizo seguirlos hasta un pequeño hotel en el que iban a alojarse el fin de semana. Se quedó esperando dentro del coche y le hervía la sangre al imaginar cómo hacían el amor detrás de aquellas cortinas de hotel de carretera. Pasada la medianoche, su paciencia tuvo recompensa y vio a Logan salir de la habitación para comprar algo de comer en una máquina que había en el lateral del edificio. Se bajó del coche y se acercó a él por la espalda. Cuando estaba a punto de atacarle, el canadiense se dio la vuelta.

—Perdona, ¿tienes cambio? —preguntó Anglés mostrándole un billete de diez dólares canadienses.

—Deja que mire...

Logan volvió a darle la espalda, buscando la luz de una solitaria farola para mirar dentro de un pequeño monedero de cuero, y Anglés no dejó escapar la oportunidad. Le agarró con la mano izquierda por la frente y tiró de él hacia atrás mientras le clavaba una navaja en la nuca, descabellándolo como había hecho con cientos de cerdos y renos en la granja de Jevnaker. La reacción del chico fue la misma que la de los animales y, tras una sacudida que le recorrió el cuerpo, cayó al suelo con las extremidades rígidas, con los dedos agarrotados y con los dientes apretados, pero todavía vivo. El asesino se agachó junto a él, sin que sus pulsaciones se hubiesen alterado ni lo más mínimo.

—Te estarás preguntando por qué, supongo. Pero lo único que quiero que sepas antes de morir es que tu novia será la siguiente.

Anglés lo degolló con frialdad y se marchó sin mirar atrás, escuchando cómo a Logan se le escapaba la vida entre estertores. Estuvo a punto de visitar a Assa en ese mismo momento, pero debía quitarse de en medio antes de que alguien descubriese el cadáver y aquello se llenase de policías. De regreso a Toronto, pensó en cómo le gustaría que fuese su encuentro con ella, sin poder quitarse la sonrisa de la boca.

Unos días después, Assa decidió regresar a Noruega. No tenía sentido pasar el peor trago de su vida sola, en una ciudad que, aunque acogedora cuando llegó, se había vuelto gris tras la muerte de Logan. Al salir de las oficinas de una naviera después de comprar un billete que pronto la devolvería a su casa, se encontró con él.

—Assa —dijo Antonio Anglés fingiendo sorpresa—. Qué alegría volver a verte.

—Hola, João. —La chica se esforzó por devolverle la sonrisa—. ¿Qué haces aquí?

—Me hablaste tan bien de Toronto que he decidido venir a conocerlo. Llegué anoche de Ottawa.

—Es precioso, te va a encantar.

—Lo que he visto me ha gustado mucho, sí. ¿Y a ti cómo te va la vida?

La tristeza que la consumía a todas horas desde hacía quince días volvió a aflorar y sus ojos se llenaron de lágrimas.

—¿Va todo bien, Assa?

—Es mi novio, Logan. Ha muerto.

—¿Cómo que ha muerto? —Anglés fingió horrorizarse—. ¿Qué estás diciendo?

—Lo mataron hace quince días... Fuimos a pasar el fin de semana fuera y alguien le atacó en el hotel.

—Joder... ¿Han cogido al asesino?

—Ni siquiera eso me sirve de consuelo, João. La policía cree que fue una banda que estaba cometiendo atracos por la zona, pero lo más probable es que ya estén en la otra punta del país, o incluso en Estados Unidos.

Anglés se tuvo que contener para no celebrar la noticia delante de aquella chica. Le encantaba ver el desconcierto en los ojos de los que se preguntaban el porqué de un crimen, cuando la única respuesta era que habían tenido la mala suerte de cruzarse en su camino. Se moría de ganas de decirle que todo había sido culpa suya por haberle utilizado en el barco que les llevó a ambos hasta allí y que planeaba enviarla muy pronto con su novio. Pero en cambio le apretó el hombro con delicadeza, mostrando algo llamado «empatía» que sabía que existía, pero que él jamás había experimentado.

—Lo siento, Assa, lo siento muchísimo.

Antonio le ofreció consuelo y la chica cayó en sus redes. Muchos la habían abrazado en las dos últimas semanas y llegó a odiar aquellas muestras de compasión, pero, por algún motivo, con él se dejó hacer. Antonio sonrió para sí, volviendo a sentirla tan cerca como la noche en que se conocieron.

# 64

Desde que la subinspectora María Ortega descubrió que detrás de la muerte del arquitecto Héctor Ríos podría haber un policía, y por consejo de sus jefes, evita tratar el caso con el oficial Óscar Jimeno y con la agente Lucía Navarro, algo que a ellos les mosquea sobremanera, sobre todo a la chica. Cuanto más teoriza él sobre lo que está pasando, más nerviosa se pone ella.

—¿Te quieres callar de una vez, Óscar? —Lucía termina explotando—. No haces más que decir gilipolleces.

—Menos humos, guapa. Para empezar, porque gilipolleces las dirás tú y, para seguir, porque no sé si ya se te ha olvidado, pero soy tu superior y me debes un respeto.

—¿Me vas a salir ahora con esas?

—Tú te lo buscas, Lucía, que no sé qué coño te pasa, pero estás a la que salta todo el día.

Lucía sabe que su compañero tiene razón y que debería controlarse si no desea levantar sospechas; pero si ya la situación la sobrepasa, la ausencia de noticias de la subinspectora Ortega desde que fue a hablar con el forense consigue desquiciarla. Cuando María llega a su mesa, ambos la miran esperando a que les ponga al día. Lucía, además, contiene la respiración temiendo que ya la hayan descubierto. Pero la falta de acción le hace llegar a la conclusión de que o bien la subinspectora es una actriz consumada o bien todavía no tienen nada contra ella.

—Han encontrado un cadáver flotando en la piscina de una urbanización y nos ha tocado a nosotros, chicos.

—¿Ahora también nos encargamos de los ahogados, jefa? —pregunta Jimeno mordaz.

—Por las contusiones que tiene en la cabeza, parece tratarse de un homicidio. Necesito qué visitéis la escena vosotros y que después me presentéis el informe. Indira y Moreno siguen con lo de Anglés y yo ahora tengo reunión con el comisario.

Navarro y Jimeno se miran, sin esforzarse en ocultar su decepción.

—¿Pasa algo? —pregunta la subinspectora al darse cuenta.

—Pasa que estás la hostia de cómoda codeándote con la élite —vuelve a responder Jimeno con franqueza—. Se ve que trabajar con nosotros ya no te parece tan estimulante como hace un par de días.

—¿A qué viene eso, Jimeno?

—Lo siento, jefa —dice la agente Navarro—, pero por una vez Jimeno tiene razón. ¿Por qué nos has apartado del caso de Héctor Ríos?

—Yo no os he apartado de nada.

—Yo diría que sí, cuando nos mandas a una piscina pudiendo hacerse cargo de eso cualquier otro equipo.

—Y más cuando lo del arquitecto sigue abierto —añade Jimeno—. ¿O es que ya tienes al culpable y quieres colgarte tú solita la medalla?

La subinspectora Ortega comprende que no va a poder seguir ocultándoles los avances en la investigación. Además, son su equipo, las personas en las que más confía en este mundo y las más preparadas para encontrar al asesino. Sería injusto mantenerlas al margen. Sus dudas hacen que la agente Navarro se vuelva a poner en tensión.

—¿Qué pasa, María?

Ella comprueba que nadie los escucha y mira a sus compañeros con gravedad.

—Lo que os voy a decir no puede salir de aquí, ¿de acuerdo?

—Claro —responden ellos intrigados.

—¿Recordáis que el forense dijo que el asesino se había preocupado de recuperar la bala? —Ambos asienten—. Pues resulta que se dejó una esquirla, y todo indica que fue disparada por la pistola de un policía.

—¡No me jodas! —exclama Jimeno impresionado.

—De ahí tanto secretismo —confiesa la subinspectora—. Me han pedido que no lo comente con nadie hasta que se hagan las comprobaciones pertinentes.

—¿Qué tipo de comprobaciones? —pregunta Navarro con un hilo de voz.

—Se están revisando los cargadores de todos los policías que usan una Heckler and Koch USP Compact por si faltase algún cartucho. Por cierto, ya que estamos, necesito ver los vuestros.

—¿Se piensan que hemos sido nosotros? —Jimeno la mira perplejo.

—Pues claro que no, Jimeno, pero cuanto antes hagamos el trámite antes podréis reincorporaros a la investigación. Yo misma he tenido que enseñar mi cargador esta mañana.

—Ni de coña vamos a encontrar así al asesino, jefa. ¿Tú sabes la cantidad de pistolas que hay solo en Madrid? —pregunta Jimeno.

—De ese modelo en concreto, no tantas. ¿Me enseñas la tuya o no?

—La tengo en mi taquilla, pero me parece fatal que ahora nos tratéis a todos como a delincuentes.

—Ve a buscarla, por favor.

Jimeno se marcha, muy digno.

—¿Lucía?

—Por mí no hay problema.

La agente Navarro saca su pistola, quita el cargador y se lo muestra a Ortega. Gracias al cartucho que sustrajo en la galería de tiro, vuelve a alojar las trece balas en su interior. La subinspectora Ortega no tenía ninguna duda de que sería así, pero se queda mucho más tranquila habiéndolo comprobado y pudiendo volver a comentar el caso con una de sus mejores amigas.

—Gracias. No veas el lío que hay montado en los despachos.

—Ya me imagino.

Lucía aguanta como puede. Sigue logrando esquivar las sospechas, pero nota que el círculo cada vez se cierra más sobre ella.

# 65

La inspectora Ramos repasa por enésima vez el sumario del caso Alcàsser sin saber bien qué busca. Nota cómo se le revuelve el estómago al releer los detalles del crimen, por más que ya se los conozca de memoria. El inspector Moreno, por su parte, ha ido a la sede de la Interpol en Madrid para intentar arrojar algo de luz sobre el paso de Anglés por Canadá a finales del siglo pasado, aunque se ha encargado de dejar claro que le parece una pérdida de tiempo.

Llaman a la puerta de la sala de reuniones y, al levantar la mirada, Indira se encuentra con la irresistible sonrisa del abogado Alejandro Rivero. Desde que se acostaron, ella ha estado intentando no coincidir con él, pero no porque se arrepienta, sino porque no tiene respuestas para las preguntas que está segura de que le hará. Comprende que no tiene escapatoria y le invita a pasar con un gesto.

—¿Evitándome? —pregunta Alejandro nada más entrar.

—¿Por qué dices eso?

—Porque te conozco y sé cómo funciona tu cerebro, Indira. Pero para tu tranquilidad te diré que no tengo ninguna prisa en hablar sobre lo que pasó el otro día. Tómate tu tiempo.

—Gracias. —Ella sonríe, aliviada—. Entonces ¿qué te trae por aquí?

—Papeleo relacionado con la detención de mi cliente. —Se fija en el expediente que hay sobre la mesa—. Es horrible, ¿verdad?

–Lo peor que he leído en todos los años que llevo como policía. No quiero ni imaginar por lo que pasaron esas pobres niñas en manos de esos desalmados.

–No pienses en ello, no merece la pena.

–Lo sé, pero si quiero atraparlo, tengo que conocerlo mejor que nadie, mejor aún que su propia familia. De hecho, he pensado en ir a hablar con ellos.

–Hazlo si quieres, pero me temo que no servirá de nada. Tanto sus hermanos como su madre se han desvinculado de él. Sus abogados han mandado un comunicado diciendo que para ellos Antonio Anglés murió en 1993, que no han mantenido contacto con él desde entonces y que no harán ningún tipo de declaración.

–Si tan limpios están, querrán ayudarnos.

–Nadie ha hablado de que estén limpios, Indira. De hecho, varios de sus hermanos han seguido cumpliendo condenas a lo largo de los años y por eso detestan hablar con la policía. Pero yo sí que creo que a ellos les ha sorprendido tanto como a nosotros que Antonio siguiese vivo.

Si tuviera más tiempo, Indira intentaría presionarlos de alguna manera; quizá su madre la ayudaría, pues es una mujer que, por lo que sabe, no comparte la forma de vida de alguno de sus hijos. Pero tiempo es lo que le falta, y desplazarse a Valencia y tratar de arrancarles alguna información útil cuando tienen detrás a una nube de periodistas es una tarea que se le antoja complicada.

–Por lo que veo, no habéis encontrado nada –comenta el abogado al percibir su pesimismo.

–Nada. Reabrir casos antiguos con similitudes con el de Alcàsser en teoría era una buena idea, pero en la práctica es un desastre. Podemos tirarnos años revisando informes, y eso sin contar con la burocracia que supone trabajar conjuntamente con otros países.

–¿Y por qué os vais a otros países?

—Porque Anglés ha pasado la mayor parte de su vida fuera de España.

—Pero, hasta donde yo sé, los últimos seis años ha estado aquí. Os resultaría mucho más sencillo empezar a buscar desde su detención hacia atrás, ¿no crees?

Indira se siente estúpida al darse cuenta de que Alejandro tiene razón. No comprende cómo a ella no se le había ocurrido.

—Soy gilipollas...

—No, Indira, tú eres de todo menos gilipollas. Lo que pasa es que los árboles no te han dejado ver el bosque.

—Qué profundo, ¿no?

—Cuando me dejaste devoré libros de autoayuda.

Indira le sonríe, recordando que por ese tipo de cosas estuvo tan enamorada de él.

—Ahora que ya sabes por dónde tirar, te dejo tranquila.

—Gracias por facilitarme la vida, Alejandro.

Él se despide con una sonrisa y sale de la sala de reuniones. Indira tarda unos segundos en asimilar lo que le hace sentir ese hombre y descuelga el teléfono.

—¿Dónde estás, Iván?

—Dándome de hostias con los de la Interpol —responde malhumorado—. He pasado ya por cuatro departamentos y nadie sabe cómo ayudarme. Y la verdad es que, dicho en voz alta, lo que hacemos suena bastante ridículo.

—Lo sé. Por eso quiero que vuelvas a la comisaría.

—¿Y la investigación?

—Vamos a intentar otra cosa. Te espero aquí.

Indira cuelga y enciende el ordenador con energías renovadas. Tampoco será fácil encontrar en España casos que encajen con el *modus operandi* de Antonio Anglés, y eso sin contar con la posibilidad de que no haya matado desde que volvió hace seis años, pero, si lo hubiera hecho, tendrían una oportunidad.

# 66

Aunque apenas se veían en otro lugar que no fuese su restaurante preferido y el *loft* del paseo de la Habana, el arquitecto Héctor Ríos y la agente Lucía Navarro empezaban a estar muy compenetrados y sus sesiones de sexo, en las que exploraban sus propios límites, eran cada vez más atrevidas y placenteras.

–Vamos, fóllame –le dijo Lucía clavándole las uñas en la espalda–, fóllame fuerte. ¿Qué te pasa hoy, Héctor?

–Nada...

Lucía notó que algo le distraía y siguió su mirada. Aquella noche ella había acudido a su cita desde la comisaría y llevaba encima su pistola, cuya culata asomaba por debajo de la ropa que quedó desordenada sobre el sofá.

–¿Estás mirando la pistola? Si te pone nervioso que la haya traído...

–Cógela.

–¿Para qué?

–Cógela –insistió.

Lucía siempre había sido alguien muy responsable, tanto que el oficial Jimeno, cuando pretendía molestarla, solía llamarla «Indirita». Pero aquella vez la excitación que le produjo el peligro le hizo levantarse de la cama, coger la pistola, quitarle el cargador, comprobar que no quedase una bala en la recámara y aproximarse con ella a Héctor, al que le fascinó verla desnuda y armada.

—Apúntame.

Lucía titubeó, pero no pudo resistirse y levantó despacio el arma. Héctor ya no tuvo que darle más indicaciones de lo que quería que hiciera, porque ambos estaban deseando lo mismo.

—De rodillas.

Y él se arrodilló. Lucía le agarró del pelo con la mano que tenía libre y llevó la cara de Héctor hacia su sexo mientras le clavaba el cañón de la pistola en la sien. En el mismo momento en que ella llegó al orgasmo, apretó el gatillo, lo que hizo que el placer se multiplicase por diez. En cuanto a ambos se les pasó la excitación, sintieron vergüenza, pero ninguno de los dos pudo negar que les había encantado la experiencia.

—¿No te quedas un rato? —preguntó Héctor todavía remoloneando en la cama.

—No... —respondió ella, mientras se vestía después de darse una ducha—. Mañana tengo un curso de Análisis Forense y necesito llegar descansada.

—¿Nos vemos el jueves? —preguntó él con cierta inseguridad, temiendo que en esa ocasión hubiesen llegado demasiado lejos y ella no quisiera repetir.

—El jueves no puedo —contestó, y enseguida añadió—. Pero me han hablado de un restaurante nuevo al que me encantaría ir. ¿Podrás escaparte el viernes?

—Claro.

Lucía se despidió de él con un beso y, durante los siguientes meses, la pistola pasó a formar parte de los juguetes que usaban con regularidad. Cuando pensaba utilizarla, ella se ocupaba de descargarla y de esconderla debajo de la almohada. Aunque nunca volvió a ser como aquella primera vez, la sensación de estar transgrediendo las normas seguía siendo excitante.

En cuanto a su economía, Héctor ya empezaba a ver los beneficios de su inversión, pero los pagos que le exigía el banco le tenían ahogado y aceptó más encargos de los habituales, por lo que solía quedarse en el despacho hasta tarde. Una noche, al salir de una reunión con un constructor, vio que tenía siete llamadas perdidas de su amigo Julio Pascual, el director financiero de la farmacéutica.

—Héctor, ¿dónde te habías metido? —preguntó Julio al descolgar.

—Tenía el móvil en silencio. ¿Qué pasa?

—Ha habido un problema.

—¿Qué clase de problema?

—Es el medicamento contra el alzhéimer. Resulta que causa un aumento descontrolado de la serotonina en los tratamientos de larga duración.

—¿Eso es grave?

—En cuarenta y ocho horas han muerto dieciséis ancianos.

—¿De qué mierda estás hablando, Julio?

—De que el Ministerio de Sanidad ha mandado retirarlo del mercado y ha abierto una investigación que va a acabar con la empresa. Lo siento, Héctor, pero lo hemos perdido todo.

# 67

Assa no tenía ninguna intención de reanudar su historia con Antonio Anglés donde la habían dejado justo antes de atracar en Quebec, y eso era algo que a él le repateaba y le hacía desear con más ganas el desenlace que llevaba tantos días planeando. Si pudiera, prolongaría ese disfrute un poco más, como los juegos preliminares antes del sexo, pero el barco que debía llevar a la chica de regreso a Oslo zarpaba al día siguiente y no pensaba dejarla subir a bordo.

—¿Por qué no cambias el billete para dentro de unos días, Assa? —insistió una vez más, aun a riesgo de resultar pesado—. Podríamos ir juntos a conocer Nueva York.

—Te lo agradezco, João, pero quiero volver a casa cuanto antes.

—No estás en condiciones de encerrarte dos semanas en un camarote, piénsalo.

—No insistas, por favor.

Él solo pretendía alargarle la vida unos días, y hasta se había planteado la posibilidad de perdonársela, pero, si deseaba morir, también estaba dispuesto a complacerla. Lo cierto era que ansiaba mancharse las manos con su sangre y tenía curiosidad por comprobar si era diferente a la de las demás mujeres que habían sangrado frente a él.

—Como quieras —dijo encogiéndose de hombros con resignación—, pero al menos dejarás que te invite a cenar.

—Aún tengo que hacer las maletas.

—Vamos, Assa. Tal vez sea la última vez que nos veamos. Deja que me despida de ti como es debido.

A Assa no le quedó otra que aceptar, era lo justo después de que él hubiese estado a su lado los últimos días. Antonio acordó recogerla por la tarde, sin decirle, por más que ella insistiera en saberlo, adónde pensaba llevarla.

—¿En serio? ¿No me vas a decir adónde vamos? —preguntó Assa desconfiada cuando Antonio salió por el desvío de la autopista que conducía a Ballantrae.

—Ya estamos cerca. Aguanta un poco más.

Tras otros treinta kilómetros por una carretera de doble sentido, Assa vio con asombro cómo regresaba a su pueblo natal. La conocida como Little Norway era una comunidad fundada en los años veinte del siglo pasado por inmigrantes noruegos que habían cruzado el charco en busca de fortuna. Allí había cervecerías que ofrecían Aquavit, vino de miel o cerveza de frutas; restaurantes en los que no faltaba guiso de reno, pan de patata o arenques en escabeche, y tiendas en las que se vendían los mismos productos típicos que en cualquier barrio de Oslo. A Assa se le saltaron las lágrimas al volver a sentirse en casa sin necesidad de hacer una travesía que sabía que sería demasiado larga y demasiado triste.

—¿Cómo has encontrado este lugar, João?

—Me habló de él alguien que conocí en un bar. ¿Te gusta?

—¡Me encanta!

Assa le abrazó y le besó en los labios, olvidándose por un momento de las terribles circunstancias que la llevaban a estar allí con ese chico y no junto a su novio. A Antonio le sorprendió volver a sentirla tan cerca. ¿Y si todavía había un futuro para ellos?

Después de recorrer el pueblo hablando con unos y con otros y de probar un *finnbiff* que, aunque recalentado, les supo a gloria, fue Assa la que le propuso alojarse en el pequeño hotel del pueblo; pero puso como condición que la llevase al día siguiente de regreso a Toronto a tiempo para coger su barco.

Cuando entraron en la habitación, Assa no perdió el tiempo y volvió a besarle, esta vez —empujada por la ingesta de alcohol— con bastante más pasión y un objetivo claro. No había olvidado a Logan, ni mucho menos, pero necesitaba dejar de pensar en él por unos minutos si no quería volverse loca. Le arrancó la ropa, le empujó sobre la cama y se quitó los pantalones y las bragas ante la mirada excitada de Anglés. Se subió a horcajadas sobre él y se lo folló con más desesperación que deseo. Por un momento, el asesino volvió a sentir que estaba enamorado de aquella chica, pero cuando Assa estaba a punto de correrse se le escapó el nombre de Logan.

—¿Cómo me has llamado?

—Olvídalo.

Antonio Anglés se sintió traicionado y le invadió la misma ira que cuando la vio abrazada a su novio en el puerto de Quebec. Le llevó las manos al cuello y apretó con todas sus fuerzas. Assa comprendió que no se trataba de un juego e intentó liberarse, pero era tal la rabia con la que él la apresaba y la llamaba «zorra desagradecida» que de inmediato se escuchó el crujido de sus vértebras. Anglés siguió estrangulándola hasta que su cuerpo quedó inerte sobre la cama.

Acercó el coche a la parte trasera del hotel y, cuando a las cinco de la mañana los demás inquilinos habían dado por finalizada la juerga, descolgó el cadáver por la ventana de la habitación y lo metió en el maletero de su coche de alquiler.


Una joven pareja detuvo su *pickup* en la cuneta de una carretera cercana a Glenville para orinar después de pasar la tarde bebiendo cerveza en un festival de música. Mientras ella buscaba un lugar en el que desahogarse al abrigo de la mirada de los de-

más conductores, encontró el cuerpo de la joven noruega oculto bajo unos matorrales. En aquel momento, Antonio Anglés ya
llevaba una semana alojado en un hostal de Washington Square,
en Nueva York.

# 68

El camino desde la galería hasta la sala de visitas no es cómodo para Antonio Anglés. Los funcionarios tienen orden de no hacerle coincidir con ningún otro preso que no sea su compañero de celda, pero siempre hay alguien yendo a algún lugar o fregando los pasillos que le insulta e incluso le escupe. Pero mientras no pasen de ahí, a los guardias hasta les parece bien. Por lo demás, van vigilantes; saben que cualquier mínimo descuido supondría un atentado contra él, y ya están advertidos de las consecuencias para todos y cada uno de los que estuvieran de guardia en ese momento.

—Si por mí fuera, te dejaba a solas con los violadores —le dice uno de los guardias en voz baja mientras le conduce a empujones por el pasillo—. Me encantaría ver cómo te revientan el culo.

—¿Sabe tu mujer que te pone mirarle el culo a los presos?

La pregunta y la actitud de Anglés, que esboza una sonrisa burlona, hacen que el funcionario pierda los papeles y le golpee con fuerza en los riñones.

—Raúl, joder —le reprende su compañero, con algo más de autocontrol.

—Deberíamos pasar de las órdenes y hacerle salir al patio cuando estén los del módulo 3, a ver si se pone tan chulo.

—Y después le explicas tú a mi mujer por qué me han suspendido de empleo y sueldo, ¿vale?

—Solo sería un pequeño inconveniente por ver a este puto psicópata llorando como lloraron las pobres niñas.

La mirada de Anglés hace que el guardia se ponga aún más agresivo.

—Te juro que, tarde o temprano, te voy a hacer tragar esos dientes.

—No tardes mucho. Según mi abogado, muy pronto me soltarán. A ver si tienes huevos para buscarme y tocarme en la calle.

Cuando va a volver a golpearle, su compañero se interpone.

—Ya está bien, Raúl, cojones. Haz el favor de abrir la puerta y estarte quietecito.

El funcionario obedece a regañadientes y abre la puerta de la sala de visitas. A Antonio Anglés se le borra la sonrisa cuando ve que quien le está esperando es Valeria. En la cara de su mujer se puede distinguir, aparte de unas pronunciadas ojeras y unas arrugas que no estaban ahí hace unos días, decepción, desconcierto y miedo. Antonio, aunque no suele importarle lo que los demás opinen de él, no se siente cómodo al verla en esas circunstancias.

—¿Qué haces aquí, Valeria? —pregunta sentándose frente a ella.

—Necesitaba mirarte a los ojos para ver si sos el monstruo del que habla todo el mundo, Jorge.

—He hecho cosas en mi vida de las que no estoy orgulloso, pero yo no maté a esas niñas.

—No te hacía un cobarde incapaz de afrontar sus actos, la verdad. Decímelo y libérate de una vez.

—No te imaginas cuánto aborrezco que saques esa puta vena de psicóloga argentina, Valeria —dice él con desprecio.

—Decímelo y voy a hacer que tus hijos te escriban una vez al año.

Una vez más, la mención a sus hijos hace que Antonio apriete los dientes con rabia, consciente de todo lo que ha perdido. La libertad y el anonimato eran importantes para él, pero pensar que podría no volver a ver nunca más a Toni y a Claudia le deja tocado.

—Mis hijos me estarán esperando cuando salga de la cárcel —responde amenazante—, porque si no es así, os buscaré hasta que os encuentre, y no quieres saber lo que te haré cuando eso pase.

—Presenté una demanda de divorcio y pedí una orden de alejamiento. No podrás volver a acercarte a nosotros. —Valeria intenta aparentar una seguridad que ni mucho menos siente.

—Llevo treinta años encabezando la lista de los más buscados por la Interpol, Valeria. ¿De verdad crees que una puta orden de alejamiento me va a detener?

—¿Por qué lo hiciste, Jorge?

—Deja de llamarme Jorge, estoy hasta los cojones de no poder decir quién soy. Que si Rubén, que si Carlos, que si João, que si Jorge... Mi nombre es Antonio, Antonio Anglés Martins. Y aunque ninguno lo podáis entender, estoy muy orgulloso de llamarme así.

—¿Por qué lo hiciste? —insiste Valeria.

Antonio mira a su alrededor para comprobar que los guardias están lo bastante lejos como para poder escucharle. Después examina la ropa de su mujer en busca de algún micrófono oculto, pero lo apretada que va haría imposible esconderlo. Al fin la mira a los ojos y sonríe.

—En el caso de que lo hubiera hecho, cosa que no es verdad, buscaba un poquito de diversión.

—¿Te parece divertido torturar y matar a tres niñas inocentes?

—Te sorprendería saber la cantidad de personas que disfrutan con esas cosas, Valeria. A algunos solo les gusta mirar, en cambio otros..., otros solo disfrutan oliendo el miedo, sintiendo cómo la sangre se escurre entre sus dedos y presenciando en primera fila cómo los ojos se apagan para convertirse en dos simples canicas.

—Estás enfermo —atina a decir la mujer con un exagerado temblor en la voz.

—Puede. Pero eso ni siquiera es lo mejor. Lo más excitante es ver lo que provocas en los demás, el miedo que generas y la frustración de la policía al ver que nunca van a poder atraparte.

—A vos te atraparon.

—No, ni mucho menos. —Sonríe—. Reconozco que ha sido un contratiempo que me hayan encontrado, pero no tienen nada contra mí. Lo único es la declaración de ese mierda de Miguel Ricart, pero es humo. Los jueces saben que tienen que soltarme. Las leyes son las leyes.

—La inspectora Ramos no te dejará escapar.

—Ni siquiera la inspectora Ramos podría montar un caso cuando no existe. ¿Y quieres saber lo más gracioso de todo, Valeria?

Antonio Anglés se aproxima a su mujer, disfrutando del terror que provoca después de haberse quitado la careta. Baja la voz para hacer una confesión arriesgada, pero que no puede guardar dentro por más tiempo.

—Que esa lunática tiene razón. Esas niñas fueron las primeras de muchas más.

Valeria se levanta, asqueada.

—No volverás a saber de mí ni de tus hijos, hijo de puta.

—Ya veremos, Valeria. Ya veremos.

Valeria se marcha corriendo, aterrorizada, pidiendo a gritos que la dejan salir de aquel lugar.

# 69

Indira e Iván llevan horas revisando informes delante del ordenador. Aunque al principio al inspector Moreno le pareció razonable centrarse en los años de Anglés en España y estaba tan extrañado como su compañera de que a ninguno de los dos se le hubiese ocurrido antes, ahora también empieza a pensar que no es tan buena idea. Y más aún al enterarse de que ha sido cosa de Alejandro Rivero.

—Lo que deberíamos hacer es llevarnos a ese hijo de puta de Anglés a una habitación sin cámaras. Iba a confesar hasta los chicles que robó de niño.

—Muy bonito, sí señor. Vamos a ser igual de salvajes que él.

—Algunos se lo merecen, Indira.

—Esto tenemos que resolverlo de manera legal, Iván. Parece mentira que se lo tenga que decir a un policía.

—Pensamos de diferente manera.

—En esto solo puede haber una forma de pensar, y es mantenerse dentro de la ley. ¿Ya no recuerdas lo que pasó cuando tu amigo Daniel decidió saltársela a la torera?

—Claro que lo recuerdo. Tú le denunciaste y, gracias a eso, un asesino quedó libre y poco después mató a una señora para robarle el monedero.

Cuando Indira va a revolverse para defender por enésima vez su modo de proceder, Iván la frena.

—Dejémoslo estar, ¿vale? Lo último que quiero es discutir de nuevo contigo.

—A mí tampoco me apetece, sinceramente. —La inspectora acepta la tregua y vuelve al ordenador—. Tenemos que seguir buscando.

Tras una hora más buceando entre casos sin resolver, Indira encuentra algo.

—Aquí... —dice señalando la pantalla—. Lorena Méndez, de diecinueve años, fue asesinada en Córdoba en abril de 2016, justo dos meses después de que Anglés volviese a España. Nunca se detuvo al culpable.

—Demasiado mayor para él, ¿no?

—Puede ser, pero fíjate en sus lesiones. Sufrió torturas antes de que la ejecutaran dándole golpes en la cabeza con una piedra, igual a como Anglés intentó acabar con las tres niñas de Alcàsser antes de dispararlas.

El inspector Moreno lee el expediente estremecido.

—Joder... Tenemos que hablar con el inspector que llevó el caso.

Indira asiente y sale del despacho. Consulta con uno de los agentes que hay en recepción y este le proporciona un número de teléfono. Tras un par de minutos de conversación, regresa con el inspector Moreno.

—El tío no parece estar muy por la labor. No le hace gracia que unos polis de Madrid metan las narices en sus asuntos. Creo que lo más operativo es que vayamos a verle.

—¿Ahora?

—A Córdoba en AVE tardamos poco más de hora y media. Si salimos ya, estaremos de vuelta para la cena.

—Vale... Lo que pasa es que no sé a quién dejar a Gremlin.

—No me jodas, Iván.

—Lo siento mucho, pero todavía es un cachorro y no se puede quedar solo todo el día. ¿Por qué no se lo llevamos a Alba?

—Ni lo sueñes.

—Después te quejas de que te tiene por una sargento, Indira, pero es que no le das ninguna alegría. ¿Tú sabes lo feliz que sería cuidándolo toda la tarde?

Indira le detesta porque se sabe incapaz de negarle esa enorme satisfacción a su hija, pero le odia más aún cuando, al llevarle el cachorro, la niña se abraza a su padre para decirle que es la persona a la que más quiere en el mundo. La inspectora nunca había sentido unos celos tan intensos y profundos, y se jura que, si algún día Iván llegase a hacerle daño a Alba, se olvidaría de la rectitud que ha guiado toda su vida para matarle con sus propias manos.


—Yo no puedo dedicarme a eso ahora, inspectores —dice contrariado el inspector de Córdoba al verlos aparecer—. Me temo que van a tener que volver a Madrid y, en unos días, les mandaré lo que reclamen por escrito y por los cauces legales.

—No —responde Indira muy tranquila—, lo que me temo es que va a sentar usted su culo en esa silla y nos va a proporcionar toda la información que necesitamos.

—¿Y si no? —pregunta el policía envalentonado.

—Si no, le diremos a nuestros superiores, a los suyos y a la prensa que ha entorpecido una investigación sobre Antonio Anglés y que por su culpa hemos tenido que dejarle en libertad.

—No sabe hasta dónde pueden llegar los programas de la tele contra gente como usted, amigo —Moreno apoya a su compañera—. Buscarán culpables, y no le van a querer atender ni en el chino de la esquina.

El inspector apunta en su mente a esos dos listillos como enemigos de los que vengarse en algún momento, aunque ahora no puede hacer otra cosa que aguantarse.

—¿De verdad creen que a Lorena Méndez la mató Anglés?

—Es una posibilidad. ¿Qué puede contarnos sobre lo que pasó?

—No hay mucho más que lo que pone en el expediente: alguien se llevó a la chica cuando volvía a casa de una fiesta y apareció casi un mes después en un descampado de las afueras de Córdoba violada y torturada.

—¿Nunca tuvieron sospechosos?

—Estuvimos investigando a su novio, a un par de compañeros de clase y a varios mendigos que había por la zona, pero todos tenían coartadas bastante aceptables. Para mí que el asesino fue alguien de paso.

—¿Tampoco encontraron el objeto con el que la mataron? —pregunta el inspector Moreno.

—¿Se refiere al cuchillo?

—Según el informe, a Lorena le machacaron la cabeza con una piedra u otro objeto contundente —apunta la inspectora Ramos.

—Así es…, pero antes el asesino intentó degollarla. Lo que pasa es que se le rompió la hoja del cuchillo y terminó el trabajo con lo que encontró a mano. El arma estaba junto al cadáver, pero no tenía huellas y se trataba de un cuchillo normal y corriente, sin ninguna característica especial.

—Enséñenos el informe completo del forense, por favor.

El policía se arma de paciencia y lleva a Indira y a Iván al sótano de la comisaría mientras les explica que están en cuadro y que llevan mucho retraso en el proceso de informatización. Hay allí tanto desorden que Indira tiene que hacer uno de sus ejercicios de contención. La caja de pruebas, que, aparte de estar cubierta por una capa de moho, ha sido utilizada varias veces y tiene un batiburrillo de números y nombres superpuestos, tampoco la ayuda a serenarse.

—Aquí está todo lo que tenemos sobre el caso.

Al ver que su compañera no está en condiciones, Moreno saca el informe del forense y lo revisa con detenimiento. Le bastan unos segundos para encontrar lo que busca y volverse hacia Indira, decepcionado.

—Hemos hecho el viaje en balde.

—¿Por qué? —pregunta Indira intentando centrarse.

—Fíjate en la orientación del corte del cuello.

Indira lee lo que le señala su compañero y comprende que está en lo cierto. El inspector cordobés los mira intrigado, sin entender a qué se refieren.

—¿Qué dice ahí?

—Que el asesino de Lorena le hizo un corte en el cuello desde atrás de derecha a izquierda, lo que significa que era zurdo. Y Antonio Anglés es diestro.

—Volvamos a casa —dice Indira vencida y se dirige al inspector—. ¿Podría acercarnos a la estación del AVE?

—Claro, pero allí se van a aburrir esperando, porque hasta mañana no pasan más trenes hacia Madrid.

—Pero si solo son las ocho y media —Indira se asusta.

—Pues eso, y el último ha pasado hace un minuto. Cerca de la estación tienen un hotelito barato y limpio, dentro de lo que cabe.

# 70

Antonio Anglés le cogió el gusto a pasear sin rumbo por las calles de Manhattan, descubriendo lugares que creía haber visto mil veces en películas. Como sucede con muchas personas cuando visitan Nueva York, se enamoró a primera vista de aquella ciudad, tanto que incluso se planteó quedarse a vivir allí hasta que la muerte, o la policía, le encontrase. El problema era que sus calles estaban llenas de españoles y vivía con la continua sensación de que alguien terminaría reconociéndole.

Ya habían pasado cinco años desde el asesinato de las tres niñas de Alcàsser, pero el caso seguía más de actualidad que nunca gracias al juicio en el que se había condenado a Miguel Ricart a ciento setenta años de prisión y al hecho de que varios de sus hermanos y su madre aparecían con regularidad en distintos programas de televisión. Anglés se había cambiado el pelo, se había dejado perilla y bigote, había engordado, se había quitado el quiste sebáceo que tenía sobre la nuez y siempre iba de manga larga para evitar mostrar las cicatrices de sus brazos, pero seguía siendo él. Unos días antes había visto su fotografía en las portadas de varios periódicos de un quiosco de la avenida Lexington y se sorprendió de que ninguna de las personas que pasaban junto a él lo hubiese reconocido. Aquello le sirvió para darse cuenta de que tenía que buscar un lugar más discreto. Además, ya se había gastado casi todo el dinero que le había robado a Haakon.

—¿Has trabajado alguna vez con caballos?

—No, pero sé tratar a los animales. Pasé un tiempo ocupándome de una granja de renos en Europa.

El ganadero de Panhandle, en Texas, el pueblo más aislado que había localizado en el mapa, miró a Anglés de arriba abajo, tan sorprendido de que alguien no supiera nada de caballos como de que lo supiera de renos.

—¿Renos? ¿Como los que tiran del trineo de Santa Claus?

—Sí... —titubeó—. Creo que son los mismos.

El hombre continuó observándole en silencio unos segundos más y estalló en carcajadas. Demostró su aceptación palmeándole con fuerza la espalda.

—Supongo que la única diferencia es que mis caballos no tienen cuernos ni vuelan por el cielo, muchacho. El trabajo será duro, te lo advierto.

—Eso para mí no es ningún problema.

—Ya lo veremos. Te alojarás en la habitación que hay sobre los establos.

La esposa del hombre que le había dado el trabajo —una réplica exacta de su marido, pero en mujer— le condujo a una habitación con baño, cama, televisor y una mesa de madera con su silla. Lo único que le disgustó es que apestaba a caballo.

—Si piensas traer a alguna chica, antes tendrás que presentármela —dijo la mujer con sequedad—. No quiero que en mi casa entren furcias.

—Tranquila —respondió Anglés—. Lo he pasado muy mal con mi última novia y ahora no me apetece tratar con mujeres.

Ella asintió, complacida por su respuesta, y Antonio Anglés pasó los siguientes tres años en aquella granja en compañía de sus patrones y de los hijos de estos, dos gemelos que, al poco de llegar él, se marcharon a estudiar a la Universidad de Oklahoma. Durante aquella temporada aprendió todo lo que se podía saber sobre la cría de caballos y pensó que había encontrado su lugar en el mundo, pero cierto día tanto aislamiento empezó a pesarle demasiado y decidió marcharse a la costa.

Al llegar a San Francisco, Anglés se sorprendió por la libertad que se respiraba en aquella ciudad. Era algo que no tenía nada que ver con los ambientes conservadores por los que se había movido durante los últimos tiempos. La gran epidemia de sida que había arrasado la comunidad gay en los años ochenta y noventa ya había quedado atrás y todo volvía a ser como antes. Desde joven, Antonio tenía ciertas tendencias bisexuales que solo se manifestaban cuando iba colocado de reinoles, pero llevaba años sin tomar una pastilla y se sorprendió al entrar en un bar del barrio de Castro y sentirse atraído por un hombre que bebía en la barra. Tras cruzar un par de miradas, este se presentó como el dueño de una librería, le invitó a un par de cervezas y más tarde a su casa. Antonio se sintió cómodo y exploró su parte homosexual. Lo que no se esperaba es que el hombre, al terminar, le diese tres billetes de veinte dólares.

Pasó una etapa tranquila en la que mantuvo relaciones esporádicas tanto con hombres como con mujeres, sintiendo que ya había conseguido escapar de su pasado, pero una noche de octubre del año 2003 un tipo se sentó frente a él a la mesa que solía ocupar en un restaurante cerca del barrio chino.

—¿Qué pasa, tete? —preguntó en español con un acento valenciano que a Anglés enseguida le hizo comprender que tenía un serio problema—. ¿No te acuerdas de mí?

A Antonio le bastó con mirarle a los ojos para reconocerle como al Cuco, compañero de una de las múltiples bandas juveniles a las que había pertenecido. Pensó en decirle en inglés que no le entendía, pero el Cuco se adelantó.

—Te juro que como me sueltes que no me conoces —dijo amenazante— llamo ahora mismo a la pasma y les digo quién eres.

—Te veo hecho una mierda, Cuco —se rindió.

—Me he comido muchos años de talego. Tú, en cambio, estás cojonudo, muy cambiado. Pero, por mucho que te escondas detrás de esa barbita de mierda y de ese pelo de pijo, tus ojos de tarado cabrón siguen siendo los mismos.

—¿Qué haces en San Francisco?

—Estoy de luna de miel, cágate —respondió soltando una risotada—. La Chelo y yo llevamos un par de días aquí. ¿Te acuerdas de ella? Es la hermana del Gus.

—¿Le has dicho que me has reconocido? —preguntó Anglés, sin confirmarle que sí la recordaba y que, de hecho, estuvo liado con ella durante una temporada.

—Qué va. Esto es algo entre tú y yo. Ella se ha quedado en el *spa* del hotel. Todo el mundo te tiene por muerto y enterrado y, por mí, que siga siendo así. ¿Cómo has conseguido sobrevivir todo este tiempo?

—Alejándome de hijos de puta como tú. ¿Qué quieres?

—Pasado mañana tiramos para Las Vegas y necesito pasta para jugármela a la ruleta. Dame quince mil dólares y no vuelves a verme.

Antonio Anglés dudó. Si cedía, tendría que volver a empezar de cero, ya que era todo lo que había logrado ahorrar en los últimos años trabajando honradamente. El Cuco leyó sus pensamientos y volvió a adelantarse a su respuesta.

—Sé que es una pasta gansa, pero así es la vida. Además, me lo debes.

—Yo no te debo una puta mierda, Cuco.

—Claro que sí. ¿Qué te crees que nos hicieron a los que te conocíamos después de que te cargases a las niñas? Yo en el talego las pasé putas por tu culpa, así que págame y déjate de gilipolleces o aquí se acaba tu huida. Y te aseguro que en España no aguantas vivo ni una semana, que conozco a unos cuantos que te tienen unas ganas de la hostia.

—¿Dónde y a qué hora? —preguntó al fin sin escapatoria.

—Mañana por la mañana, a las doce, en el parque tocho que hay cerca del puente, junto al lago.

# 71

Como era de esperar, la comprobación del arma del oficial Óscar Jimeno también lo ha descartado como sospechoso, así que tanto él como la agente Navarro han podido reincorporarse a la investigación sobre el asesinato de Héctor Ríos.

En este momento se centran en las últimas horas de la víctima. El día de su muerte, aparte de varias reuniones y de almorzar con unos clientes en el despacho, no hizo nada llamativo hasta la noche. Cuando el juez da su autorización para que revisen los últimos movimientos de su tarjeta de crédito, descubren que había ido a cenar a Salvaje, el mismo restaurante al que llevó a Lucía en su primera cita.

—Quizá allí puedan identificar a la misteriosa mujer que Ríos conoció en la página de contactos —dice Jimeno.

—Ojalá, porque ya no nos quedan demasiadas cosas más de las que tirar —responde la subinspectora Ortega—. Vamos.

—Chicos...

Jimeno y Ortega miran a la agente Navarro. Para su sorpresa y preocupación, su compañera vuelve a tener un aspecto terrible. Su repentina palidez hace que destaquen los ojos vidriosos y unas pronunciadas ojeras.

—Deberías ir al médico, Lucía —dice la subinspectora María Ortega—. Llevas ya demasiados días con mala cara.

—Eso le he dicho yo, pero ni puto caso —responde Jimeno.

—Iré hoy mismo, tranquilos. Si no os importa, tendréis que ir solos al restaurante ese.

—Lo primero es tu salud —dice María cariñosa—. Cuéntanos después, ¿vale?

—Vale...

Los dos policías salen en dirección a la calle Velázquez y Lucía se deja caer en la silla, sin necesidad de fingir que está descompuesta.

—Solía venir los jueves, sí... —dice uno de los camareros.

—¿Siempre con la misma mujer? —pregunta la subinspectora Ortega.

—Pues eso no sé si puedo decírselo —responde el camarero después de echarle una mirada a su jefe, un hombre alto y bien parecido, con una frondosa barba, nariz cargada de personalidad, el pelo largo y cuidadosamente despeinado y un traje de varios miles de euros—. Nosotros también tenemos secreto profesional, ¿sabe?

—Déjate de gilipolleces y responde a los policías, Adrián... —dice el jefe, paciente.

—Sí, señora. —El camarero se vuelve hacia la subinspectora—: Las veces que yo le he atendido, siempre venía con la misma mujer.

—¿Podría describirla, por favor?

—Joven, de unos treinta años, morena y con media melena. Muy guapa.

—O sea, como la mayoría de las mujeres que hay ahora mismo aquí —dice la subinspectora Ortega defraudada—. ¿No tenía ninguna característica especial por la que podamos reconocerla?

—No, que yo recuerde. Era una mujer con mucha clase. Eso sí, fuerte.

—¿Qué quiere decir con fuerte? —pregunta Jimeno.

—Que no era una chica que se limitase a mantenerse en forma yendo al gimnasio de vez en cuando y comiendo ensaladitas, sino que se veía que estaba en forma de por sí. No sé si me explico.

—No mucho, la verdad. —La subinspectora se gira hacia Jimeno—. ¿Tú entiendes qué quiere decir?

—Ni idea...

—Que la chica tenía poderío, nada más —aclara el camarero—. Ahora, si me disculpan, debo volver al trabajo.

La subinspectora le da permiso con un gesto y el camarero va a atender una mesa en la que dos chicas y dos chicos, todos con pinta de modelos recién salidos de una revista, le llaman agitando una botella vacía de champán.

—Sentimos no haber podido ayudarles más —dice el jefe—. Si hubieran venido antes, tendríamos las imágenes de la cámara de seguridad, pero se borran después de unos días.

—Hasta hoy no hemos sabido que Héctor Ríos estuvo cenando aquí la noche de su muerte —responde la subinspectora—. Pero muchas gracias por todo.

—No hay de qué. Si quieren tomar algo, están invitados, agentes —dice el jefe antes de marcharse a recibir a unos clientes.

—Deberíamos aprovechar y quedarnos a comer —comenta Jimeno mirando pasar a una camarera con una bandeja de sushi—. Con lo que yo gano, no puedo permitirme más que ir al *burger* de vez en cuando... ¿Qué me dices?

—Yo no tengo tanto morro como tú, Jimeno —responde la subinspectora descartándolo para volver a centrarse en el caso—. ¿Crees que cuando el camarero dice que la acompañante de Héctor Ríos estaba en forma se refiere a que podría ser policía?

—Eso reduciría muchísimo la lista de sospechosos. No creo que haya demasiadas polis con esas características que utilicen una Heckler and Koch USP Compact a la que le falta un cartucho...

# 72

Antonio llegó al lago Stowe, en el Golden Gate Park, a las diez en punto de la mañana. Se pasó las dos horas que faltaban para su cita con el Cuco paseando por los alrededores, buscando una posible huida en el caso de que las cosas se pusiesen feas. Vio llegar a su antiguo amigo quince minutos antes de la hora marcada y le observó sin descubrirse. Aún esperó hasta las doce y cuarto para acercarse a él, cuando se aseguró de que había ido solo y el Cuco ya empezaba a impacientarse.

—¿Dónde cojones te habías metido? —le espetó nada más verle llegar—. Estaba a punto de ir directo a la pasma.

—Me ha costado reunir la pasta.

—Dámela.

—Antes tienes que convencerme de que no le has contado nada a la Chelo.

—No le he contado una mierda.

—¿Dónde está?

—En el centro. Le he dicho que yo iba a ver un partido de béisbol y ella se ha ido de compras.

—¿Seguro que no has hablado con nadie de mí?

—Ya te he dicho que no, joder. ¿Me vas a dar el dinero o no?

—¿Tú te crees que yo me voy a dejar chantajear por un pringado como tú, Cuco?

Anglés sacó del bolsillo de su chaqueta un bisturí y, con un rápido movimiento, le seccionó la arteria carótida. Un chorro de sangre salió disparado a varios metros de distancia. El Cuco todavía no tenía claro qué había pasado cuando Antonio ya se escabullía entre los árboles. Mientras se alejaba, escuchaba los gritos de espanto de los turistas al descubrir que ese hombre que aullaba insultos en español estaba herido de muerte. Aquella mañana temprano, antes de acudir a la cita, Anglés había limpiado de huellas el apartamento en el que vivía y había comprado un billete de tren para dejar atrás cuanto antes un estado en el que, en aquel momento, seguía vigente la pena de muerte.

Bajó por la costa hasta Los Ángeles, donde se ocultó unas semanas entre la comunidad hispana; después llegó a San Diego y desde allí cruzó a Tijuana, la ruta inversa a la que hacen todos los que quieren entrar en la que algunos ilusos todavía consideran «la tierra de las oportunidades».

Estuvo varios años en México, ganándose la vida como podía y cambiando cada poco de escondite. El uso de internet ya estaba normalizado y pudo investigar lo que se decía de él en España. Lo que más le sorprendió era que había decenas de teorías distintas sobre lo que había pasado en la caseta de La Romana y que casi nadie se conformaba con la versión oficial, que se acercaba bastante a la realidad. También se enteró de que alguien le había reconocido huyendo del parque de San Francisco donde había cometido el asesinato y de que João Mendes tenía una orden de busca y captura emitida por la policía. El nombre que había utilizado desde que salió de Noruega ya estaba quemado.

Hasta alguien como Antonio Anglés se sentía inseguro entrando en Tepito, denominado por los propios mexicanos como el «barrio bravo», uno de los más peligrosos de Latinoamérica y el lugar donde literalmente se rinde culto a la muerte. Se dice que es el sitio donde los indígenas libraron la última batalla contra Hernán

Cortés, y desde entonces no han dejado de luchar. Si a cualquier turista se le ocurriese pasearse solo por sus calles, saldría desplumado por alguno de los más de quince grupos criminales que operan en la zona, o no saldría. Pero los delincuentes se reconocen entre ellos y a Anglés no le molestaron hasta que llegó al corazón del barrio.

—¿Qué andas *wachando* por aquí, güey?

Anglés se volvió y se encontró con cuatro chicos de no más de veinte años plagados de tatuajes que no se molestaban en esconder las armas que llevaban; pistolas en la cintura y fusiles de asalto colgados del hombro.

—¿Estás sordo, pinche cabrón? —insistió el más joven apuntándole.

—Vengo a hacer negocios.

—¿Qué negocios?

—Necesito documentación nueva, de buena calidad. Me han dicho que aquí es fácil conseguirla.

—Eso cuesta lana...

—El dinero no es problema. Puedo pagar muy bien si el material merece la pena.

—¿Llevas los billetes encima?

—Por supuesto que no... —Antonio sonrió, haciéndoles entender que no estaban hablando con un estúpido—. Cuando vea la calidad del trabajo, llegaremos a un acuerdo y haremos el intercambio en un lugar neutral, lejos de aquí.

—¿No serás chota, cabrón?

Los cuatro chicos le rodearon y dos de ellos le empujaron contra la pared para registrarle en busca de micrófonos o de algo que les indicase que era policía; pero lo que encontraron fueron unas terribles cicatrices sobre unos tatuajes que demostraban que tenía la misma procedencia que ellos.

—Eso tuvo que doler, güey... —dijo uno de ellos, impresionado.

—¿Tenéis algo para mí o no?

Los cuatro delincuentes condujeron a Anglés a través de varias callejuelas, hasta que llegaron a una casa pintada de rojo. Dos de ellos se quedaron fuera vigilándole y los otros dos entraron a hablar con un hombre de unos cincuenta años que, por el respeto que le mostraron cuando abrió la puerta, debía de ser uno de los que mandaban allí. Al cabo de unos minutos, salió para hablar con el extranjero. Le observó con la misma mirada de tarado con que el Cuco le había descrito a él.

—Así que buscas credenciales...

—Sí. Necesito un pasaporte en regla con el que poder viajar sin problemas.

—Tengo algo mejor si puedes pagarlo.

Dos días después, Anglés se citó con ellos en un café del barrio de Polanco y compró la documentación auténtica de un hombre que llevaba varios meses enterrado en el desierto y sin familia que pudiese preguntar por él. El pack constaba de pasaporte, cédula de identidad (ambos originales modificados con su propia fotografía), certificado de nacimiento y hasta de penales. Le costó casi todo el dinero que había ahorrado, pero tenía en sus manos la identidad que conservaría hasta que fue detenido en Madrid casi veinte años más tarde.

# 73

El hotelito barato y limpio cercano a la estación del AVE al que se refería el policía cordobés es en realidad el hostal Paqui, un hospedaje de mala muerte que vive a base de alquilar habitaciones por horas a parejas infieles y prostitutas que llevan allí a sus clientes. Indira está en shock mientras el encargado, un anciano arrugado, mal afeitado y peor vestido, los conduce a sus habitaciones del segundo piso con unas maravillosas vistas a las vías del tren.

—En la misma habitación en la que se va a alojar uno de ustedes —cuenta el viejo como una historia mil veces repetida—, durmió una noche David Carradine.

—Unos huevos —dice el inspector Moreno sin creérselo.

—¿Quién es ese? —pregunta Indira con una vocecilla.

—Kung Fu, joder. Bill, de *Kill Bill* —responde Iván y enseguida vuelve al viejo, muy interesado—: ¿Y qué hacía David Carradine aquí?

—Estaba rodando un wéstern en Alicante en el año 2003, conoció a una maquilladora cordobesa y siguió su rastro hasta aquí. Es que las cordobesas son cosa fina, mejorando lo presente —añade mirando a Indira.

—Me cuesta creer que se alojase aquí, en lugar de en un cinco estrellas —dice Moreno empezando a pensar que, por absurda, la historia podría ser cierta.

—Yo de sus gustos o economías no tengo ni puta idea, pero ahí tienen la fotografía que lo demuestra.

Entremedias de las dos habitaciones, colgada en un viejo marco, en efecto, hay una fotografía de David Carradine abrazado al viejo (con veinte años menos) en la que se puede leer una dedicatoria escrita con rotulador rojo: «For my friends from the Paqui hostel, David Carradine».

—La hostia —dice Moreno, deslumbrado, y se dirige acto seguido a Indira—: Pues, si no te importa, me quedo yo en la habitación de Kung Fu.

—Haz lo que te dé la gana, Iván. —Mira al viejo—. ¿Se puede cenar algo?

—Hay carne en salsa de ayer, pero, como la nevera funciona a ratos, tengo que mirarla bien antes de servirla. Si no, en la esquina está el bar de Lucas.

Iván entra en la 202 imbuido por el espíritu de Kung Fu. Es la típica habitación de hostal, con paredes amarillentas de gotelé, suelo de baldosas iguales a las de la terraza y colcha de flores a juego con las cortinas. Acaricia una mesa de madera maciza pensando en que quizá se apoyó en ella uno de sus actores favoritos, cuando llaman a la puerta. Abre e Indira le tiende el teléfono con gesto serio.

—Mi madre.

Moreno coge el teléfono con cara de circunstancias.

—Buenas noches, doña Carmen. ¿Cómo se está portando Gremlin?

—Como un cachorro mondo y lirondo. Ya se ha hecho pis tres veces, pero no quiero que se haga lo otro. ¿Va mucho de vientre?

—Es que todavía no sabe aguantarse bien, así que lo mejor es que lo dejen encerrado en algún sitio que no manche demasiado. Como la casa de su hija está forrada de vinilo de arriba abajo, después se podrá limpiar bien.

Indira le mira desencajada e Iván decide que, para compensarla de todos esos disgustos, va a invitarla a cenar a El rincón de

Carmen, un restaurante situado en el barrio de la Judería, en el casco antiguo de Córdoba. Aunque Indira intenta resistirse diciendo que lo único que quiere es meterse en la cama para coger el AVE de las seis de la mañana, la insistencia de Moreno hace que ceda.

De pronto, sin esperárselo, ni siquiera imaginárselo, Indira e Iván tienen una divertida cena en un patio cordobés en la que vuelven a sentirse tan cerca como aquella noche, ya lejana, en la que engendraron a Alba. Consiguen olvidarse por un rato de los monstruos que los rodean —diestros o zurdos, tanto da— y se ríen recordando viejas anécdotas y soñando con lo que será su hija en el futuro. A las doce de la noche, cuando el alcohol empieza a desinhibir demasiado, Indira decide que es hora de regresar al hotel e intentar descansar para mañana seguir sumergiéndose en expedientes llenos de muerte y de sufrimiento. Pasan por un chino a comprar un par de cepillos de dientes y se detienen frente a la foto enmarcada y dedicada del actor estadounidense.

—A las cinco y media en punto llamo a tu puerta —dice Indira.

—Desde aquí a la estación hay como tres minutos, y el tren no pasa hasta las seis y cinco —protesta Iván.

—A mí no me gusta llegar con la hora pegada al culo. Si no estás listo, te espero en el andén. Buenas noches.

Iván le da las buenas noches y se encierra en su habitación. Se tumba en calzoncillos sobre la colcha de flores y enciende el televisor. Por un momento piensa que, en vista de lo gastado que está el mando a distancia, tal vez sea el mismo que utilizó David Carradine veinte años atrás. Cuando está a punto de quedarse dormido, escucha un grito desgarrador al otro lado de la pared.

—¡Indira!

Saca su pistola de la funda, recorre a toda velocidad los cuatro metros que le separan de la habitación de su compañera y abre la puerta. Al entrar, se encuentra a Indira con el pelo mojado, tapada con una minúscula toalla y encaramada a un mueble de madera igual que el de su habitación.

—¿Qué pasa?

—¡Una cucaracha! Se ha metido debajo de la cama.

—¿Tú te has vuelto gilipollas, Indira? No sabes el susto que me has dado, joder.

—Lo siento, Iván, pero yo no puedo dormir aquí —responde ella desvalida—. Te juro que no puedo.

Indira se viene abajo e Iván se ablanda.

—Vale, tranquila. No pasa nada. Bájate de ahí, anda.

Cuando la inspectora baja del mueble, se le cae la toalla y, después de tres años, vuelve a estar desnuda frente a él, que solo lleva unos bóxer cuya tela se tensa de inmediato. Se miran a los ojos y no pueden hacer otra cosa que besarse. Pero Indira se separa.

—¿Qué? —pregunta Iván.

—La cucaracha...

Iván resopla, armándose de paciencia, y se mete con un trozo de papel higiénico debajo de la cama. Si llega a tardar más de veinte segundos en cazarla, todo se habría enfriado, pero después de tirarla al váter y de lavarse las manos, pueden volver al punto donde lo habían dejado.

Indira se olvida de que lo más probable es que allí haya más bichos y de que creía haberse vuelto a enamorar de Alejandro y cae abrazada a Iván sobre una cama que seguramente no soportaría un examen con luz ultravioleta.

# 74

—Algo se podrá hacer... —dijo Héctor Ríos desesperado, con la cabeza oculta entre las manos.

—Ya lo hemos intentado todo, pero el Ministerio de Sanidad ha retirado el producto del mercado y no creemos que vaya a revocar su decisión —respondió abatido el financiero Julio Pascual.

—Pero ¿qué es lo que ha pasado?

—Algunos medicamentos, a la larga, producen reacciones inesperadas en el organismo que no habían sido observadas durante los ensayos clínicos. Y el nuestro hace que la serotonina se dispare y provoque esos ataques.

—¿Y cómo cojones no lo habían visto antes, Julio?

—Ya te he dicho que algunos efectos secundarios aparecen con el tiempo, Héctor. Además, piensa que se trata de pacientes con un montón de patologías previas cuyos síntomas pueden pasar desapercibidos. Lo siento.

—¿Lo sientes? He metido todo lo que tenía. Incluso he hipotecado mi casa. ¡La casa en la que viven mi mujer y mi hija!

—¡Yo no me he ido de rositas, joder! —respondió Julio molesto—. Aparte de perder una fortuna, he hecho que mis hermanas, mis cuñados y hasta mis padres se arruinen. Nadie se lo esperaba. Aunque era un buen negocio, todas las inversiones tienen sus riesgos. Son cosas que pasan.

Héctor Ríos intentó tranquilizarse y pensar.

—¿No vamos a poder recuperar nada?

—No hasta dentro de algún tiempo. Todo el capital de la empresa está bloqueado para hacer frente a las indemnizaciones a las víctimas. Ahora toca apretar los dientes e intentar rehacerse.

—Tengo que devolver el préstamo al banco o me embargarán, Julio.

—Habla con ellos. Lo último que quieren los bancos es seguir acumulando inmuebles. Puede que accedan a concederte una prórroga.

El arquitecto fue a pedir una prórroga al banco, pero, al igual que todo son sonrisas cuando vas a domiciliar tu nómina o a pedir una hipoteca que deberás devolver al cabo de los años habiendo pagado unos intereses que pocos se atreven a calcular, cuando vas a pedir un favor del que no van a sacar nada lo que te sueles encontrar son perros de presa sin ninguna empatía por unos clientes a los que antes les habían regalado un televisor de cincuenta pulgadas, una batería de cocina de acero inoxidable o un viaje a EuroDisney.

—Lo lamento, señor Ríos, pero ya no podemos esperar más. Si en la próxima semana no se pone al día con los pagos, procederemos a ejecutar el embargo.

Durante aquellos días, Héctor envejeció y empezó a aparentar la edad que tenía. La agente Lucía Navarro se lo notó y se preocupó, pero el arquitecto, temiendo que dejase de ser divertido compartir con él un par de noches por semana, no quiso contarle lo que había pasado. Todo lo achacó al estrés por exceso de trabajo, algo que aseguró estar dispuesto a solucionar de inmediato.

Al llegar a casa fue a darle un beso a su hija, Estrella, que se limitó a entreabrir los ojos y musitar medio dormida un «papá» acompañado de una sonrisa, y después se dirigió a la habitación de Elena. La enfermera leía una novela junto a la cama de su esposa, que dormía ajena a la ruina que tenían encima.

—¿Cómo está todo, Inés?

—Muy tranquilo, señor. La señora ha cenado de maravilla y se ha quedado dormida.

Se acercó a besarla igual que había hecho segundos antes con su hija y, tras desearle buenas noches a la enfermera, bajó a tomar una copa a su despacho. Abrió la caja fuerte, donde, aparte de algo de dinero en efectivo, guardaba varios relojes de mucho valor, las joyas de su esposa y algunos alfileres de corbata. Calculó que conseguiría vender todo aquello por unos cien mil euros, una pequeña fortuna, pero insuficiente para pagar los recibos que debía al banco.

Debajo de las joyas había una carpeta. Aunque Héctor siempre tuvo en cuenta que estaba allí, se resistía a recurrir a eso, era una medida desesperada en la que nunca se atrevió a pensar. Pero llegados a ese punto sabía que no podía hacer otra cosa. Apuró la copa de un trago y cogió los documentos que podrían evitar que su mujer y su hija se quedasen en la calle.

# 75

—¿Nombre?

—Jorge Sierra González.

—¿A qué venís a Buenos Aires?

El policía miraba alternativamente el pasaporte y al mexicano que tenía frente a él. Antonio Anglés se había arriesgado demasiado cogiendo un avión desde Quito, pero llevaba meses moviéndose por varios países con la documentación que había comprado en México D. F. y nunca tuvo problemas.

—Negocios. Vengo a comprar mate para exportarlo a Europa.

—Hasta el mate quieren afanarnos —masculló el policía devolviéndole el pasaporte con desdén.

Anglés no tenía ni la más remota idea de si eso del mate sería un buen negocio, pero había conocido a un argentino en Panamá que no hablaba de otra cosa que de llevarlo a Europa.

—En cuanto allá lo conozcan —solía decir—, se convierte en su bebida favorita. No tomarán otra cosa.

Aparte del mate, también le había hablado de que las porteñas eran las mujeres más guapas del mundo. Aquello, junto con las descripciones que le hizo de las playas argentinas y de lo hospitalarios que eran con los recién llegados, había hecho que Anglés se decidiera a conocer aquel paraíso.

Lo que más le llamó la atención de la capital argentina es que en ella parecía cambiar de país apenas cruzaba una calle; tan pronto encontraba una mansión en la que podía vivir la familia real de cualquier país europeo como, a solo unos metros, casas de chapa pintadas de llamativos colores, enormes rascacielos de acero y cristal, iglesias de todos los estilos imaginables, calles llenas de vida que le trasladaban a la Gran Vía madrileña o al paseo de Gracia barcelonés o avenidas con incontables carriles. Y todo ello estaba salpicado de plazas, parques y librerías, muchas librerías. Otra de las cosas que le encantó de aquella ciudad era que había un lugar donde comer asado y una heladería casi en cada esquina.

Durante los siguientes meses se dedicó a conocer el país, sin meterse en líos y buscando un plato de comida donde se lo dejasen ganar. Pasó un tiempo trabajando en un restaurante de Santa Rosa y otro capturando caballos cimarrones en la Patagonia; pero desde que se marchó no hizo sino extrañar Buenos Aires. Sería porque, como decía Jorge Luis Borges: «Buenos Aires es hondo, y nunca, en la desilusión o en el penar, me abandoné a sus calles sin recibir inesperado consuelo».

Allí seguía cruzándose con españoles, pero pasaban los años —por aquel entonces ya habían transcurrido catorce desde el crimen de Alcàsser— y ya nadie que saliese de España tenía en la cabeza que podría encontrarse con el hombre que seguía en la lista de los más buscados por la Interpol. Según leía en los periódicos digitales, solo los más conspiranoicos continuaban pensando que no se había convertido en comida para los peces en la bahía de Dublín. Y esa era la mejor noticia para él.

En cuanto al monstruo que llevaba dentro, no había vuelto a despertar desde hacía tiempo y tenía la esperanza de que ya no volviera a hacerlo nunca más, pero una tarde de abril de 2006 se dirigía a entregar un pedido de alcohol de la bodega donde había encontrado trabajo cuando un guardia de tráfico le hizo detenerse en el paso de peatones que había frente a un colegio. Un grupo de chicos y chicas de unos catorce años vestidos con ropa de deporte cruzaron en dirección a un parque cercano y Antonio Anglés sintió un pellizco en el estómago. Pero, lo curioso del caso es que no eran las chicas que reían desinhibidas las que le habían llamado la atención, sino uno de sus compañeros. Era rubio y tenía el pelo rizado, muy parecido a Carlos Robledo Puch, un singular asesino en serie, apodado el Ángel de la Muerte por su aspecto cándido e inofensivo, que había actuado en la capital argentina a principios de los años setenta del siglo pasado, pero que seguía apareciendo en la prensa porque unos días antes le habían vuelto a denegar la libertad condicional después de casi treinta y cinco años en prisión. En cuanto al joven estudiante, Antonio no había escuchado la llamada de la muerte tan fuerte como con cualquiera de las niñas que, para su desgracia, se habían cruzado con él; pero pensar en someter a ese chico le produjo una mezcla de excitación y de miedo por el riesgo que suponía enfrentarse a alguien que, con toda seguridad, le plantaría cara. Continuó conduciendo aturdido, esforzándose por quitarse aquella absurda idea de la cabeza.

Al entrar en el barrio de La Recoleta, uno de los más exclusivos de Buenos Aires, buscó el albarán de entrega donde estaba apuntada la dirección en la que aquella noche se celebraría una fiesta y perdió de vista la calzada. Cuando volvió a levantar la mirada, ya estaba encima de un flamante Mazda MX-5 negro de tercera generación. Pisó a fondo el pedal del freno, pero por más que quiso esquivarlo le destrozó el lateral. Antonio se bajó del camión de reparto y encontró a la propietaria del deportivo, una mujer de unos treinta años vestida con ropa de tenis, observando iracunda los desperfectos.

—¡Pelotudo! —gritó la mujer dirigiéndose hacia él—. ¡Mirá cómo me dejaste el auto!

Anglés se quedó sin palabras al darse cuenta de que lo que sintió por Assa en el barco que le llevó a Quebec hacía unos años no era nada comparado con lo que acababa de sentir por aquella mujer que le increpaba enfurecida.

—¡¿Te quedaste mudo?! ¡¿Dónde tenés los anteojos, boludo?!

—Lo siento... —balbució Anglés—. Me he despistado.

—¡Me hiciste mierda el auto! ¡¿Vos sabés cuánta guita le costó a mi viejo?! ¡Ni en diez años lo juntás vos!

—Lo que importa es que tú te encuentres bien. ¿Estás herida?

La mujer le miró desconcertada. Cualquier otro repartidor, intentando evadir su responsabilidad en el accidente, la hubiese acusado de haberse cruzado o cambiado de carril sin mirar, pero aquel parecía sinceramente preocupado por ella.

—Sí, estoy bien —respondió bajando el tono—. ¿Cómo no me viste?

—Estaba buscando una dirección. ¿Te parece que hagamos un parte para que el seguro arregle los desperfectos?

—¿Tenés seguro? —preguntó ella sorprendida—. Vos no sos de acá, ¿no?

—Soy mexicano. Me llamo Jorge Sierra. ¿Y tú?

—Valeria Godoy...

# 76

Cuando las puertas se van a cerrar y el tren está a punto de salir de la estación de Córdoba, Iván entra apresurado en el vagón. Localiza a su compañera y va hacia ella a grandes zancadas. Al verle llegar, Indira disimula mirando por la ventanilla, como si en el andén estuviera pasando la cosa más interesante del mundo.

—¿Por qué coño no me has avisado, Indira? —pregunta cabreado.

—Lo he hecho. He llamado a la puerta de tu habitación, pero no has contestado.

—Y una mierda.

—¿Por qué iba a mentir?

—Porque tú vas siempre de madura y de responsable y en realidad eres una niñata que no se atreve a asumir que anoche nos acostamos.

Varios pasajeros levantan las miradas de sus móviles para no perder detalle de la discusión.

—Fue un simple desliz. —Indira intenta conservar la dignidad.

—Tres, si mal no recuerdo —matiza Iván.

—Enhorabuena. Ya puedes ir corriendo a contarles a tus amigotes que eres un fenómeno en la cama. Pero no te olvides de decir también que el primero fue un visto y no visto.

Iván encaja el comentario, que arranca varias sonrisas a su alrededor, masculla un «amargada» y va a sentarse en el otro extremo del vagón. Indira no disfruta tratándole así, pero necesita poner distancia con él y pensar si lo que sucedió anoche fue solo producto del alcohol y la oportunidad o hay algo más. Llevaba tres años sin mantener relaciones sexuales –desde nueve meses antes de que naciese Alba–, y ahora se ha acostado con dos hombres distintos en la misma semana. No le parece mal, ni mucho menos; ella admira y respeta a las mujeres que, igual que han hecho la mayoría de los hombres toda la vida, se toman el sexo como un simple divertimento, pero para ella significa muchísimo más, sobre todo porque siente algo tanto por Alejandro como por Iván. En el caso del abogado quizá sea un sentimiento más profundo y controlado; en el de su compañero, es mucho más visceral. Si por ella fuera, se encerraría ahora mismo con él en el baño, aunque le produzca arcadas pensar en su estado después de haber visto entrar y salir a medio vagón. Porque, aunque le haya intentado transmitir la idea contraria, pasó una de las mejores noches de su vida y no sabe si logrará vivir sin volver a experimentar algo igual.

Las casi dos horas que dura el viaje se le hacen eternas. Lo único que quiere es llegar a casa, abrazar a su hija y seguir con su vida como si lo del hotel donde durmió Kung Fu nunca hubiera sucedido. Entra en el taxi y, cuando va a cerrar la puerta, el inspector Moreno se cuela en él.

–¿Se puede saber qué haces?

–Compartir viaje contigo –responde el policía–. Yo he pagado el hotel y hasta el mes que viene no me lo devuelven, así que el taxi te toca a ti.

–Yo voy a mi casa.

–Y yo. Tengo que recoger a Gremlin.

Indira decide ignorarle y le da la dirección al taxista. En todo el trayecto no cruzan una palabra y, cuando llegan a casa, aparte de tener que soportar el olor a perro y las miradas suspicaces de la abuela Carmen por verlos llegar juntos, tiene que tragarse una nueva sesión de besos y alabanzas de Alba calificándole como el mejor padre del mundo.

—Llévate al chucho, por favor, que tengo que ponerme a limpiar la casa —le dice Indira a Iván.

—El angelito apenas ha manchado, Indira —responde su madre.

—Aun así, mamá. ¿Te importa llevar tú hoy a Alba al colegio?

—¿Qué me va a importar, hija? Si para eso estoy yo aquí: para hacerte de sirvienta y de niñera y para aguantar tu mal humor.

—Si necesita usted cobijo, en mi casa tengo una habitación libre, doña Carmen.

La intención de Iván era rebajar un poquito la tensión, pero por la mirada que le dedica Indira el tiro le ha salido por la culata. En cuanto se queda sola, limpia cada centímetro de la casa en bragas y sujetador, como es habitual en ella. Un par de horas después, ha conseguido eliminar todo rastro del paso de Gremlin por allí y se mete en la ducha para quitarse de encima las bacterias que pudiera tener adheridas a su piel. Cuando sale del baño, se encuentra a su madre sentada a la mesa del salón, observándola en silencio mientras se toma una infusión.

—No te habrás vuelto a quedar preñada, ¿verdad?

—No te hagas líos, mamá. Iván y yo hemos dormido en Córdoba por trabajo.

—No se engaña a una madre así de fácil, hija. Anoche tuviste jarana, y el otro día también. Se te nota en el brillo de la piel y en la sonrisa de boba que intentas ocultar debajo de la mala leche.

—Deberías hacerte inspectora...

—El olfato de poli lo has heredado de mí, ¿qué te crees? Y la cara de pasmada que se te ha quedado no hace sino confirmarme que he dado en el clavo. ¿A que sí?

—Es mucho más complicado de lo que te puedas imaginar...

Indira se sienta agobiada junto a ella. Al ver que lo está pasando mal, Carmen deja a un lado las ironías y la coge de la mano.

—Cuéntame qué te pasa, Indira.

—Que es verdad que anoche tuve algo con Iván —confiesa—, pero el otro día fue con Alejandro.

—Pues haces muy requetebién, hija. Tú disfruta que todavía eres joven y llevas muchos años a dos velas. Lo importante es que usaras condón, que tú eres muy dada a tropezar dos veces con la misma piedra.

—Usé protección, tranquila. El problema es que..., no sé qué siento por ellos.

—Acabáramos. Si hay sentimientos de por medio, la cosa cambia.

—Si por mí fuera, me alejaba de los dos. Pero tengo miedo de que sea mi última oportunidad de formar una familia normal.

—¿Qué piensan ellos?

—Creo que están igual que yo.

—Entonces tienes que decidirte rápido. No está bien jugar con los sentimientos de la gente.

—Ya.

—Yo no quiero meterme donde no me llaman, Indira, pero también está Alba. Ya no puedes pensar solo por ti.

—Sería muy feliz teniendo a su padre con ella, ¿verdad?

—Seguro..., aunque también sufriría mucho si os viera tirándoos los trastos a la cabeza a las primeras de cambio. Y, en cuanto a Alejandro, tú sabes mejor que nadie el cariño que le he tenido siempre y lo que me dolió que rompieseis, pero es tu decisión. Lo único que puedo decirte es que te dejes llevar por el corazón, que la cabeza siempre la has usado de más y mírate cómo estás.

Indira sonríe a su madre, agradecida, aunque lo cierto es que su consejo hace que dude todavía más.

# 77

Valeria acostumbraba a salir con chicos de su misma clase social
por comodidad y cercanía, pero sobre todo por afinidad. Así que
cuando contó a sus amigas que había quedado a cenar con un
repartidor de licores que le había destrozado el deportivo con
su camión, ellas no daban crédito. Intentaron convencerla de que
se olvidase de ese mexicano y de que le diese otra oportunidad
a Juan Pablo, con quien había estado saliendo los últimos tres
años y al que sorprendió en la cama con otra. Pero ella se negó
en redondo; se había jurado que encontraría a un buen hombre
con el que compartir su vida y algo le decía que aquel chico tan
atento podía hacerla muy feliz. Quince años después, Valeria lo
hubiera dado todo por seguir saliendo con su ex, por muy infiel
que fuese, y no haber unido su vida a la de un hombre con —hasta aquel momento— ocho víctimas a sus espaldas.

San Telmo es el barrio más pequeño de Buenos Aires, pero
a la vez uno de los más populares de la capital. Hasta finales del
siglo XIX, allí vivían las familias porteñas más acomodadas, pero
la epidemia de fiebre amarilla que asoló la ciudad hizo que se
marchasen en busca de lugares menos concurridos. Dejaron atrás
sus grandes mansiones y sus elegantes edificios de piedra para
que fuesen habitados por los nuevos vecinos del barrio, que los
convirtieron en viviendas comunitarias y empezaron a construir
a su alrededor bloques de apartamentos. Lo sorprendente del

caso es que esa mezcla de estilos y calidades es lo que le da al lugar un encanto tan especial.

—Si preferís que vayamos a otro sitio, decímelo, Jorge.

Valeria notó que él no se sentía cómodo en un lugar tan abarrotado como la plaza Dorrego, donde, aparte de multitud de bares y de restaurantes llenos hasta la bandera, había artesanos callejeros, malabaristas y una pareja bailando tango rodeada de turistas, muchos de ellos españoles, que lo fotografiaban todo con sus teléfonos móviles. Antonio temía que alguno de aquellos improvisados fotógrafos le reconociese y le inmortalizase. O incluso que revisando de vuelta en casa las fotos de su viaje a Argentina, a alguien le sonase aquella cara que tantas veces había salido en los medios de comunicación. De una u otra manera, aquello acabaría de un plumazo con su huida y con la vida tan apacible que había conseguido llevar.

—No, está bien —respondió forzando una sonrisa—. Es que tenía muchas ganas de charlar contigo y conocerte, y me parece que aquí, con tanta gente, tendremos que hablar a gritos.

—Tenemos toda la vida para hablar —contestó la chica devolviéndole la sonrisa.

La conexión entre ellos fue enorme desde el primer minuto. Ella le contó que trabajaba para su padre en una lucrativa empresa de reformas, y él le dijo que había llegado a Argentina con la intención de exportar mate a Europa, pero que le había gustado tanto el país que no veía el momento de regresar. Evitó mencionar en qué otros países había estado, pero sí le dijo que el lugar que más le había impresionado eran las cataratas del Niágara. Después de aquella primera noche vinieron muchas más en las que su relación se fue afianzando, hasta que Valeria quiso presentarle a sus padres.

El día elegido fue un domingo de julio de 2006. El padre de Valeria quería preparar un asado en la barbacoa de la terraza del piso de La Recoleta, pero las bajas temperaturas habituales en aquella época le obligaron a descartar la idea. Cuando Antonio llegó con un par de botellas de vino de Rioja que había cogido del almacén donde trabajaba, toda la familia de Valeria estaba reunida en torno al televisor. Daban la noticia del hallazgo del cadáver mutilado de un joven estudiante de pelo rubio y rizado con aspecto angelical. Lo más macabro de la noticia es que al cuerpo le faltaba una mano.

—¿Qué hijo de puta es capaz de hacer algo así? —preguntó el padre mientras veía el cadáver del muchacho.

—Papá, por favor —le dijo Valeria avergonzada—. Tenemos visita.

El padre miró a Anglés de arriba abajo, apagó el televisor y se levantó para saludarle.

—Perdoná, muchacho —le dijo estrechándole la mano—. Es que recién encontraron a un pibe de La Recoleta cosido a puñaladas. En México estarán acostumbrados a estas cosas, ¿no?

—Sí, señor. Por desgracia hay demasiados cárteles en el país.

—No tenés acento mexicano —dijo sorprendido.

—Mis padres son españoles y he pasado casi toda mi vida allí con mis abuelos. Casi se me puede considerar más español.

—¿Qué te pasó en el cuello, Jorge? —preguntó Valeria asustada al descubrirle cuatro arañazos paralelos en el cuello, provocados sin duda por la misma mano que ya había hecho desaparecer.

—No es nada, Valeria. Me lo hicieron esta mañana jugando al fútbol.

—En mis tiempos, al que llevaba las uñas largas en la cancha se las cortábamos y se las hacíamos comer —respondió el padre.

—En tus tiempos, querido —intervino la madre de Valeria mientras llegaba del interior—, eran todos unos cromañones.

Todos se rieron. La señora sonrió al invitado con amabilidad.

—Bienvenido a nuestra casa, Jorge. Tenés que ser muy especial para que nuestra hija se decida a traerte a almorzar con nosotros.

—Mamá... —Valeria volvió a avergonzarse—. Bastante es que mi papá diga una palabrota a cada segundo.

—Nadie dice más palabrotas que los mexicanos y los gallegos, Valeria —se defendió el padre—. No se quitan el coño de la boca. En conversaciones, se entiende.

Antonio se rio mientras Valeria y su madre daban al padre por imposible. Durante aquella comida, Anglés contó que era del D. F. y que apenas le quedaba familia, ni en México ni en España, por lo que no tenía intención de volver, y menos después de haber conocido a Valeria. Los padres de la chica le contaron su viaje a España en el año 1983, cuando pudieron ver jugar a Diego Armando Maradona con la camiseta del Barcelona, muy poquito antes de que Andoni Goikoetxea le destrozase el tobillo con aquella entrada. Recordarla hizo que Valeria tuviese que volver a reñir a su padre por la cantidad de exabruptos que salieron de su boca. El asesino encajó tan bien en aquella familia que, durante el postre, el padre de Valeria le ofreció trabajo en su empresa de reformas, a pesar de que él aseguraba no tener ni idea de construcción. Dos meses después, su futuro suegro le llamó a su despacho.

—¿Cerraste el acuerdo con esos yanquis, Jorge?

—Sí, señor. He tenido que hacerles una rebaja en la mano de obra, pero aun así es un buen negocio.

—Bien hecho, hijo —respondió el viejo, satisfecho, para enseguida abordar el asunto por el que le había llamado—. ¿Cómo andás con Valeria?

—Muy bien, ¿por qué?

—Porque su madre y yo ya nos estamos haciendo viejos y nos gustaría ver cómo forma una familia.

—Valeria siempre me ha dicho que no tiene ninguna intención de casarse.

—Esa boludez solo la dice porque no había encontrado al hombre adecuado. Si te decidís a pedírselo, tenés todo nuestro apoyo.

# 78

El inspector Moreno vuelve a repasar los casos abiertos con similitudes con el de Alcàsser, pero en casi todos ellos hay algún detalle que descarta la autoría de Antonio Anglés y empieza a creer que el asesino terminará escapándose, aunque haya surgido un importante movimiento que aglutina gente de todos los estratos sociales dispuesta a luchar hasta el final para que no vuelva a poner un pie en la calle. Los jueces y políticos más sensatos saben que se limitan a hacer ruido y que aumentan la crispación, lo que solo servirá para que Anglés no logre vivir nunca más tranquilo en España. «Menos da una piedra –opinan muchos–, al menos estará alejado de nuestras hijas».

El malestar del policía aumenta cuando levanta la mirada y ve llegar al abogado Alejandro Rivero.

–Inspector Moreno –dice a modo de saludo–. ¿Sabes si la inspectora Ramos está por aquí?

–No la he visto en toda la mañana. Igual se ha quedado en casa descansando.

–¿Está enferma?

–Enferma yo no diría. Es que ayer estuvimos juntos en Córdoba y se nos hizo tarde –añade con muchísima intención.

Se arrepiente nada más decirlo, consciente de que es una niñería que no le va a traer nada bueno si llega a oídos de su compañera, pero por el efecto que produce la insinuación en el ánimo del abogado siente que ha merecido la pena correr el riesgo. Alejandro tendría con qué contraatacar, pero se resiste a embarcarse en una guerra tan estúpida e infantil.

—¿Algún avance en la investigación?

—Como comprenderás, al abogado de Anglés no pienso decirle en qué estamos metidos.

—Lo sé muy bien. Te recuerdo que fui yo quien sugirió a Indira que deberíais olvidaros de buscar en el extranjero para centraros en España.

—Qué listo eres —responde sarcástico.

—Ya ves... —Intenta contenerse, pero es superior a sus fuerzas y lo suelta—: De hecho, no sé si se lo comenté cuando estuvimos tomando una copa la otra noche.

Ambos se miden con la mirada. El abogado también se arrepiente casi de inmediato de haber entrado al trapo, pero le encanta ver cómo al policía le ha cambiado la cara. Tienen claro que en eso solo puede quedar uno y los dos están dispuestos a luchar a muerte.

—Deberías quitarte de en medio —dice Moreno—. Supongo que sabes que tenemos una hija en común.

—Claro que lo sé, como también sé que no os soportáis el uno al otro.

—¿Eso te lo ha dicho ella?

—No hace falta. Basta con escucharla hablar de ti para saberlo.

—Así que, cuando queda contigo, es para hablar de mí, ¿no? Anoche, en cambio, a ti ni te nombró.

La mirada de suficiencia del inspector Moreno irrita al abogado. Nunca le ha gustado usar la violencia, pero por un momento le invaden unas inmensas ganas de darle una hostia. El policía lo percibe y le anima, provocador.

—Vamos. No tienes huevos.

En ese momento se abre la puerta de la sala de reuniones.

—¿Qué pasa aquí?

Ambos miran a Indira, que los observa con seriedad. Por el lenguaje corporal de los dos hombres tiene claro qué sucede, pero le cuesta creer que estén a punto de liarse a tortas en plena comisaría.

—He preguntado que si pasa algo.

—¿Te liaste el otro día con él, Indira?

La pregunta tan directa de Moreno hace que Indira se gire hacia su ex y le mire con censura, alucinada por que se lo haya contado. Alejandro traga saliva, abochornado.

—Yo solo he dicho que nos tomamos una copa. Y ha sido porque él ha insinuado que anoche tuvisteis algo en Córdoba.

Iván se encoge de hombros.

—Yo le he informado de que anoche se nos hizo tarde, pero investigando.

—¿Quién coño se cree eso? —pregunta Alejandro.

—Que tú tengas la mente calenturienta no es mi problema, abogado. Igual es de juntarte con violadores y pederastas.

Alejandro está a punto de perder los papeles y lanzarse contra él. Indira se percata y se interpone entre los dos.

—¡¿Queréis dejar de comportaros como críos, joder?!

—¿Sabes cuál es la diferencia entre tú y yo? —insiste el policía ignorando a Indira—. Que yo me dedico a coger asesinos para que después vengas tú a ponerlos en la calle con tus putas alegaciones de mierda.

—Se llama justicia, ¿te suena?

—Sois patéticos. Los dos.

Ambos se vuelven hacia Indira. Van a justificarse, pero por la cara de decepción con que los mira saben que no serviría para nada.

—Estaba pasándolo fatal porque de no tener a nadie creía haber encontrado a dos hombres que merecían la pena y no sabía

qué hacer —continúa—, pero resulta que sois dos simples maca-
rras. Y sí, para que os enteréis bien, me he follado a los dos. Y
tampoco ha sido nada del otro mundo.

Indira se marcha. Iván y Alejandro se miran, temiendo que,
en realidad, esa batalla la acaban de perder los dos.

# 79

A pesar de las protestas de los padres de Valeria, que querían una ceremonia por todo lo alto en la basílica de Nuestra Señora del Pilar, en el mismo barrio de La Recoleta donde ellos residían, la boda entre Antonio Anglés y Valeria se celebró por lo civil en el Ayuntamiento de Buenos Aires. Antonio temía que una unión religiosa pudiera levantar la liebre sobre su verdadera identidad y decidió ser cauto. Y a Valeria, atea como era, no le importó que la casase un concejal.

Lo que el señor Godoy no consintió fue que no se celebrase un banquete como Dios manda y, aunque consiguieron contenerle, cincuenta invitados selectos acudieron al restaurante elegido preguntándose quién era ese chico que había logrado meter la cabeza en una empresa valorada por aquel entonces en varios millones de dólares. Antonio pasó toda la noche nervioso, temiendo que haberse convertido en el centro de atención fuese una imprudencia que terminaría acabando con él; pero lo cierto es que ni su propia madre podría reconocerle después de tanto tiempo, vestido con un elegante traje de lino, moviéndose con tanta seguridad entre invitados de clase alta e incluso conversando en perfecto inglés con alguno de ellos.

Los recién casados pasaron quince días en un bungaló en Bora Bora, donde hicieron el amor varias veces al día, hicieron excursiones y hasta consiguieron hacer amigos, y donde Antonio Anglés volvió a creer que era una persona normal. Una vez de vuelta en Buenos Aires, su responsabilidad en la empresa fue aumentando cada día hasta que, tres años después, entrado el año 2009, coincidiendo con el primer embarazo de Valeria, sustituyó a su suegro en la dirección. A la madre de su mujer apenas le dio tiempo de conocer a su primera nieta, ya que le detectaron un cáncer que acabó con ella en un par de meses. Su marido, destrozado por la pérdida, solo encontró consuelo en compañía de su nieta, Claudia, y, cuatro años después, de su nieto, Toni. Pero poco a poco se fue abandonando hasta que una mañana ya no quiso despertar.

Durante todos aquellos años, el monstruo volvió a estar dormido y Anglés lo atribuyó a que por fin había encontrado su lugar en el mundo; estaba casado con una buena mujer, mantenía con ella un sexo sano y abundante, y era feliz viendo crecer a sus hijos. Algunas veces observaba dormir a Claudia, temiendo que cualquier día pudiera mirarla como a las demás niñas que habían pasado por su vida, pero para su alivio eso nunca sucedió. Los problemas empezaron cuando, a la inflación descontrolada argentina, hubo que sumarle un par de malas inversiones que Antonio había hecho.

—¿Qué querés decir con que ha ido mal, Jorge? —preguntó Valeria asustada.

—No creo que haya que ser muy lista para entenderlo, Valeria. El dinero que había invertido en la rehabilitación de ese edificio se ha ido a la mierda.

—¿De cuánta plata hablás?

—Un millón de dólares.

Valeria palideció. Desde que había muerto su padre las cosas habían ido de mal en peor, pero eso suponía la puntilla para su economía.

—¿Qué vamos a hacer ahora, Jorge?

—Yo creo que lo mejor es que vendamos lo que queda, antes de que su valor siga cayendo, y que nos marchemos del país. Tal vez a Panamá, a Guatemala...

—¡Yo no pienso criar a mis hijos en Panamá o en Guatemala, Jorge!

—Entonces ¿dónde sugieres que vayamos, Valeria? ¡Como no nos larguemos de aquí, en un par de años no nos quedará nada!

—Vayamos a España.

—No.

—Vos sos medio gallego, amor. Allí saldremos adelante.

Antonio dudó. Hacía un par de años que el crimen por el que estaba en busca y captura había prescrito y podía presentarse en cualquier comisaría sin temor; pero, aunque fuese libre, su vida, si daban con él, sería un infierno. Sin embargo, tampoco podía negar que soñaba con regresar después de tanto tiempo huyendo por medio mundo. Pasó varios meses meditando qué hacer, buscando algún lugar alternativo en el que empezar una nueva vida —la cuarta o quinta para él—, pero seguía llegando a la conclusión de que el mejor lugar para criar a sus hijos era España. Se trataba de una locura, pero decidió complacer a su mujer, convencido de que, con otro nombre y otra educación, nadie le reconocería.

Valeria y él vendieron lo poco que quedaba de la empresa y el chalé de sus suegros en el barrio de La Recoleta y, el 2 de febrero de 2016, cuando su hija Claudia iba a cumplir siete años y su hijo Toni tres, aterrizaron en el aeropuerto Adolfo Suárez Madrid-Barajas procedentes de Buenos Aires.

# 80

Desde que visitaron el restaurante en el que Héctor Ríos cenó la noche de su asesinato, el oficial Jimeno y la subinspectora Ortega se han centrado en buscar mujeres policía de entre veinticinco y treinta y cinco años que usen la misma pistola con la que se cometió el crimen, pero siguen siendo demasiadas y, hasta el momento, todas las que han comprobado conservan los trece cartuchos en su cargador.

—Y, además, la mayoría están buenas, tiene narices —dice Jimeno mirando las fichas en la pantalla del ordenador—. Yo no entiendo cómo todavía no he encontrado novia en el cuerpo.

—Porque hablas de nosotras como si fuésemos trozos de carne —responde Ortega combativa—, por eso mismo.

—Oye, yo soy de todo menos machista.

—Entonces empieza por dejar de clasificar a las mujeres por si están buenas o no, Jimeno.

Este decide no entrar en terrenos pantanosos y calla, pero lo cierto es que no comprende por qué nunca llama la atención de ninguna de sus compañeras; vale que no es guapo como pueda serlo el inspector Moreno, pero tampoco es grotesco y, aparte de ser un chico limpio, educado e inteligente, es una pieza fundamental en uno de los mejores equipos policiales de toda España. La única que le hizo caso fue la más atractiva de todas, pero su relación con la agente Navarro se limitó a una simple noche.

Él intentó prorrogarla, pensando que, con el tiempo, conseguiría que se enamorase de él, pero Lucía decidió ser sincera:

—Te quiero muchísimo, Óscar, pero no de la misma manera que tú a mí. Lo de la otra noche fue solo sexo y no me arrepiento, pero jamás se volverá a repetir. Espero que, cuando superes el despecho, podamos seguir siendo igual de amigos que antes.

Y lo superó, no le quedó otra.

La subinspectora Ortega resopla frustrada y se levanta de la silla.

—Me voy a comer abajo, ¿vienes?

—No, gracias. A mí el sitio ese de las ensaladas me parece lo más triste del mundo.

—Llevo el móvil por si pasa algo, ¿vale?

Jimeno asiente y sigue repasando fichas. Justo cuando llega a la de su compañera Lucía Navarro, esta llega con un papel en la mano.

—¿Qué haces mirando mi ficha? —pregunta tensa.

—Nada, perder el tiempo... ¿Fuiste al médico?

—Sí.

—¿Y?

—Me ha dicho que tengo estrés y que debería cogerme unos días de vacaciones. De hecho, es lo que acabo de hacer —dice mostrándole el papel—. Me voy esta misma noche a pasar unos días a una casa rural.

—¿No decías que te estabas guardando las vacaciones para irte un mes entero a hacer yoga a Tailandia? —se sorprende.

—He cambiado de planes.

—Así que te largas y nos dejas a María y a mí con todo el marrón, ¿no? Los jefes han confiado en nosotros y nos lo jugamos todo con este caso, Lucía.

—Necesito estar tranquila, Óscar. Tú mismo llevas días diciéndome que tengo muy mala cara, ¿o no?

—Pareces una muerta.

—Pues eso... ¿Qué os han dicho en el restaurante?

—No demasiado. Héctor Ríos solía ir todos los jueves a cenar con una chica, pero no nos han dado ninguna pista por la que poder reconocerla.

—Encontraréis algo, ya lo verás.

—Me jode tener que admitirlo, pero me da que nuestro primer caso se va a quedar sin resolver.

Escuchar eso a Lucía le alivia, aunque sigue pensando que lo mejor es quitarse de en medio hasta que de verdad lo archiven como no resuelto.

—Entonces ¿te vas a una casa rural?

—Sí, a la de Sepúlveda, en la que estuvimos todos juntos después del confinamiento.

—¿Y qué vas a hacer allí sola?

—Pues no lo sé, Óscar. Tomar el aire, pasear, descansar, leer un par de buenas novelas... —responde mientras recoge sus cosas—. Como dijo María esta mañana, lo primero es mi salud. Y ahora necesito cuidarla porque si no, voy a petar.

—¿No me vas a contar qué te pasa, Lucía?

—Que estoy atravesando una mala racha, nada más. Pero no es grave, de verdad.

—Como quieras. Pásalo bien.

—Descuida.

Lucía se va a marchar, pero se detiene a su lado y, sin saber por qué lo hace, le besa en la mejilla con cariño. Inicia la salida sin ver cómo el oficial Jimeno no le quita ojo, pero sintiendo su mirada clavada en la nuca hasta que sale por la puerta. El oficial la conoce mejor que nadie y le da rabia que no confíe en él y le cuente qué la atormenta tanto, pero sospecha que es algo mucho más serio de lo que ella quiere mostrar. Suspira resignado y vuelve a su ordenador.

# 81

Indira analiza con detenimiento cada hoja de lechuga de su ensalada César antes de llevársela a la boca ante la atenta mirada de la subinspectora María Ortega, que siente una enorme incomodidad al descubrir que la dueña del restaurante y el cocinero observan a la inspectora con inquina desde detrás de la barra.

—Sabes que eso que haces les sienta fatal, ¿verdad? —dice María.

—¿El qué? —pregunta Indira desconcertada.

—Revisar tan descaradamente cada plato que te sirven, Indira. Les estás llamando guarros a la cara.

—En el noventa por ciento de los restaurantes no lavan bien las verduras, por lo que, aparte de fertilizantes, abonos y pesticidas, no es raro encontrarse bichos vivos.

—Y, en tu caso, algún escupitajo. No me extrañaría que fuese lo primero que hace el cocinero al recibir tu comanda. Y lo tendrías bien merecido.

A Indira se le quita de golpe el apetito y retira el plato con asco. Tuerce el gesto cuando ve que entra Moreno y va a sentarse a otra mesa con varios compañeros. Lo que más le fastidia es que no parece demasiado afectado por el encontronazo que tuvieron hace unas horas.

—¿Problemas? —pregunta Ortega, perspicaz.

—Prefiero no hablar de ese gañán, María. —Indira observa cómo su amiga juguetea con el pan y llena la mesa de migas—. ¿Te importaría dejar el pan tranquilito, por favor?

—Mira que tocas las narices, ¿eh?

—Lo siento. ¿Hay alguna novedad sobre el asesinato de Héctor Ríos?

—No mucho —la subinspectora resopla frustrada—. Pensamos que la chica con la que salía es la misma policía que le mató, pero no es más que una teoría poco consistente. Ya se ha dado orden al resto de comisarías de Madrid para que los responsables hagan las comprobaciones pertinentes, pero todavía no han localizado ningún cargador al que le falte un cartucho.

—Yo de ti me olvidaría de eso, María. Si el asesino ha sido tan cuidadoso como para limpiar de huellas la escena del crimen y llevarse la tarjeta de la cámara de seguridad, no creo que vaya a cometer un error tan estúpido. Lo más seguro es que ya haya repuesto la bala.

—¿Algún consejo? Porque ya empezamos a estar un poco desesperados.

—Mantened los ojos bien abiertos, nada más. Recuerda que el crimen perfecto no existe, así que en algún lado tiene que haber una pista. Hay que estar atenta y no dar nada por hecho.

La subinspectora Ortega asiente.

—¿Y vosotros? ¿Habéis encontrado algo?

—Estamos igual: empezando a desesperarnos.

—¿Sigues pensando que la mujer de Antonio Anglés no tenía ni idea de que estaba casada con un asesino?

—Sí..., aunque alguna vez tuvo que ver, intuir o imaginarse algo extraño, María. Creo que la clave de todo está ahí. Por muy frío que sea, no me creo que actuase igual una noche normal que otra que se había cargado a alguien.

—En ese caso, deberíais volver a hablar con ella.

—Eso mismo pienso hacer. Si Moreno te pregunta, dile que no tienes ni idea de adónde he ido, ¿vale?

Indira se levanta y sale del restaurante. María, acostumbrada a los arrebatos de su jefa, se limita a coger la ensalada que ha dejado casi sin tocar.


—Ya le dije todo cuanto sé, inspectora —dice Valeria. En el ambiente se percibe la preocupación y el miedo de esta mezclados con un denso olor a tabaco.

—Lo que necesito que me cuente ahora no es lo que sabe, Valeria, sino en lo que ha pensado en estos últimos días —responde Indira—. En algún momento tuvo que tener una intuición que ahora cobre sentido, una sospecha, algo.

—En estos últimos días solo pienso en cómo mis hijos y yo vamos a salir de este quilombo.

—Será más sencillo si su marido jamás abandona la cárcel, pero para eso necesito que se concentre. ¿Nunca llegó a casa con una actitud distante o más excitado o agresivo de lo habitual?

—Mi marido nunca fue cariñoso, pero tampoco me trató mal.

—¿Apareció alguna vez con la ropa rota o manchada de sangre?

—No, que recuerde.

—¿Alguna vez desapareció sin que usted supiera dónde se había metido?

—No.

—¿Nunca dejó de saber de él durante al menos cinco o seis horas?

—No..., salvo cuando llevaba a nuestro hijo al fútbol y no tenía noticias de ellos en todo el día, o cuando...

—¿Cuándo...?

—Cuando le salía alguna obra fuera de Madrid. En ese caso podía pasar tres o cuatro días fuera de casa y solo teníamos contacto cuando llegaba a su hotel.

—¿Cuántas veces sucedió eso?

—No lo sé. Tres o cuatro al año.

—Necesito conocer los sitios exactos en los que estuvo trabajando desde que llegó hace seis años. En algún lugar habrá una relación de las obras que le hacían desplazarse a distintos puntos de España.

—Eso tendrá que pedirlo en la empresa. Yo no sé de esas cosas.

—En los papeles de la empresa no aparece nada relacionado con esos viajes, Valeria. Tiene que haberlo organizado él. ¿No tiene una caja fuerte que no haya declarado o algún otro lugar donde pueda haber guardado esos papeles?

—No, que sepa.

—Piense, Valeria. Si no le atrapamos ahora, podríamos tardar otros treinta años en conseguirlo. Tiene que echarme una mano, por el bien de todos, para que pueda protegerla a usted y a sus hijos.

Valeria no duda de parte de quién está, pero no tiene ni idea de cómo averiguar lo que la inspectora Ramos le pide. De pronto, se le ocurre algo y apaga su cigarrillo sobre las colillas de los anteriores, con determinación.

—Quizá en la aplicación en la que reservaba nuestras vacaciones.

—¿Tiene la clave?

—Si no la ha cambiado, son las iniciales de nuestros hijos seguidas por sus años de nacimiento.

Valeria abre el portátil que hay sobre la mesa y escribe. Aunque Indira no se siente cómoda haciendo eso sin una orden judicial, sabe que las opciones de atrapar a Antonio Anglés disminuyen a medida que pasa el tiempo.

# 82

Poner de acuerdo dentro de la cárcel a asesinos, pederastas, ladrones, traficantes, estafadores, proxenetas, mafiosos y a algún que otro guardia es más complicado que lograr que se entiendan el Gobierno y la oposición. Solo es posible si existe un objetivo común, y en este caso es alguien por el que todos allí dentro sienten un odio y un rechazo inconmensurables:

—Ese malnacido de Anglés no puede salir vivo de aquí —dice un hombre plagado de tatuajes con el que nadie, ya esté dentro o fuera de la ley, querría cruzarse.

—El problema es que los guardias le hacen de niñeras las veinticuatro horas —responde un chico joven con unas enormes gafas que tiene pinta de estar allí por haber sisado unas monedas del bolso de su abuela.

—¿Y su compañero de celda? —pregunta un chico con una cresta y múltiples perforaciones en las orejas—. ¿Ese no podría encargarse?

—Es viejo y débil y, si falla, no habrá otra oportunidad —asegura un hombre de más de dos metros y ciento veinte kilos con acento de algún país del Este.

—Hay que esperar a que Raúl esté de vigía —dice un colombiano al que el humo de su cigarro se le escapa por la cicatriz que le atraviesa la cara—. Mis hombres se ocuparán de hablar con él.

—¿Quién lo va a hacer? —pregunta un hombre tímido que fuma de forma compulsiva.

Todos se miran, pero a pesar de las ganas de ver muerto al monstruo que parece manchar la buena reputación de los presos de esa cárcel, ninguno se ofrece como voluntario. Seguramente todos disfrutarían hundiendo una y otra vez en el cuello de Antonio Anglés un pincho fabricado con alambres arrancados de la valla, pero piensan en las consecuencias; por muy atroz que haya sido el delito que han cometido los allí presentes, la máxima pena que cumplirán será de veinte años, pero un asesinato a sangre fría transformaría sus condenas en la temida prisión permanente revisable. Al fin, el matón del Este da un paso al frente.

—Nosotros nos encargamos, pero lo haremos a nuestra manera.

—No... A Antonio Anglés tiene que matarle un español.

Todos se giran sorprendidos hacia el fumador compulsivo, un hombre incapaz de mirar a nadie a los ojos desde que salió en los periódicos por violar a su propio sobrino de doce años. No se queja de su destino, él sabe que lo merece, pero lo cierto es que nunca había quebrantado la ley, ni siquiera se había planteado hacerlo. Aquella noche llegó pasado de coca y sucedió, sin más. Solo tiene la esperanza de limpiar algo su nombre cuando se sepa que él es el asesino del monstruo. Tal vez así se le recuerde por eso y no por lo que hizo a un niño inocente.

—Ese Anglés no es un güevón —protesta el colombiano—. No podemos dejarlo en manos de un violapelados.

—Yo lo haré —insiste con firmeza—. Si me dejáis a solas con él, os juro que no fallaré.

—Por la cuenta que te trae —zanja el de los tatuajes.


Antonio Anglés lleva días sospechando que algo se cuece en prisión, y no hay que ser muy listo para intuir que de una u otra manera esto le atañe. De momento, ha solicitado que se lleven a su compañero de celda porque no se fía de sus intenciones. Aunque en principio la dirección de la cárcel se negó porque el detenido estaba sometido al protocolo antisuicidios, tuvieron que ceder.

—Si quiero estar solo es precisamente para no aparecer ahorcado en mi celda —argumentó cargado de razón.

Sale al patio una hora todos los días, cuando el resto de presos están en sus respectivas actividades. Es la única manera de proteger su integridad física, pero la soledad empieza a pasarle factura. Con los únicos que ahora tiene contacto es con los funcionarios, y ellos no suelen darle conversación. Aún le pesa la visita de Valeria. Por una parte, se ha sentido liberado al poder confesarse después de toda una vida escondiéndose, pero ante ella sintió una vergüenza que no conocía de antes. Ver a un monstruo reflejado en sus ojos le dolió.

Da vueltas alrededor del patio y tira un par de veces a una canasta un balón despeluchado que ha quedado abandonado, pero lo suyo no son los deportes y deja que se aleje botando. Al pasar junto al huerto donde los del taller de jardinería plantan las verduras que solo ellos tendrán derecho a probar, el más anciano de los presos, un hombre que entró en prisión pasados los setenta por disparar al conductor borracho que mató a su nieta, se queda mirándole desde el otro lado de la valla.

—¿Qué miras, viejo? —pregunta Anglés provocador.

—Tienes cara de muerto —contesta el anciano.

—¿Qué?

El hombre le sonríe y sigue aplicando una capa de mantillo bajo las tomateras para mantener la humedad y evitar que las plantas sean atacadas por alguna plaga. Anglés mira precavido a su alrededor para comprobar que no le acecha ningún peligro, pero el patio sigue siendo solo para él y los guardias que a pesar de las miradas de desprecio que le dedican, siguen ahí vigilantes.

Lo que Antonio no sabe es que, junto a la puerta del gimnasio, oculto detrás del contenedor donde se guardan las pesas y el resto de material deportivo, está el fumador compulsivo. Varios presos y algún guardia se han organizado para dejarle ahí. A él no le importa no volver a salir a la calle; no soportaría hacerlo y tener que mirar a sus hermanos y a sus padres a la cara. Prefiere morir allí dentro. Aprieta con fuerza el pincho en su mano hasta detener su circulación sanguínea. El alambre trenzado tiene un mango hecho con esparadrapo robado de la enfermería cuyas últimas capas han puesto de cara para que el agarre sea mejor. En cuanto pase por su lado, se lo hundirá en el cuello todas las veces que pueda antes de que los guardias caigan sobre él. Para asegurarse el éxito, necesita que sean al menos tres, aunque, si acertara en la yugular de primeras, con una sería suficiente. La ahora víctima está a diez metros y el fumador se prepara para atacar. Cuando está a cinco, se abre la puerta de la galería y se asoma uno de los guardias.

—Anglés, tienes que entrar.

—Solo llevo diez minutos en el patio —protesta.

—Me suda la polla lo que lleves. Tienes una llamada del juzgado.

Anglés masculla algún insulto y vuelve sobre sus pasos. El fumador tarda unos segundos en reaccionar, los suficientes para que el guardia le vea salir de su escondite y logre dar la voz de alarma:

—¡Cuidado!

Antonio siente un agudo dolor, pero se ha girado a tiempo para que sea en el hombro y no en el cuello. Cuando el fumador va a hacer su segundo intento, el guardia le hace un placaje y ambos ruedan por el suelo. Mientras Antonio Anglés corre despavorido tapándose la herida con la mano, el fumador llora en el suelo.

—¡Se merecía morir, joder! ¡Se merecía morir!

Ninguno de los guardias que han llegado hasta él y le inmovilizan se atreve a quitarle la razón.

# 83

Durante el primer mes tras su regreso a España, Anglés apenas salió del chalé que habían alquilado en una zona residencial de la capital. Se arrepentía a todas horas de haber cedido para ir a meterse en la boca del lobo, pero en cuanto empezó a relacionarse con sus vecinos se dio cuenta de que nadie le reconocería ni aun teniendo delante una foto del Antonio Anglés de 1992. Lo único que les extrañaba era que fuese mexicano, pero el leve deje argentino que había adquirido durante la década que vivió en Buenos Aires alejaba todas las suspicacias.

Al final, aunque tanto la empresa como la casa de La Recoleta habían sido malvendidas deprisa y corriendo, habían podido llegar a España con suficiente dinero para mantener el nivel de vida que llevaban hasta entonces, pero los fondos se iban agotando a marchas forzadas. Antonio decidió montar otra empresa igual que la que había dirigido en los últimos años, y, a pesar de que los comienzos fueron difíciles debido a la forma tan diferente de hacer las cosas que había en ambos países, le surgieron encargos que harían que la economía familiar reflotara. En el año 2018, la empresa de reformas cerró con un beneficio neto de un cuarto de millón de euros. Fue en aquel momento cuando pudo empezar a prepararse por si algún día las cosas se torcían. Entre otras acciones, investigó varios bufetes hasta que dio con uno en el que trabajaba el abogado que quería que llevase su caso si su historia salía a la luz. Se llamaba Alejandro Rivero y entablaron cierta amistad sin que el abogado supiese que las atenciones de su cliente tenían un objetivo oculto. Cuando ya tuvo atado eso, quiso comprobar cómo estaba la vida que había abandonado hacía veintisiete años.

A Neusa Martins, la madre de los Anglés, se le notaba el sufrimiento en cada poro. De los diez hijos que parió, cada uno de los ocho que llegaron a la edad adulta le dio suficientes disgustos para acabar con cualquier madre normal, pero ella siguió adelante con los dientes apretados, dejándose la piel en innumerables trabajos que le permitieran poner un plato de comida sobre la mesa que rara vez le agradecía nadie. El que más dolor le había causado era, sin duda, Antonio, pero no solo por lo que les había hecho a aquellas pobres niñas, sino por cómo se había comportado con sus hermanos y con ella hasta el día en que desapareció. En parte, lo sucedido aquella lejana noche de invierno le mejoró la vida, porque dejó de ser maltratada por el más violento de sus hijos.

El coche de alta gama desentonaba en Albal, un pequeño municipio de la Comunidad Valenciana que limita con Catarroja, Beniparrell, Silla, Valencia y Alcàsser, lugares en los que el apellido Anglés seguía provocando rechazo y temor a partes iguales, tanto que todos los hermanos del asesino decidieron eliminarlo. Desde entonces, en sus carnés de identidad solo aparecía Martins. Antonio había averiguado que, tras la muerte, años atrás, de su hermano Ricardo a causa de una neumonía, solo Enrique y Roberto seguían viviendo con su madre. Algunos hermanos más, dirigidos por Mauricio, tenían varios negocios que les permitían vivir con comodidad, entre otros un restaurante, una empresa constructora y varias gasolineras. Pero a la que mejor parecía haberle ido era a Kelly. Después de huir de su apellido por medio mundo como si ella hubiera sido la ejecutora de las tres niñas, regresó a España para dejar a todos con la boca abierta al presentarse, en el año 2012, a las pruebas de un conocido *talent show* televisivo. Risto Mejide, uno de los jueces de aquel programa, ignorando que estaba frente a la hermana del mismísimo Antonio Anglés, sentenció que su actuación le había hecho pasar vergüenza ajena. Viendo que su futuro no estaba encaminado hacia el mundo del espectáculo, Kelly se dedicó a hacer inversiones inmobiliarias que le permitieron amasar una considerable fortuna.

Después de media hora aparcado a varias decenas de metros de la casa de tres plantas en la que vivía la matriarca del clan, Antonio empezó a ponerse nervioso; no le gustaba estar en un lugar en el que aún le seguían quedando cuentas pendientes, ni tampoco cerca de quien podía reconocerle y dar la voz de alarma, por mucho que hubiese cambiado en las tres últimas décadas. Cuando ya decidió marcharse y dejar atrás aquella vida que nada tenía que ver con la que llevaba junto a su esposa y sus dos hijos, la vio salir de casa. Neusa había envejecido mal, como no podía ser de otra manera, pero Antonio no sintió ninguna lástima. Había pensado plantarse frente a ella y decirle que estaba vivo, y que aunque ella manifestó en diferentes entrevistas que deseaba que no fuera así, él sabía que mentía. Neusa pasó junto a su coche hablando sola, mascullando que estaba harta de todo y que cualquier día se largaba de vuelta a Brasil, y Antonio puso la mano en la manija de la puerta. Cuando la iba a abrir para descubrirse, se arrepintió. La verdad es que no tenía nada que decirle a esa desconocida, y menos a los ingratos de sus hermanos, que le habían despreciado públicamente después de todo lo que hizo por ellos. Volvió a llevar la mano al volante y arrancó el coche para marcharse de allí para siempre.

De regreso a Madrid, Antonio salió de la autopista para comer algo en Motilla del Palancar, un municipio de alrededor de seis mil habitantes en la provincia de Cuenca. Cuando la antigua

Nacional III atravesaba el pueblo, era parada obligada de los madrileños que iban a la playa y de los jóvenes que hacían la ruta del bacalao los fines de semana. Pero desde que construyeron la A-3 se convirtió en otro pueblo fantasma. Nada más coger el desvío, vio a dos chicas de unos quince años haciendo autoestop y sintió aquella punzada en el estómago.

—¿Adónde vais? —preguntó bajando la ventanilla.

—Al pueblo. ¿Nos llevas?

—Subid.

Una era tímida y la otra descarada, intentando aparentar muchos más años de los que en realidad tenía. Aquella, que mascaba chicle desenvuelta, no le interesó ni lo más mínimo a Anglés, pero era la que respondía a sus preguntas.

—¿Soléis hacer dedo?

—A veces.

—No quiero parecer un abuelo, pero deberíais tener cuidado. Os podría coger alguien con malas intenciones.

—Estaría dabuti, porque los chicos del pueblo son unos setas.

La chica tímida se rio del comentario de su amiga en el asiento de atrás y Antonio Anglés se encaprichó al instante de ella. Se sorprendió imaginando cómo le magrearía los diminutos pechos, que se le marcaban debajo de una camiseta sobre la que había una cadena de oro con un crucifijo.

—¿No habéis oído hablar de las niñas de Alcàsser? —preguntó sin saber muy bien por qué lo hacía.

—Pues no, ¿quiénes son?

—Tres niñas de vuestra edad que hacían autoestop y a las que mataron.

Las dos niñas le miraron asustadas. Antonio sonrió.

—Por suerte para vosotras, yo no pienso haceros nada. ¿Dónde os dejo?

—Aquí mismo, gracias.

Anglés detuvo el coche en la entrada del pueblo y observó a través del retrovisor cómo las niñas atravesaban la calle y entraban en el jardín de una casa vieja que había sido reformada reciente-mente. A pesar de que no había comido nada desde que salió de Madrid aquella mañana y estaba muerto de hambre, dejó atrás el pueblo, huyendo de unos deseos que sabía que serían muy difíciles de extirpar.

# 84

—Este caso es de los dos, Indira. —El inspector Moreno va muy mosqueado al encuentro de la inspectora Ramos cuando la ve entrar en comisaría—. Y tienes que mantenerme informado de todo lo que hagas.

—¿Quién te ha dicho que estaba haciendo algo referente al caso? —pregunta Indira sin detenerse a hablar con él—. Puede que estuviera en la peluquería.

—No te hagas la lista conmigo; aparte de que sé que te cortas tú el pelo porque te dan grima las peluquerías, un periodista me ha informado de que has ido a ver a Valeria —responde Iván, siguiéndola—. ¿Para qué?

—Si eres capaz de dejar a un lado los problemas personales que podamos tener tú y yo, te lo cuento.

—Yo no tengo ningún problema contigo, si acaso serás tú.

Indira se muere de ganas de echarle en cara que le contase a Alejandro lo que pasó en Córdoba, pero se contiene y, al entrar en la sala de reuniones, le tiende unos papeles que saca del bolso.

—¿Qué es esto?

—Una relación de los hoteles en los que Antonio Anglés ha estado alojado en estos últimos seis años. El único momento en que Valeria le perdía de vista era cuando iba a visitar alguna de sus obras y estoy segura de que aprovechaba esos viajes para cometer sus crímenes.

—Ya hemos repasado todos los casos abiertos y no hemos encontrado nada, Indira.

—Pues tenemos que ampliar los parámetros de búsqueda y centrarnos en un radio de veinte o treinta kilómetros partiendo de esos hoteles.

—¿A qué te refieres con ampliar los parámetros de búsqueda?

—A que no podemos buscar solo asesinatos de chicas adolescentes, Iván. Miremos con lupa todos los crímenes que haya sin resolver. Me da igual que sea un camello, una señora mayor o un chico de veinticinco años.

—Hasta donde sabemos, ese hijoputa tiene preferencia por las niñas.

—Yo en algún lado he leído que también tenía tendencias homosexuales. De hecho, los investigadores del caso Alcàsser averiguaron que solía acudir a unos recreativos de Valencia donde chicos jóvenes ofrecían servicios sexuales a maduritos, incluso estaban convencidos de que entre él y Miguel Ricart había algo más que una amistad.

—¿Crees que esto servirá para algo? —pregunta Iván.

—No tengo ni idea, pero yo lo quiero intentar. ¿Compruebas tú la mitad y yo la otra mitad?

El inspector Moreno acepta. En realidad, solo hay algo que le guste tanto como pasar un rato de ocio junto a Indira Ramos: trabajar mano a mano en el mismo caso, discutiendo cada detalle con alguien con un talento excepcional. La inspectora le sonríe, haciendo ver que se alegra de que vuelvan a investigar juntos, como si escuchara lo que piensa de ella porque opina justo lo mismo de él. Se sientan a sus ordenadores y repasan cada caso sin resolver que haya ocurrido cerca de los lugares en los que se alojó Anglés, pero ninguno susceptible de analizar coincide en el tiempo en el que el asesino estuvo cerca del lugar en cuestión. Indira se sorprende observando a su compañero, que revisa de forma concienzuda cada expediente. Piensa que, si estuviera siempre así de calladito, querría pasar su vida junto a él. El problema es que normalmente habla de más. Ya están a punto de rendirse cuando Iván se revuelve en su asiento.

—Un momento...

—¿Qué pasa?

—A ver si te encaja esto: Marta García, quince años, desaparecida en septiembre de 2018 y encontrada en un pozo unos meses después. Había sido violada anal y vaginalmente después de ser torturada.

—¿Anglés estaba cerca en esa época? —pregunta Indira contenida.

—Eso es lo mejor de todo: estaba construyendo un chalé a menos de veinte kilómetros de distancia del lugar de la desaparición.

—¿Cómo no lo habíamos visto antes? —pregunta la inspectora Ramos con el vello de punta.

—Porque hay un pequeño inconveniente.

—¿Cuál?

—Que no es un caso sin resolver, Indira. Se detuvo a un hombre de cincuenta años, se le juzgó y se le condenó a treinta años de cárcel.

—Puede que se haya condenado a un inocente. No sería la primera vez.

—No..., aunque ese tal Dámaso Flores de inocente tiene poco. Ya había cumplido varias condenas por violación y se encontraron en su poder pertenencias y ropa que la niña llevaba el día de su desaparición.

Indira no sabe qué decir. Si ese hombre fue condenado, es que las pruebas en su contra eran sólidas, pero algo le dice que la proximidad de Antonio Anglés y las lesiones de esa niña no pueden ser una simple coincidencia.

# 85

Aquella tarde, antes de encontrarse con la agente Lucía Navarro, Héctor Ríos pidió a la enfermera que le dejase a solas con su esposa. Giró la cara de Elena con delicadeza para que esta apartase por un momento la mirada del televisor, donde emitían un concurso de preguntas y respuestas que ella veía como si lo pudiese entender.

—Escúchame un momento, Elena.

Ella le escudriñó sin reconocerle, aunque enseguida algo estableció conexión dentro de su cerebro y sonrió.

—Héctor...

—Sí, amor mío. Solo he venido para decirte cuánto te quiero.

—Yo también a ti.

—Lamento mucho no haberte podido cuidar un poquito mejor, Elena, pero quiero que sepas que siempre te he tenido en mis pensamientos.

Elena se dejó besar en la mejilla y volvió a centrarse en el televisor. Héctor fue a la habitación de su hija. Esta acababa de terminar un trabajo de ciencias para el cole y procedió a explicárselo con todo lujo de detalles. Su padre la escuchó pacientemente, le dijo que la quería más que a nadie en el mundo y le hizo prometer que siempre cuidaría de su madre.

—Pues claro, papá —dijo la niña abrazándole, sin darse cuenta de que a él le resbalaba una lágrima por la mejilla.

—Me ducho yo primero y voy poniendo un par de copas, ¿vale? —dijo Héctor nada más entrar en el *loft*.

A Lucía le pareció bien y, mientras él entraba en el baño, ella fue preparándolo todo para la sesión de aquella tarde. Cuando el arquitecto regresó con una toalla alrededor de la cintura, vio que sobre la cama había un par de juguetes y varias esposas.

—No toques nada —dijo ella.

—Descuida. Aunque miedo me das...

Lucía se rio, le besó y entró en el baño. En cuanto se quedó solo, a Héctor se le borró la sonrisa y fue hacia la cama. Levantó la almohada y encontró la pistola de su amante. Como siempre que iban a jugar con ella, estaba descargada. Dudó, pero volvió a resonar en su cabeza la cláusula del seguro de vida por valor de tres millones de euros a favor de su mujer y de su hija que había contratado hacía dos años y que, de llevar a cabo su plan, las salvaría del embargo y de la ruina:

> Las consecuencias de siniestros causados voluntariamente por el propio asegurado (incluyendo el suicidio durante los tres primeros años) quedan excluidas durante toda la vigencia del contrato de seguro.

Abrió el cajón de la mesilla y encontró el cargador. Sacó una bala y la metió en la recámara. No le gustaba implicar a Lucía en aquello; desde que la conoció, se había portado de maravilla con él, pero necesitaba que su muerte pareciese un asesinato y que jamás fuese resuelto, y sabía que Lucía era la única que podría lograrlo. Lo pasaría muy mal durante un tiempo, pero, siendo joven y fuerte, terminaría superándolo. Solo esperaba que fuese pronto.

A la media hora, Lucía volvió a la habitación vestida con un conjunto de lencería negro, medias con ligueros y unos zapatos de tacón de aguja.

—Yo ya estoy lista.

Como era habitual, no se entretuvieron en charlar ni en tomar las copas que había preparado Héctor. Después de algunos juegos, la policía cogió las esposas.

—Dame las manos.

Héctor obedeció y Lucía le esposó por las muñecas al cabecero de la cama. Se quitó la ropa y se subió a horcajadas sobre él. Deslizó la mano por debajo de la almohada y sacó su pistola. Se la pasó por la cintura, por el pecho y por el cuello. El cañón pugnó por entrar en su boca.

—Ábrela.

Héctor abrió la boca y Lucía le introdujo el cañón, haciéndolo chocar con sus dientes. Él protestó y sonrió con tristeza: la imagen con la que iba a despedirse de este mundo no podía ser mejor.

—Me voy a correr —dijo él con dificultad.

—Ni se te ocurra. Espera un momento

Cuando, después de unas cuantas embestidas, Lucía iba a llegar al orgasmo, apretó el gatillo.

# 86

La subinspectora Ortega y el oficial Jimeno han agotado las líneas de investigación en el asesinato de Héctor Ríos. Ya se han revisado todas las armas de las policías que trabajan en Madrid y no han encontrado ningún cargador incompleto. Lo único que han podido averiguar es que el arquitecto había perdido casi todo su dinero en una inversión fallida, pero el seguro de vida que tenía contratado ha dejado a su mujer y a su hija con las espaldas bien cubiertas.

—Joder —dice la subinspectora contrariada mientras repasa los informes del caso—. Para una vez que nos dejan al cargo de una investigación, no somos capaces de resolverla.

—Esto no lo hubiera resuelto ni Hércules Poirot, María —responde Jimeno.

—Y encima Lucía se larga de vacaciones en el peor momento...


La agente Lucía Navarro lleva dos días encerrada en la casa rural de Sepúlveda. Aunque, como le dijo a Jimeno, pensaba pasear, tomar el aire y leer, no es capaz de hacer otra cosa que no sea mirar hacia la puerta esperando ver entrar a una unidad de los geos para detenerla por asesinato. Pero pasan las horas y no sucede nada, salvo que su culpa se agranda por momentos; tantas horas a solas y sin nada que hacer solo sirven para devanarse los sesos, y cada cosa que se le ocurre es peor que la anterior.

Cuando se decide a salir, camina sin rumbo fijo hasta que llega a la ermita de San Frutos, una construcción románica del siglo XII situada en uno de los meandros que forman las hoces del río Duratón. Al mirar a su alrededor, ve uno de los paisajes más bonitos que recuerda: las ruinas de la capilla se encuentran al borde de un profundo acantilado sobre el serpenteante río, en cuyas paredes —algunas de más de cien metros de altura— anida una numerosa colonia de buitres leonados. «Qué sencillo sería acabar con todo», piensa Lucía. Baja hasta el pequeño cementerio que hay junto a la ermita y se asoma al vacío. Una piedra se desliza por la pendiente y tarda casi cinco segundos en chocar contra las rocas de la orilla y partirse en dos. Cinco segundos y se habría acabado todo el sufrimiento, la culpa y la vergüenza.

Por fin, cuando ya no esperaban recibir ninguna buena noticia, la subinspectora Ortega y el oficial Jimeno tienen un golpe de suerte: la secretaria de Héctor Ríos, revisando las carpetas de su ordenador, ha encontrado una que quizá les pueda ayudar en la identificación de la misteriosa mujer con la que quedaba desde hacía meses.

—Esto me da un poco de apuro —dice la secretaria cuando los recibe—. Me parece que estamos invadiendo la intimidad del señor Ríos.

—Al señor Ríos ya no creo que le importe —replica la subinspectora—, pero estoy segura de que él querría que atrapásemos a su asesino, ¿no le parece?

—Sí, supongo que sí.

—Pues enséñenos lo que ha encontrado, por favor.

—Está bien... Tenía que cerrar todos los asuntos que había dejado pendientes y he encontrado una carpeta con algunas fotos... comprometedoras.

—¿Dónde está?

—Aquí...

La carpeta en cuestión se titula simplemente «L». Cuando la subinspectora va a abrirla, Jimeno la detiene.

—¿No deberíamos pedir una orden? A ver si, al hacerlo por las bravas, nos cargamos las pruebas.

—Estamos más cerca que nunca de resolver este caso, Jimeno. Además, contamos con el permiso de la secretaria personal de Héctor Ríos. —Se vuelve hacia ella—. ¿No es así, señora?

—Sí, claro...

—Entonces no hay nada más que hablar.

La subinspectora Ortega abre la carpeta y encuentra en su interior cuatro archivos jpg. Cliquea sobre el primero de ellos y se abre la imagen de una mujer de espaldas, desnuda, pero no se le ve la cara y es imposible reconocerla. En la segunda de ellas está de frente, aunque se tapa la cara con una almohada de la misma cama del *loft* del paseo de la Habana donde fue asesinado el señor Ríos. La mujer de las imágenes tiene un cuerpo perfecto, fuerte, tal y como lo había descrito el camarero del restaurante Salvaje.

—Espero que en las otras dos se vea algo más —dice Jimeno.

—Veamos.

En la tercera fotografía se ve a la misma mujer vestida con un conjunto de cuero, con una fusta, unas esposas en una mano y una máscara que le cubre toda la cara. Al abrir el último de los cuatro archivos, se ve a la mujer de frente y desnuda, con sus genitales expuestos sin pudor y con la cabeza cortada.

—Mierda... —dice la subinspectora contrariada—. Con esto no vamos a poder identificarla en la vida.

El oficial Jimeno calla al mirar la última de las fotografías. Cuando las envíen al laboratorio y analicen cada píxel en busca de alguna pista, descubrirán que en la ingle hay un pequeño tatuaje de una media luna. Tampoco será determinante, puesto que habrá millones de mujeres con uno parecido, aunque a él le ha dado un vuelco el corazón. Su compañera lo percibe.

—¿Pasa algo, Jimeno?

—Nada —se apresura a responder—. Solo que, como has dicho, con este material no vamos a poder identificar a nadie.

# 87

El centro penitenciario de Cuenca es una cárcel pequeña en la que el trato entre presos y funcionarios es mucho más cercano que el que se da en las macroprisiones. Antes de encontrarse con Dámaso Flores, el hombre condenado por la violación y asesinato de la joven Marta García, los inspectores Ramos y Moreno solicitan hablar con la psicóloga de la prisión.

—Si el juez dijo que era culpable es porque lo sería —sentencia la psicóloga, una mujer de mediana edad que, debido a la naturaleza de sus pacientes, procura estar alerta en todo momento.

—Lo que dijo el juez ya lo sabemos. Lo que nos interesa ahora es conocer su opinión personal —dice Indira.

—¿De manera extraoficial?

—Por supuesto.

—Lo único que puedo decirles es que Dámaso no es un buen hombre. Es un machista, maltratador, manipulador y violador confeso de varias jóvenes, aunque es cierto que él sigue manteniendo su inocencia en el crimen de Marta García.

—¿Cree que dice la verdad? —pregunta Iván.

—No tengo ni la más remota idea, inspector. Yo solo sé que no me gustaría encontrarme con ese hombre en la calle. Aquí está controlado, pero estando en libertad yo le veo capaz de cualquier cosa.

La actitud de Dámaso Flores es la de alguien que, como ha dicho la psicóloga, está justo en el lugar que le corresponde. Nada más entrar en la sala de visitas, mira rijoso a Indira. A ella le causa rechazo físico presenciar cómo el violador se pasa la lengua por unos labios cubiertos de llagas y de saliva seca.

—Qué asco, joder —dice en voz baja, apartando la mirada.

—Tranquila —responde su compañero—. No dejaré que te bese.

A pesar de las circunstancias, Indira sonríe y se pregunta cómo pueden existir en el mismo mundo dos hombres tan diferentes como Iván y el recluso, que ya ha llegado hasta los policías y se sienta con descaro, sin esperar a ser invitado.

—Estaba echándome la siesta —dice sin dejar de mirar a la inspectora—. ¿A santo de qué coño me interrumpen?

—Soy el inspector Moreno y ella la inspectora Ramos —dice Iván mientras ambos le enseñan sus placas—. Tenemos que hablar con usted sobre su implicación en el asesinato de Marta García.

—Mi implicación es una mierda, porque yo no la maté.

—Por eso estamos aquí, señor Flores —Indira se suma a la conversación—, porque queremos que nos cuente lo que sabe.

—Ya se lo conté al juez, y mire para lo que sirvió.

—Se lo vamos a decir muy clarito: nosotros no estamos convencidos de su culpabilidad en ese caso, así que, si quiere que le ayudemos, responda a nuestras preguntas.

A Dámaso le repatea que una mujer le hable así, pero no es tan estúpido como para no ver la posibilidad de salir de aquel lugar antes de lo previsto y asiente.

—Bien. Entonces ¿usted no mató a Marta García?

—No.

—¿La conocía?

—La había visto varias veces por el pueblo.

—¿Alguna vez había pensado en hacerle algo?

El violador duda.

—Responda a la puta pregunta —Moreno le presiona— o nos largamos ahora mismo y dejamos que se pudra aquí dentro.

—Sí... La veía pasar casi todos los días por mi calle y alguna vez pensé que no me importaría hacerle un favor. En los últimos tiempos la niñita se había desarrollado bastante bien.

—¿Y qué le hizo contenerse?

—Que vivíamos en el mismo pueblo y que no tardarían ni una hora en ir a por mí. Hay miles de chicas como ella en otros muchos lugares —añade sonriendo y mostrando unos dientes sombreados de marrón nicotina.

Indira contiene la repulsa que le produce.

—Hablemos de la desaparición de Marta. ¿Aquel día la vio?

—No... —responde dubitativo.

—¿No?

—No lo tengo claro. Yo estaba en casa comiendo cuando escuché a alguien hablar en la calle. Me pareció que era su voz, pero al asomarme a la ventana solo vi un coche que se alejaba. Creo que ella iba dentro.

—¿Cómo sabe eso?

—Porque en el suelo estaba su mochila con sus libros y un jersey dentro. Salí a cogerla y eso fue lo que me metió en este lío.

—¿Por qué?

—En la tele no hacían más que hablar sobre esa niña y, cuando la zorra de mi hermana encontró sus cosas en mi habitación, llamó a la Guardia Civil. Esos cabrones siempre me han tenido ganas y no me dejaron ni explicarme.


—¿Qué te parece? —pregunta Indira a Iván en cuanto salen del centro penitenciario y vuelven a entrar en el coche.

—Lo que ha contado tiene cierto sentido, pero de un tío como ese no podemos fiarnos una mierda.

—Opino lo mismo que tú.

—¿Entonces?

—¿El pueblo de la niña queda muy lejos de aquí?

—A poco más de cincuenta kilómetros —responde el inspector Moreno tras consultarlo en su teléfono—. Ya que estamos, deberíamos acercarnos.

# 88

Se sea o no creyente, nadie puede negar que hay cosas que están escritas, y el destino de la niña que Antonio Anglés había conocido en Motilla del Palancar era una de ellas. Pasaron varios meses sin que se acordase de ella, pero una terrible casualidad hizo que le encargasen construir una vivienda en Villanueva de la Jara y una mañana se encontró a algo menos de veinte kilómetros del lugar donde la había recogido haciendo autoestop junto a su amiga. Los dos primeros días evitó acercarse al pueblo, pero su deseo de volver a verla era tan fuerte que al tercero ya estaba vigilando la casa en la que había visto entrar a las dos chicas. Sin embargo, quien salió fue la más descarada. Antonio la siguió hasta el Instituto de Educación Secundaria Jorge Manrique y se marchó en busca de un buen lugar al que llevar a su presa, pues ya no concebía un fracaso. Regresó a la hora de comer y al fin la localizó. Las niñas a esas edades pueden cambiar muchísimo en un par de meses, y ese había sido el caso. Ya no había en ella rastro de la inocencia que tanto atrajo a Anglés, y lo que antes eran unos incipientes pechos infantiles se habían convertido en los de una adolescente bastante desarrollada. El asesino se sintió decepcionado, pero no tanto como para decidir cambiar de objetivo.

La niña se marchó calle abajo acompañada por otras tres chicas, entre ellas la amiga que él ya conocía. Al llegar a un cruce, dos tomaron una dirección, la otra la contraria y la presa de Anglés continuó en línea recta. Cuando la vio desviarse por una calle solitaria en la que había varios descampados junto a algunas casas viejas, se aproximó y detuvo el coche a su lado.

—Hola —Antonio esbozó una amable sonrisa mientras bajaba la ventanilla del copiloto—. ¿Sabes dónde se coge el desvío hacia Valencia?

—Tienes que volver a salir a la carretera y, en la rotonda, tiras a la derecha.

—Perdona, pero no te oigo. ¿Te importa acercarte un poquito?

La niña dudó, pero ese hombre le resultaba familiar y se acercó.

—Decía que tienes que volver a la carretera principal y...

En cuanto la tuvo a tiro, Anglés le clavó una jeringuilla en el cuello. Ya había usado ese método en Buenos Aires, cuando secuestró para violar y matar a aquel chico rubio. Y tampoco ahora le falló. Al instante, a la niña se le nubló la mirada y le flojearon las piernas. Antonio evitó que se desplomase agarrándola por las solapas de la chaqueta vaquera que vestía y la introdujo en el coche por la ventanilla. Cayó sobre el asiento y se le cerraron los ojos, sin que pudiera emitir sonido alguno más alto que un leve quejido. Anglés subió la ventanilla y salió a la carretera. La única muestra que reflejaba lo que allí había pasado era la mochila llena de pines que quedó abandonada en el suelo y de la que asomaban varios cuadernos, un libro de física y química y un jersey de color negro.


Al volver en sí, la niña sintió ese frío húmedo que producen las piedras desnudas de cualquier sótano. Tardó unos segundos en ubicarse y recordar lo que había pasado. Al ir a levantarse para huir, se dio cuenta de que estaba atada a una vieja silla de metal. Quiso gritar pidiendo ayuda, pero de entre las sombras salió Antonio Anglés poniéndose unos guantes de látex.

—No te esfuerces en gritar, Marta —se adelantó—. Aquí nadie te puede escuchar.

—¿Cómo sabes mi nombre?

Anglés le mostró una pulsera de cuero que le había arrancado de la muñeca y en la que se leía su nombre.

—¿Qué vas a hacerme?

—Supongo que aún eres demasiado pequeña para imaginarlo, ¿no?

—No me hagas daño, por favor —rogó aterrorizada, temiéndose lo peor.

—Tú no te acordarás, pero el día en que nos conocimos te hablé de unas niñas que habían muerto en un pueblo de Valencia.

—Tú eres... el que nos cogió en la carretera.

—El mismo. Y lamento decirte que a aquellas niñas de las que vosotras nunca habíais oído hablar las maté yo.

A algunos asesinos y violadores lo que más les excita es escuchar las súplicas de sus víctimas mientras las someten, pero a él tanto grito le impedía concentrarse y disfrutar de su obra. La golpeó tan fuerte mientras le chillaba que se callase que la niña perdió el conocimiento. Cuando volvió a despertar, estaba desnuda sobre una manta y tenía al monstruo encima. La había penetrado mientras estaba inconsciente y Marta no sintió el dolor agudo de la primera vez al romperse su himen, pero sí otros, más intensos, en muchas partes de su cuerpo: aparte de las heridas producidas por sus puños y por las cuerdas de las ataduras, sufrió la amputación de un pezón, un desgarro anal de más de diez centímetros y varias decenas de cuchilladas en la espalda y en las piernas. Nada que Anglés no hubiese hecho antes.

Cuando quedó satisfecho, limpió el cadáver de forma concienzuda, lo despojó de pulseras, collares y cadenas, lo envolvió en un trozo de tela que nunca tocó con sus manos desnudas y lo llevó en el maletero de su coche hasta un pozo sellado que había encontrado en la cercana localidad de Gabaldón. Cinco meses después, un agricultor se percató de que el agua con la que regaba sus cosechas estaba contaminada y dio aviso al Ayuntamiento, que procedió a examinar los pozos en busca de algún animal muerto. Lo que encontraron fue a la niña motillana a la que con tanta insistencia habían tratado de encontrar durante los últimos tiempos. Debido a la humedad, el cadáver se había saponificado parcialmente y se podían apreciar sus lesiones con claridad. A pesar de eso, no había en él ningún rastro que pudiese conducir a la policía hasta el culpable.

# 89

Entrar en la casa de una víctima siempre es un momento difícil, pero si, además, se trata de una niña de quince años, resulta insoportable. Al dolor hay que sumar el resentimiento que suele tener la familia, que en ocasiones considera que la policía no la protegió lo suficiente. Da igual que les intenten explicar que los asesinos cada vez saben hacer mejor su trabajo y que las series, las películas y las novelas en las que se explica al detalle la labor policial no ayudan a los investigadores.

—Sentimos muchísimo su pérdida —le dice Indira a una madre que no ha logrado apaciguar el dolor ni la ausencia que siente desde el mismo día en que encontraron a su niña en aquel pozo—. Solo necesitamos hablar con ustedes unos minutos.

—Mi mujer y yo estamos intentado superar aquello, agentes. —El padre se une a la conversación saliendo de la cocina con una lata de cerveza en la mano, a la defensiva—. El de nuestra hija es un caso cerrado y así queremos que siga.

La inspectora Ramos y el inspector Moreno cruzan sus miradas. No suelen descubrir a las primeras de cambio sus cartas, pero tampoco se sienten cómodos ocultándole información a unos padres que han sufrido tanto. Es Moreno quien decide sincerarse.

—No tenemos más que una sospecha, pero si hemos venido hasta aquí es porque aún quedan algunos cabos suelos.

—¿Qué cojones de cabos sueltos? —el padre se revuelve con los ojos encendidos—. Ese malnacido de Dámaso violó y mató a Marta y ya se está pudriendo en la cárcel por ello.

—Es cierto que las pruebas apuntan en su contra, pero nos han surgido algunas dudas.

—¿De qué está hablando?

—Por la forma en que murió su hija y por las lesiones que tenía —responde Indira—, creemos que el culpable pudo ser Antonio Anglés.

Los padres de la niña se estremecen. Están enterados por la autopsia de cuánto sufrió Marta antes de morir, pero saber que estuvo en manos de ese depravado se les hace insoportable. La madre se lleva las manos a la cara, llorando e invocando a un Dios que no ha tenido piedad con ellos. El padre se sienta a su lado y le pasa el brazo por los hombros.

—Dígannos qué podemos hacer.

—Supongo que no recuerdan haberse cruzado con él en alguna ocasión, ¿verdad? —pregunta el inspector Moreno mostrándoles la foto policial de Anglés en la actualidad.

—Yo llevo viéndole en las noticias desde que le cogieron y no me resulta familiar —responde el padre negando con la cabeza.

—A mí tampoco. —La madre analiza la foto, como si no la hubiera visto ya mil veces en televisión.

—¿Su hija no les comentó que había conocido a alguien de fuera del pueblo?

—¿Tienen ustedes hijas, agentes?

La pregunta de la madre deja descolocados a los policías. Ambos responden afirmativamente con un movimiento de cabeza y la madre continúa:

—Entonces sabrán que a los quince años una niña no suele hablar de sus cosas con sus padres, por mucha confianza que se les dé.

—La que más la conocía era su amiga Vanesa —añade el padre, que está de acuerdo con su esposa—. Lo mejor es que le pregunten a ella.

—Ahora que lo pienso, creo que este tío nos llevó en su coche —dice la amiga de Marta mirando la foto de Anglés.

—¿Os llevó? —pregunta la inspectora, sorprendida.

—Ha pasado mucho tiempo, pero juraría que unos meses antes de lo de Marta nos recogió junto a la autopista y nos acercó al pueblo. Nos dio un poco de mal rollo.

—¿Por qué?

—Porque empezó a decirnos que no deberíamos hacer autoestop, que a unas niñas de no sé dónde las habían matado por eso. Creo que eran las niñas esas de Valencia de las que ahora se habla tanto.

Aunque los dos policías creen en lo que les cuenta la chica, no serviría para atrapar a Anglés, y menos después de haberle enseñado una foto del sospechoso; cualquier abogado que se precie alegaría que estaban guiando su declaración.

—¿Qué recuerdas del día de su desaparición?

—De ese día poco, porque tuvimos clase y solo nos vimos en el recreo. Nos hicimos una foto, ¿quieren verla?

—Por favor.

Vanesa saca su móvil y busca en la galería evitando que los policías vean lo que tiene guardado; tratándose de una chica de diecinueve años, podría haber cualquier cosa. Tras unos segundos de búsqueda, encuentra la imagen en cuestión. En ella se ve a las dos amigas abrazándose mientras se hacen un selfi. Es una foto normal de dos chicas haciendo el tonto.

—¿Puedo? —pregunta Indira quitándole el móvil sin esperar que le dé permiso.

Primero amplía sus ojos y, salvo porque son muchísimo más claros que los de sus padres, no encuentra nada llamativo en ellos; después amplía su pelo, y tampoco le dice nada; por último amplía su pecho y ve que, a través de la abertura de la camisa, asoma algo que no se distingue con claridad.

—¿Qué tiene debajo de la camisa?

—El crucifijo que siempre llevaba puesto —responde Vanesa asomándose a la pantalla—. Démelo, seguro que se ve mejor en otra foto.

La chica recupera el móvil y busca en la galería. Enseguida encuentra otra fotografía de Marta, y esta vez tiene el crucifijo fuera del jersey.

—Dios mío... —dice la inspectora Ramos al verlo.

—¿Qué pasa? —pregunta Moreno.

—Este crucifijo... es el mismo que llevaba la hija de Anglés.

—¿Estás segura de eso, Indira?

—Se lo vi puesto el día que fuimos a interrogar a su madre.

—Ya es nuestro.

La felicidad que sienten al saber que por fin han encontrado la prueba que condena al monstruo se convierte en rabia y decepción cuando llaman a la comisaría y les dan la peor noticia que podrían recibir:

—Antonio Anglés ha sido liberado hace una hora —dice el inspector Moreno con cara de circunstancias y el teléfono en la mano.

V

# 90

De alguien que ha causado tanto daño en su vida se espera cierta tolerancia al dolor, pero Antonio Anglés patalea, llora y pide a gritos anestesia mientras le hacen la cura de la herida del hombro. Aunque ha tenido suerte y el fumador compulsivo no le ha seccionado ningún tendón, el pincho ha entrado con tanta fuerza que ha atravesado el músculo, ha arañado el húmero y ha salido por la axila. Le desinfectan y curan la herida, se la vendan y le devuelven a su celda. Allí le está esperando el director de la cárcel, un hombre de sesenta años con aspecto de buena persona, pero que sabe muy bien con qué tipo de hombres trata a diario. Revisa con detenimiento el comunicado que Anglés ha redactado con la intención de leer ante la prensa en cuanto tenga oportunidad.

—Menuda sarta de mentiras... —dice agitando el papel y volviendo a dejarlo sobre la mesa—. ¿De verdad piensas que alguien se va a creer que tú no has matado a una mosca y que solo escapaste por miedo?

—Me da igual lo que se crean o no, es la verdad. Yo me fui de España porque sabía que me iban a cargar el muerto.

—Los muertos —corrige el director—. Tres niñas de quince años que no tenían culpa de nada. Yo tengo una nieta de esa edad, ¿sabes?

Anglés evita responder. No es que le importe lo que pueda pensar ese hombre de él, pero el director de una cárcel tiene a mano todas las herramientas necesarias para hacerle todavía más difícil su estancia allí. Lo que no sabe es que ya se acabó:

—Recoge tus cosas.

—¿Por qué?

—Justo antes de que te atacasen en el patio llamaron del juzgado para decretar tu puesta en libertad. Al final te has salido con la tuya.


A la misma hora en que la inspectora Indira Ramos y el inspector Iván Moreno salen de visitar a Dámaso Flores en el centro penitenciario de Cuenca y se dirigen a casa de Marta García para hablar con sus padres y con su amiga Vanesa, Antonio Anglés formaliza el papeleo para recuperar su libertad. Debido a la congregación de medios de comunicación y de manifestantes en el exterior de la cárcel para protestar contra el excarcelamiento del criminal, las autoridades han decidido trasladarle de incógnito en un furgón policial hasta la misma comisaría donde le llevaron al detenerle para evitar un más que seguro atentado contra él. Allí le está esperando Alejandro Rivero, que habla con la subinspectora Ortega, el único miembro del equipo de Indira Ramos que se encuentra en ese momento. Al ver llegar a su cliente con una sonrisa de suficiencia, el abogado se acerca a él disimulando su animadversión.

—Buen trabajo, Alejandro —dice Anglés satisfecho—. Sabía que había elegido al mejor abogado posible.

—Desde este mismo momento, dejo de ser tu abogado. No me alegro de haber conseguido la libertad para ti. Has hecho que aborrezca mi profesión.

—Tampoco será para tanto —Antonio le quita importancia y busca con la mirada—. ¿No está la inspectora Ramos? Me encantaría despedirme de ella.

—Te vas a quedar con las ganas, porque ha tenido que desplazarse a Cuenca.

Antonio Anglés palidece. No puede ser casualidad que haya ido justo allí, tan cerca del lugar donde cometió su último crimen, hace ya tanto tiempo que, cuando le detuvieron, la idea de repetirlo empezaba a hacerse fuerte en su cabeza.

—Espérate aquí que ahora te dan la documentación y podrás largarte —continúa el abogado.

—¿Mi mujer está avisada?

—Por supuesto que sí..., pero ni te vendrá a buscar ni la vas a encontrar en casa —añade como un pequeño triunfo—, porque se ha largado muy lejos de ti.

Alejandro se marcha y Antonio Anglés se ve por primera vez sin vigilancia. Aunque debe esperar a que le den los papeles que certifican su exoneración de cualquier responsabilidad en el crimen cometido en noviembre de 1992, tiene la certeza de que pronto podrán acusarle de otro del que no escapará tan fácilmente. Sería una temeridad arriesgarse a seguir allí cuando la inspectora Ramos y el inspector Moreno regresen de su visita a Cuenca, así que su huida comienza de cero una vez más. Lo bueno es que ahora no será todo tan improvisado: llevaba años preparándose para este momento.

Sale a la calle con una gorra de la policía que encuentra sobre una mesa, con sus gafas de sol y con una mascarilla que, desde la pandemia, ha pasado a formar parte de la indumentaria habitual de mucha gente. Para un taxi y le pide que le lleve a la calle de Honrubia, en el barrio de Vallecas. Durante el trayecto mantiene la cabeza gacha y, a pesar de que el taxista lleva todo el día escuchando hablar en la radio de la liberación de Antonio Anglés, no se imagina que está en el asiento trasero. Cuando llega a su destino, entra en un garaje que tiene alquilado y baja a la segunda planta. En la plaza 244 hay una moto de gran cilindrada tapada con una lona. La retira y comprueba que, dentro del casco que está guardado bajo el asiento, hay una mochila que contiene una gran suma de dinero en euros y en dólares, un estuche de cuero lleno de diamantes que podrá canjear en cualquier parte del mundo, documentación falsa, una pistola y un teléfono móvil.

Cuando la inspectora Ramos descubre que Anglés se llevó el crucifijo de Marta García para regalárselo a su hija Claudia y el inspector Iván Moreno llama a la comisaría para informar de que por fin tienen una prueba que relaciona al asesino con un crimen que todavía no ha prescrito, él ya va en su moto camino de Fuenlabrada.

# 91

Indira e Iván entran en la comisaría desencajados. La congoja de pensar que han vuelto a perder a Anglés justo cuando habían descubierto cómo atraparle se mezcla con la indignación por no haber sido avisados de su inmediata puesta en libertad. Se dirigen a la subinspectora María Ortega y al abogado Alejandro Rivero, que hablan junto a la mesa de la policía también con el ánimo por los suelos.

—¿Cómo coño has permitido que le suelten? —pregunta Indira a su ex a bocajarro.

—Yo no tenía nada que permitir, Indira. Si tienes alguna queja, háblalo con el juez, porque yo me he enterado muy poco antes que vosotros.

—Puede que haya sido el juez, sí —Moreno se enfrenta a Alejandro—, pero porque tú le habrás mandado uno de esos putos alegatos de picapleitos solicitándolo.

—Eso no es demasiado justo, Moreno —la subinspectora Ortega sale en defensa del abogado—. Aquí cada uno hace su trabajo lo mejor que puede.

Las buenas intenciones de la subinspectora no sirven de nada cuando la hostilidad entre los dos hombres trasciende lo laboral. La que mejor lo sabe es Indira e intenta tranquilizarse.

—¿Qué ha pasado, Alejandro?

—Todavía no lo tengo claro, pero se rumorea que el juzgado de Alzira no ha remitido el exhorto a tiempo y el juez ha querido evitarse una denuncia por prevaricación.

—Joder... ¿Es verdad que lo han traído aquí?

—Había tal alboroto en la prisión —Ortega lo confirma asintiendo— que decidieron que se hiciese aquí el papeleo.

—Encima le protegemos, somos gilipollas. —Moreno cabecea para sí—. Deberían haberle dejado en la puerta de la cárcel y que se las arreglase él solito.

—Por una vez, estamos de acuerdo —dice Alejandro.

—¿Dijo algo antes de marcharse? —pregunta Indira.

—Nada —responde la subinspectora Ortega—. Robó una gorra de la mesa del agente Sáenz y se marchó sin recoger los documentos que declaraban prescritos sus posibles delitos.

—¿Por qué se largó tan deprisa, si ya no tenía nada que temer? —se extraña la inspectora Ramos.

—De eso quizá tenga yo la culpa —responde Alejandro apurado—. Me preguntó por ti y le dije que habías ido a Cuenca. No tenía ni idea de lo que estabais haciendo allí, pero supongo que él sí.

—Eres un poco bocazas, abogado —dice Iván incisivo.

—Déjalo estar, Iván —Indira templa—. Lo que tenemos que hacer es detener a Anglés y confiar en que, esta vez sí, se pudra en la cárcel.

—El problema es que, conociéndole, llevará años preparando esta fuga, Indira —dice el abogado—. Si fue tan previsor como para buscar un abogado años antes de que le detuvieran, no creo que improvisase en todo lo demás.

—No. —Moreno está de acuerdo—. A estas alturas ese hijo de puta ya puede estar hasta fuera de España.

—Solo lleva un par de horas en paradero desconocido, Moreno —señala la subinspectora Ortega—. En cuanto vosotros llamasteis contándonos lo del crucifijo, tramitamos la orden de detención y al poco rato llamó un taxista para decir que había recogido a un hombre en la puerta de la comisaría y que lo había llevado a

Vallecas. Por la hora y la descripción, se trataría de Anglés. Hemos mandado allí a una patrulla, pero de momento no han encontrado nada.

—Sigue cerca, estoy segura —afirma Indira convencida—. ¿Su mujer y sus hijos están a salvo?

—Valeria denunció que Anglés la había amenazado durante una visita a la cárcel y los han llevado a un lugar seguro.

Indira frunce el ceño como hace siempre que trama algo. Sus compañeros saben que puede haber tenido una buena idea, pero también que, sea lo que fuere lo que se le haya ocurrido, supondrá problemas.

—¿Dónde están? Necesito hablar con Valeria de inmediato.

—Eso tendrás que preguntárselo a tu comisario, porque a mí todavía no me han informado de manera oficial —dice Alejandro.

Indira sube a ver al comisario. Aunque él sabe lo injusto que es, culpa a la inspectora de los palos que se está llevando por no haber logrado encontrar a tiempo la manera de encerrar a Antonio Anglés para siempre. Indira se defiende diciendo que ella y Moreno han hecho todo lo posible y que sospecha que todavía sigue en Madrid.

—Debemos encontrarle antes de que vuelva a desaparecer, comisario.

—No estamos cruzados de brazos, Indira. Ya hacemos controles en las principales vías de salida de Madrid y están avisados en las fronteras. Y eso sin contar con los helicópteros que están peinando las carreteras, que ya verás a quién van a pedir responsabilidades cuando haya que pagar todo ese despliegue.

—Todo eso está muy bien, pero no es suficiente. Necesito ver a Valeria Godoy cuanto antes.

—Esa mujer y sus hijos ya han sufrido bastante. Dejémosla en paz hasta que vuelvan a Argentina.

—Ella me dio la pista de lo de la niña de Motilla del Palancar y puede que también sepa dónde se oculta su marido. Estamos perdiendo un tiempo muy valioso.

Como a casi la mayoría de los policías que tratan con ella, tampoco al comisario le ha caído nunca bien Indira, a pesar de que lo había olvidado en sus tres años de ausencia. Pero sabe que no ha perdido el instinto y necesita ponerse en sus manos; si Antonio Anglés volviese a desaparecer, su cabeza sería la primera en rodar.

# 92

El polígono industrial Cobo Calleja surgió en la década de 1970 entre las localidades de Fuenlabrada y Pinto. Aunque al principio albergó todo tipo de empresas nacionales, a partir de la inauguración de la plaza de Oriente, en el año 2011, se convirtió en el mayor centro de importación y distribución de productos chinos en España. Se calcula que hay alrededor de cuatrocientos negocios regentados por ciudadanos chinos, que dan trabajo a más de diez mil ciudadanos del gigante asiático, aunque solo una tercera parte de ellos están legalmente contratados. Muchos viven hacinados en habitaciones excavadas debajo de los almacenes, y se dice que algunos llevan años sin ver la luz del sol.

En un lugar en el que la policía ni tiene efectivos suficientes ni tiempo para dedicarse a desalojar viviendas ilegales, Antonio Anglés decidió construir su escondite. Compró a nombre de una sociedad un pequeño almacén alejado de la zona más concurrida, llevó en una furgoneta el material que necesitaba y contrató a una cuadrilla de chinos para que construyeran un apartamento en el que ocultarse alrededor de seis meses sin necesidad de salir para nada. A ninguno de aquellos trabajadores le extrañó el encargo de aquel español; pensaron que sería para alojar a más compatriotas a los que esclavizar. Lo que sí les llamó la atención fueron los lujos que reclamaba, que consistían en un baño completo, una cocina equipada con todo tipo de electrodomésticos, una habitación, un salón y un pequeño gimnasio.

Antonio abrió la puerta de un garaje anexo a la vivienda, metió la moto y la orientó hacia la salida por si tuviera que volver a dejarlo todo atrás de manera precipitada. Se duchó, se puso ropa cómoda y se sirvió un vaso de whisky. Hacía pocos años que había aprendido lo que era disfrutar de una copa, nada que ver con el alcohol que se metían por litros sus hermanos o Miguel Ricart. Siempre deseó plantarse frente a ellos y catar un buen vino como le habían enseñado a hacer en una bodega del condado de Napa, en California, uno de los lugares que había visitado durante su estancia en San Francisco. Se caerían de culo al ver que él, a diferencia de todos ellos, había conseguido dejar de ser un cateto y un fracasado.

Enciende el televisor y comprueba que, como ya sospechaba, la inspectora Ramos y el inspector Moreno han logrado relacionarle con el asesinato de Marta García, aunque los periodistas no tienen claro de qué manera, ni a él tampoco se le ocurre cómo; creía no haber dejado ninguna pista. Ya sabía que su vida sería muy difícil al salir de prisión, pero esto lo ha complicado todo. Llevaba mucho tiempo concienciándose de que algo así podría pasar, aunque ahora que ha llegado el momento siente un vacío enorme.

«Según nuestras informaciones, la esposa de Antonio Anglés, Valeria Godoy —comenta una de las reporteras que hacen guardia frente a los juzgados de Plaza de Castilla, atestados de gente protestando por lo que consideran un error judicial que se veía venir y que se podía haber evitado—, es la que ha puesto a los investigadores tras la pista de la niña motillana asesinada en 2018. Fue ella quien dijo a la policía que su marido había estado trabajando en las mismas fechas en una obra a muy pocos kilómetros de donde Marta García desapareció al volver del colegio. Recordemos que por aquel crimen fue condenado Dámaso Flores, pero se han encontrado pruebas que apuntan al asesino de las niñas de Alcàsser como presunto culpable. Antonio Anglés ya está de nuevo en busca y captura».

Antonio estampa furioso el vaso de whisky contra la pared e insulta a su esposa, indignado por que le haya traicionado de esa manera. De pronto la ve en la imagen saliendo de casa junto a sus hijos y varios agentes, mientras el presentador, ya en el plató, comenta que la mujer y los dos niños entrarán en un programa de protección de testigos hasta que se localice al fugitivo, al que buscan incansablemente en todas las carreteras, fronteras, bodegas de barcos o cajas de camiones que salen de España. Para la Policía y la Guardia Civil, la primera fuga del asesino fue una espina que piensan quitarse, cueste lo que cueste. Antonio Anglés mira a sus hijos con el corazón encogido, temiendo que no podrá volver a verlos nunca más.

# 93

Indira e Iván aguardan en el salón del pequeño apartamento al que han llevado a Valeria y a sus hijos. Enseguida aparece la mujer de Anglés con un vestido que ya le queda varias tallas grande.

—Podían haber sido un poco más delicados con lo de mi hija —dice a modo de reproche—. ¿Tienen idea del estado en el que quedó después de saber que llevaba el crucifijo de una niña muerta?

—Lo sentimos mucho —responde Indira comprensiva—. Tuvimos que mandar a alguien a buscarlo mientras llegábamos de Cuenca para que se lo llevase al juez y revalidase la orden de busca y captura contra su marido.

—Ese malnacido no es mi marido, inspectora. Yo me casé con un hombre bueno llamado Jorge Sierra.

—Eso era un disfraz tras el que se ocultaba un asesino en serie despiadado, Valeria. Lamento ser tan directa, pero esa es la única verdad.

La mujer se sienta junto a ellos, saca un cigarrillo y trata de encenderlo, pero su mano tiembla tanto que el inspector Moreno se hace con el mechero y le da lumbre.

—Gracias —dice exhalando el humo de la primera calada como si de verdad el chute de nicotina sirviese para arreglar algo su situación—. ¿Es seguro entonces que también mató a esa niña?

—Los padres de Marta García deberán reconocer el crucifijo, pero no tenemos ninguna duda —responde Moreno.

—¡Qué hijo de puta! —Valeria no puede contener las lágrimas—. ¿Cómo voy a vivir con eso sobre la conciencia? ¿Cómo carajo van a vivir mis hijos?

—La única manera es que nos ayude a atraparlo —dice Indira.

—Ya les he dicho todo cuanto sé.

—Necesitamos que nos diga si conoce algún lugar en el que pudiera estar escondido en estos momentos.

—¿Qué sé yo? Quizá hasta ya se haya marchado de España.

—No. Sigue aquí. Creemos que ni siquiera ha salido de Madrid.

—¿Nunca le habló de adquirir alguna propiedad? —pregunta Moreno—. Dedicándose a las reformas, no sería raro que hubiese comprado alguna casa antigua para rehabilitarla él mismo.

—Hace un par de años quiso invertir en un chalé en una urbanización allá por Cádiz, pero necesitaba mucha obra y lo descartó.

—Eso no nos sirve. Tiene que ser más cerca. En Segovia o en Toledo como muy lejos.

—No me suena.

—Debe esforzarse un poco más, Valeria —Indira la presiona—. Seguro que hay algo de lo que le hablase. ¿Nunca le mencionó algún lugar en el que quisiera jubilarse llegado el momento?

—No...

—Aunque no le parezca importante. Díganos lo que sea.

—¡No me dijo nada, joder! —Valeria explota—. ¿Vos te creés que si supiera algo no se lo diría, cuando llevo semanas sin dormir porque temo por mi vida y por la de mis hijos?

Valeria se derrumba y llora angustiada.

# 94

En cuanto ha escuchado que alguien llamaba a la puerta de la casa rural, la agente Lucía Navarro ha tenido claro que todo se había acabado. La única manera de evitar enfrentarse a lo que hizo era lanzándose al vacío en las Hoces del Duratón, pero ha ido con esa intención tres mañanas seguidas y en ninguna ha reunido el suficiente valor. Frente a ella se encuentra el oficial Jimeno con la expresión ambigua que lleva ensayando desde que cogió el autobús en la avenida de América con destino a Sepúlveda.

—¿Puedo pasar?

Lucía se limita a franquearle el paso en silencio. Lleva tanto tiempo esperando este momento que no quiere entretenerse ni un segundo en hablar de cómo están las cosas por la comisaría o de si Indira e Iván han conseguido atrapar a Antonio Anglés. A Óscar también le ha costado varios días decidirse a ir a verla, pero ya no podía retrasarlo más.

—¿Qué estás haciendo aquí, Óscar? —pregunta con una mínima esperanza de que se trate de una visita amistosa.

—Supongo que ya lo sabes, ¿no?

—¿Debería?

—No juegues conmigo, por favor. Ya he entendido por qué tienes tan mala cara desde el día siguiente del asesinato de Héctor Ríos, por qué te pusiste así cuando supiste que íbamos al restaurante y por qué te has escondido aquí.

Lucía suspira, vencida.

—¿Cómo lo has averiguado?

—Porque te conozco lo suficiente para saber que te pasó algo que te ha jodido la vida. Después solo he necesitado unir las piezas del puzle.

—Esto es lo malo de trabajar con amigos —dice ella esbozando una sonrisa triste—, que es muy jodido tener secretos.

—¿Por qué le mataste? —pregunta directo.

—Fue un accidente.

—No me jodas, Lucía. ¿Qué clase de accidente es que le vueles a alguien la cabeza y que después le vuelvas a meter los sesos en el cráneo?

—Tienes razón. No fue un accidente, sino una imbecilidad y una irresponsabilidad por mi parte, pero te juro que yo no tenía intención de hacerle daño.

—¿De qué estás hablando?

—A Héctor y a mí nos gustaba llevar a cabo algunas prácticas extremas, entre ellas jugar con mi pistola. Pero solo era eso, una diversión sin riesgo. Lo malo es que aquella noche algo salió mal.

—¿No se te ocurrió comprobar que la pistola estuviese descargada?

—¡Claro que lo comprobé, siempre lo hacía! Y aquella noche también. Recuerdo haber guardado el cargador en la mesilla y haber comprobado que no quedase ninguna bala en la recámara.

—Alguien tuvo que ponerla ahí, Lucía.

—De tanto darle vueltas a lo que pudo pasar, te juro que estoy empezando a volverme loca, Óscar.

A Lucía se le llenan los ojos de lágrimas. Ha llorado mucho en los últimos días por esa razón, pero nunca delante de alguien. Jimeno tenía claro que haría que confesara, aunque no esperaba que le saliese con esta historia, y mucho menos que iba a estar seguro de que dice la verdad. De pronto, siente un escalofrío.

—Mierda...

—¿Qué pasa? —pregunta Lucía mirándole.

—Héctor Ríos estaba arruinado, ¿lo sabías?

—Eso no es verdad. Tú mismo viste la casa en la que vivía.

—La casa era del banco, Lucía. Hace un año invirtió todos sus ahorros en una farmacéutica. Por lo que hemos sabido, incluso puso el chalé como aval. El problema es que la farmacéutica se hundió y él lo perdió todo.

—No entiendo adónde quieres ir a parar, Óscar.

—A que lo mismo no fue un asesinato ni un accidente, sino un simple suicidio. Lo que pasa es que, si se tiraba a las vías del tren, su mujer y su hija no cobrarían el seguro de vida, dinero suficiente para levantar el embargo de la casa y quedarse con una pasta gansa en la cuenta corriente.

—No... —Lucía se niega a creerlo por muy lógico que suene—. Héctor me quería. Jamás me hubiera hecho eso.

—Estaba desesperado. Lo único que quería era que su mujer y su hija no se quedaran en la calle, y para eso te utilizó a ti.

Lucía debería sentirse aliviada al saber que Héctor no murió por un error suyo, pero la pena de pensar que el hombre del que se había enamorado había sido capaz de obligarla a pasar por eso le produce un enorme abatimiento. El oficial Jimeno, en cambio, sonríe esperanzado.

—¿Sabes lo que significa esto, Lucía? Que nadie podrá acusarte más que de un homicidio involuntario.

—Suficiente para acabar con mi carrera y llevarme una temporada a la cárcel.

—Si lo explicas...

—¡¿Qué cojones quieres que explique, Óscar?! ¿Que me dedicaba a utilizar mi pistola reglamentaria en mis juegos sexuales, que limpié el cadáver y eliminé pruebas de la escena del crimen o que entorpecí la investigación manipulando la web de la página de citas? En el fondo da igual que fuese un accidente o que se suicidara: yo estoy jodida.

—¿Qué piensas hacer?

—Hasta ahora había optado por callarme.

—Tienes que entregarte.

—No soportaría pasar un solo día en la cárcel, allí no lograría sobrevivir. Ahora la cuestión es qué piensas hacer tú.

—Lo siento, pero no puedo mirar hacia otro lado.

—¿Ahora vas de íntegro?

—Intento hacer las cosas bien. Te ayudaré en todo lo que pueda, te doy mi palabra, pero soy policía y tengo que decir lo que ha pasado.

—¿No lo sabe ya todo el mundo?

—Yo soy el único que te ha reconocido por las fotos del ordenador de Héctor Ríos —responde negando con la cabeza.

—¿El tatuaje?

—El tatuaje —confirma el oficial Jimeno.

Lucía sonríe para sí. Cuando decidió hacerse ese tatuaje, su mejor amiga del instituto —después de Indira Ramos, la persona más responsable que había conocido en su vida— le dijo que debía pensárselo bien, que un tatuaje era para toda la vida y que algún día podría arrepentirse. Ella le quitó importancia, ya que al fin y al cabo se trataba de una minúscula media luna en un lugar que solo verían unas pocas personas. Pero resulta que esa menudencia es lo que ahora la va a condenar, puesto que uno de los que han tenido el honor de conocer su existencia es el propio Jimeno.

—Quédate esta noche conmigo y mañana volvemos juntos a Madrid, ¿vale? —dice Lucía.

—Vale...

—¿Coges mi coche y vas al pueblo a comprar un par de botellas de vino?

## 95

Antonio Anglés ha dormido mal y lleva todo el día nervioso: no hacen más que anunciar en televisión la entrevista exclusiva que Valeria dará esta misma tarde y no logra imaginarse qué querrá decir. Corre una hora en la cinta, hace unas flexiones y se ducha. Curiosea lo que comentan de él en los periódicos digitales y se prepara pasta para comer. Después intenta echarse la siesta, pero entre la ansiedad que sufre y el ruido que hacen en una fábrica cercana, apenas pega ojo. Le dan ganas de presentarse allí y disparar a la decena de chinos que tendrán explotados. Quizá así lograse sacudirse la tensión. Se obliga a no ver la tele y a no bucear en internet hasta la hora de la entrevista y pasa la tarde leyendo la última novela del noruego Jo Nesbø. La descripción de los paisajes y el carácter de sus personajes le hace recordar la etapa que pasó en la granja de renos, una de las más enriquecedoras de su vida. Le da pena que Haakon muriese justo el año en que Nesbø publicó su primera novela. De haberlo conocido, se habría convertido en su escritor favorito.

Cuando llega la hora, deja el libro a un lado y enciende el televisor. Tras más de quince minutos de anuncios, entre los que intercalan avances de programas en directo y documentales relacionados con el que ellos denominan «el monstruo de Alcàsser», Valeria aparece sentada frente a una periodista con suficiente experiencia en el medio como para saber que está ante uno de los momentos más importantes de su carrera. Después de la presentación, le hace algunas preguntas de cortesía que sirven para comprender lo mal que lo pasa Valeria, a la que la policía ha decidido llevar a un sitio seguro junto a sus hijos por si su padre intentara hacerles algo.

«—¿Cree que podría atacarles? —pregunta la presentadora.

»—Mi marido es un enfermo capaz de cualquier cosa. A mis hijos prefiero que jamás vuelva a tocarlos, ni siquiera verlos».

—Puta —masculla Anglés.

«—Todos conocemos algunas de las atrocidades que ha cometido Antonio Anglés a lo largo de su vida, pero ahora nos gustaría conocerlo como hombre. ¿Cómo es como marido y como padre?

»—Es un hombre violento, tanto conmigo como con mis hijos.

»—¿Les maltrató?

»—Muchas veces se le iba la mano, pero eso no era lo peor. Mis hijos y yo sufrimos malos tratos psicológicos. Sus gritos, sus amenazas y sus miradas nos tenían amedrentados a los tres...».

Anglés aprieta los dientes, sin salir de su asombro. Si algo ha hecho bien a lo largo de los últimos quince años ha sido cuidar de su familia. Jamás les ha levantado la mano y muy pocas veces la voz.

—¿Qué cojones estás haciendo, Valeria? —pregunta irritado al televisor.

«—Solo hay indicios que le incriminan en cuatro asesinatos —continúa la presentadora—, pero la policía cree que hay muchas más víctimas. ¿De verdad que nunca sospechó que pudiera dedicarse a ir matando niñas?

»—¿Cómo podría pensar que el hombre con el que dormía a diario era un monstruo? Mi papá al conocerle me dijo que no le daba buena vibra, pero yo estaba enamorada y no lo quise escuchar. Ahora sé que tenía razón».

—¡¿Tu padre, Valeria?! —Anglés se levanta del asiento, furioso—. ¡Tu padre me quería más a mí que a la vaga de su hija, puta mentirosa!

«—Háblenos de su sexualidad, porque se han escrito ríos de tinta sobre eso. ¿Alguna vez descubrió en él tendencias homosexuales?

»—Eso no es algo que se le pueda ocultar a una esposa.

»—¿A qué se refiere?

»—Desde que iniciamos la relación vi cómo miraba a los hombres, aunque al principio yo no quise darle importancia. Pensé que eran boludeces mías y lo olvidé, pero desde que tuvimos a mi hija mayor apenas me tocaba.

»—Eso sucede en muchas parejas.

»—La diferencia es que él parecía estar satisfecho sexualmente. Durante mucho tiempo pensé que tenía una amante, pero un día miré el historial de su computadora y vi que visitaba páginas gais».

—¡¿De qué mierda hablas, Valeria?! —Anglés se desquicia.

«—¿Y no le dejó? —pregunta la presentadora.

»—Pensé en hacerlo, pero le tenía tanto miedo que no me atreví.

»—No me extraña. ¿Qué me dice de sus hijos? ¿Cómo se han tomado todo esto?

»—Mal, ya se puede imaginar. No quieren saber nada de él, pero yo procuro aislarlos de todo lo que pasa, sobre todo al pequeño.

»—Ahora mismo estará viendo esta entrevista.

»—Tiene prohibido ver la televisión. Solo le dejo usar la computadora para despedirse de sus amigos.

»—¿Volverán a Buenos Aires?

»—En cuanto el juez nos dé permiso, nos marcharemos. Mi abogado ha solicitado que sea mañana mismo».

Antonio Anglés apaga el televisor e intenta tranquilizarse y ordenar sus ideas. Su intención era permanecer oculto al menos seis meses para después abandonar el país con destino a algún lugar sin acuerdo de extradición con España. Pero después de haber visto en televisión a Valeria arrastrándole por el suelo, siente que le hierve la sangre y que no va a poder dejarla marchar sin hacérselo pagar. Y tiene que ser esta misma noche o regresará a Argentina y no volverá a tener una oportunidad. El problema es averiguar dónde se esconde.

# 96

Toni nunca ha sido un niño muy popular, y aunque eso cambió cuando en el colegio supieron de quién era hijo, habría preferido seguir siendo anónimo. De los pocos amigos que tenía, solo ha conservado uno. Todos los demás se han pasado al bando de los que antes se metían con él por tener sobrepeso y ahora le llaman asesino. Tal vez, cuando regrese a Argentina, su vida vuelva a ser la que era antes de esta pesadilla y pueda limitarse a bregar con los acosadores escolares.

—¿Tú te acuerdas de Argentina? —le pregunta su amigo Marcos a través de la pantalla del ordenador, la única manera de la que les han dejado despedirse.

—Cuando nos marchamos de Buenos Aires, yo era muy pequeño —responde Toni negando con la cabeza.

—Y allí... ¿saben quién es tu padre?

—Mi madre me ha dicho que sí, pero que no nos preocupemos, porque la policía nos va a dar otros nombres para que nadie nos conozca.

—Ostras, cómo mola... —dice Marcos con cierta envidia—. Pues si puedes elegir tu nuevo nombre, ponte Goku.

De repente, aparece en la pantalla el aviso de un mensaje nuevo. Toni se tensa al ver que quien le escribe es Messi12.

—Marcos, tengo que cortar —se despide apresurado—. En cuanto llegue a Buenos Aires te escribo y jugamos *online*, ¿vale?

Toni abre el mensaje y ve que el cursor parpadea después de dos simples palabras:

*Hola, Toni...*

Antonio Anglés está sentado delante del ordenador, mirando las mismas dos palabras que hay escritas en la pantalla, esperando a que su hijo se decida a responder. Tras unos segundos, sucede:

*Papa?*

*Estás solo?*

*Si... mama sta en la tele y Claudia en su cuarto.*

*Dicen q has hecho muchas cosas malas, papa.*

*No te creas nada, Toni. Yo nunca le he hecho daño a nadie. Estás con la policía?*

*Hay un poli en el salon. Quieres q le avise?*

*No, no puedes contarle a nadie que has hablado conmigo, vale?*

*Ok...*

*Dónde os han llevado, Toni?*

*A un piso, xro no se la calle.*

*Hay una ventana en tu habitación?*

*Si...*

*Asómate y dime todo lo que ves.*

Mientras Antonio aguarda a que su hijo regrese, comprueba que la VPN a través de la que se ha conectado para evitar que le localicen sigue ocultando su IP. A los pocos segundos, Toni vuelve a escribir:

*Hay edificios y tiendas. Y justo en la esquina hay un bar q se llama Leones...*

A Anglés le basta con escribir en Google el nombre del bar para descubrir que está en la calle Guzmán el Bueno.

El lugar donde la policía oculta a Valeria y a sus hijos es un edificio de viviendas construido a mediados del siglo pasado que ha sido rehabilitado recientemente para convertirlo en apartamentos para estudiantes que no serán ocupados hasta el curso siguiente. El coche en el que trasladan a Valeria desde los estudios de televisión para en doble fila frente al portal y el conductor aguarda mientras los dos agentes de protección llevan a la mujer al interior. Ninguno de ellos se da cuenta de que hay un motorista observándolo todo desde la esquina.

Antonio Anglés mira hacia arriba y ve a Claudia a través de una de las ventanas del tercer piso. Su madre entra en el apartamento y Toni corre a abrazarla. Enseguida se les une la chica, y el asesino rabia por verse excluido de aquella piña que hasta hace poco siempre se formaba alrededor de él. Uno de los agentes vuelve a salir a la calle y entra en el coche, que va a aparcar a unos metros del portal para poder vigilar el acceso con garantías. Anglés deja la moto en la calle de al lado y se oculta detrás de la valla de un solar cercano, desde donde puede ver con claridad cómo un repartidor le entrega un pedido en el portal al tercer agente y este sube a dárselo a Valeria. Entre Claudia y Toni ponen la mesa y los tres cenan junto a la ventana del salón. Antonio distingue cómo su mujer les cuenta algo a sus hijos y la chica, tras mostrar su desacuerdo, se levanta de la mesa y se pierde hacia el interior llorando. A pesar de lo lejos que está y de que es imposible que sepa cuál es el motivo de la discusión, está seguro de que acaba de decirles que parten mañana hacia Argentina y Claudia tendrá que dejar de ver a sus amigas y a ese compañero de clase del que lleva enamorada desde hace varios cursos. Antonio Anglés ha acertado, pero lo que él no sabe es que su hija no se resiste a marcharse –de hecho, es lo bastante inteligente para saber que en España no podrá llevar una vida normal desde que ha salido en televisión–, solo le parece injusto que le prohíban ir a despedirse en persona.

Anglés sabe que esa será una noche muy larga y coloca un mueble desvencijado junto a la valla para sentarse y poder seguir vigilando.

# 97

Hace rato que no hay movimiento en el apartamento donde se ocultan Valeria y sus hijos. Antonio Anglés lleva varias horas vigilando las azoteas de los edificios y cada una de las ventanas de la calle, pero no ha visto nada extraño. La luz del portal se enciende y sale el policía que se había quedado de guardia en el interior. Se dirige al coche en el que están sus compañeros con pasos apresurados, intentando escapar del frío intenso de las cuatro de la mañana. Una vez en el interior, se enciende un cigarrillo y las caras de los tres policías se iluminan con un fogonazo. Aunque el paso de las horas ha aplacado la indignación que el asesino sintió al ver a su mujer mintiendo en televisión, sigue convencido de querer matarla con sus propias manos. Y ha llegado su oportunidad.

Abandona el solar en el que permanecía escondido para acercarse a la parte trasera del edificio, ocultándose entre los coches. El momento más delicado es cuando tiene que cruzar la calle y se expone a ser visto, pero los tres policías no pueden imaginar que Anglés ha conseguido localizar a su esposa y continúan en el interior del vehículo ajenos a todo, fumando, quejándose del frío y de las guardias que les tocan. Trepa por la fachada trasera hasta la terraza de la cocina del primer piso y aguarda agazapado, en alerta.

La inspectora Ramos permanece sentada en el sillón, a oscuras, en silencio, a pesar de todas las cosas que tiene que decirle al inspector Moreno, que está a solo un par de metros de distancia.

—¿Por qué Alba no tiene una bici?

—¿A ti te parece que es momento de hablar de eso, Iván?

—Es un momento tan bueno como cualquier otro. Hoy me ha dicho por teléfono que le gustaría tener una bici rosa.

—Madrid no es un buen lugar para montar en bici.

—Hay parques.

—Iván, por favor. Ya hablaremos, ¿vale? Pero deberías darte cuenta de que la niña cada vez te va a pedir más y más, y cuando quieras cortarlo será tarde. Hazme caso y párale los pies antes de que se acostumbre a tenerlo todo con solo pedirlo.

—¿A ti nunca te dieron caprichos de niña?

—Pocos.

—Ahora entiendo muchas cosas.

Por suerte para Iván, no puede ver la mirada que le dedica la madre de su hija. La completa oscuridad la rompe la tenue luz que emite la pantalla del móvil de Indira.

—¿Ha venido? —pregunta contestando la llamada, conteniendo la respiración.

—Está en la terraza del primer piso —responde uno de los más de veinte policías apostados en los alrededores del edificio de apartamentos para estudiantes de la calle Guzmán el Bueno.

Indira sonríe. Sabía que Antonio Anglés caería en la trampa desde el mismo momento en que se lo propuso a Valeria:

«Debe esforzarse un poco más, Valeria» Indira presionó a la mujer de Antonio Anglés. «Seguro que hay algo de lo que le hablase. ¿Nunca le mencionó algún lugar en el que quisiera jubilarse llegado el momento?»

«No...»

«Aunque no le parezca importante. Díganos lo que sea».

«¡No me dijo nada, joder!» Valeria explotó. «¿Se cree que si supiera algo no se lo diría, cuando llevo semanas sin dormir porque temo por mi vida y por la de mis hijos?»

Valeria se derrumbó y lloró angustiada.

Indira e Iván se miraron y el policía asintió, animándola a seguir adelante. Aunque la inspectora Ramos continuaba tan indecisa como cuando, de camino hacia el apartamento, le había contado a su compañero lo que se proponía hacer, al fin se decidió.

—¿Qué estaría dispuesta a hacer para ayudarnos a detenerle, Valeria?

—Lo que sea —respondió ella sin vacilar.

—Entonces queremos que le provoque para que venga a matarla.

—¿De qué demonios habla, inspectora?

—De dar una entrevista en televisión en la que afirme que era un maltratador, un fracasado y un mal padre.

—Y gay, que le joderá que se confirme lo que siempre se ha comentado —añadió Moreno.

—Lo que sea con tal de sacarle de quicio —continuó la inspectora—. Nosotros le pasaremos al programa las preguntas que queremos que le hagan y usted solo deberá responderlas.

—¿Creen que se arriesgará a intentar algo contra mí?

—Usted le conoce mejor que nadie, pero yo tengo la impresión de que Antonio Anglés es de esos hombres que no dejan pasar un agravio. Y, si le hacemos ver que usted y sus hijos se marcharán y que nunca los podrá encontrar, caerá en la trampa.

Valeria dudó unos segundos, pero terminó asintiendo.

—El problema es que no sabe dónde estoy.

—Debemos encontrar la manera de decírselo sutilmente durante la entrevista. Habíamos pensado en que usted comentase que su hijo pequeño pasa la tarde en casa de su mejor amigo para que él le siguiera hasta aquí, pero no queremos poner en riesgo a Toni, ni tampoco creemos que alguien como Anglés pique con algo así.

—Podría decir que debo ir a recoger algo a casa y que lo intente allí.

—Es una opción —contesta Indira—, aunque dudo mucho que se arriesgue a aparecer por su barrio. Necesitamos atraerle hasta aquí. Seguro que hay una manera de decírselo, Valeria. Quizá tenga alguna forma de comunicarse con sus hijos.

—A través de la computadora —responde chasqueando los dedos—. Mi marido se creó un perfil falso para controlar con quién chateaban Toni y Claudia.

Durante la entrevista, Valeria lanzó el anzuelo diciendo que Toni se despediría de sus amigos a través de un chat, y la inspectora Ramos relevó al chico frente al ordenador cuando al fin Messi12 se puso en contacto con él.


—Tenemos que cortarle todas las posibles huidas —dice la inspectora Ramos al teléfono—. No se nos puede volver a escapar.

—No se nos escapará —responde el policía—. El problema es que está en la parte de atrás y ahí disponemos de menos efectivos. Esperaremos a que suba al segundo piso y procederemos a su detención.

Indira cuelga el teléfono y mira satisfecha a Iván.

—Debemos avisar a Valeria.

Ambos se dirigen a la habitación donde Valeria duerme con sus hijos. Frente a la puerta está un sargento del Grupo Especial de Operaciones haciendo guardia junto a un oficial.

—¿Ha picado? —pregunta el mando.

—Le dije que funcionaría, sargento. No la pierdan de vista mientras nosotros vamos a por ese hijo de puta.

—Tengan cuidado, inspectores.

Indira asiente y los dos policías salen del apartamento.

Antonio Anglés sigue oculto en la terraza del primer piso. Si eso fuera una trampa —algo que lleva planteándose toda la noche—, todavía estaría a tiempo de escapar, tiene estudiado cómo hacerlo. Solo necesita esperar a que los policías se pongan nerviosos y cometan algún error, y esto sucede a los quince minutos, cuando escucha el crujido de unas botas varios pisos más arriba. Es apenas perceptible, pero lo suficiente para saber que Valeria y sus hijos no están tan solos como parecía. Salta desde la terraza y se pierde a toda prisa por el pasadizo que separa ese bloque del contiguo. En el mismo momento en que sus pies tocan el suelo, los policías desvelan su posición.

—¡Nos ha descubierto! —Uno de los agentes da la voz de alarma—. ¡Está huyendo por la parte trasera!

Se encienden media docena de focos en las azoteas y, en un segundo, se hace de día. La inspectora Ramos y el inspector Moreno salen a la calle y se reúnen con el mando del Grupo Especial de Operaciones.

—¿Qué ha pasado? —pregunta Indira, desconcertada.

—Que nos ha descubierto. Ha huido por la parte trasera.

—¡Joder! ¡Avisad al helicóptero! ¡No se nos puede escapar!

El mando de los geos se aleja de ellos y reparte órdenes entre sus hombres.

—La única vía de escape sería por la calle paralela —dice Moreno—. Hay que pedir que la corten.

—No hay tiempo para eso.

Indira corre hacia el final de la calle e Iván la sigue.

## 98

Mientras el resto de los operativos buscan por los alrededores del edificio de apartamentos, Indira e Iván llegan a una calle de casas bajas, desierta a esas horas de la noche, a varias manzanas de donde se ha instalado el control policial. Pero tampoco allí hay rastro de Antonio Anglés.

—Debemos volver con los demás, Indira —dice Moreno a su compañera—. No tiene sentido que haya escapado por esta zona. Lo más probable es que haya tirado hacia San Bernardo.

—Si yo fuera él, procuraría escapar por donde la policía menos se lo espera...

El ruido de las sirenas y de las aspas del helicóptero que peina la zona hace que varios vecinos se asomen a las ventanas de sus casas, adormilados.

—¿Qué pasa? —pregunta un hombre en calzoncillos y camiseta de tirantes desde un balcón.

—¡Entren en sus casas y cierren las persianas, por favor! —les pide Indira.

—¿Y eso por qué? —Una señora en bata que se ha asomado entre las rejas de un bajo los mira desconfiada.

—¡Porque ha volcado un camión cargado de productos químicos —dice el inspector Moreno— y los gases son tóxicos! ¡Si no se meten en sus casas y cierran ventanas y persianas, podrían quedarse en el sitio!

Al momento, se escuchan a lo largo de toda la calle los golpes de decenas de ventanas al cerrarse y de persianas al caer. Indira mira a Iván con reproche, pero no puede evitar dedicarle una sonrisa. En ese momento, una moto entra por el otro extremo de la calle y se detiene a una veintena de metros de ellos. La luz del faro los deslumbra y los policías se cubren los ojos con el dorso de una mano.

—¡Policía! —grita Moreno apuntando al motorista con su pistola—. ¡Apague la moto y túmbese boca abajo con las manos en la nuca!

La respuesta del motorista son cuatro disparos. Los dos primeros pasan rozando al inspector Moreno y hacen estallar la luna y el faro de un Kia aparcado a su espalda. El tercero le hiere en la cadera y el cuarto le revienta la rodilla. Los gritos de dolor quedan ahogados por el intercambio de disparos que se produce entre el asesino y los policías. No logran alcanzarle, pero varios impactos van a parar a la moto, cuyo motor se apaga de golpe y empieza a echar humo. El motorista la deja caer hacia un lado y huye calle abajo. Indira se agacha junto a su compañero.

—Tranquilo, Iván. Ya llega la ambulancia.

—Estoy bien, Indira —dice sujetándose la rodilla, intentando aguantar el dolor—. Espera a los refuerzos.

—Se escapará...

—No puedes ir sola. Ese tío es muy peligroso.

Indira le besa en los labios y corre tras el asesino, sin escuchar cómo Moreno intenta detenerla.

—¡Espera a los refuerzos, joder!

Al doblar la esquina, ve el casco del motorista tirado en el suelo, todavía balanceándose. Una señal que indica que la calle está cortada le hace recobrar la esperanza de atraparlo. El retrovisor del coche tras el que la inspectora se cubre salta en mil pedazos, pero ella no logra ver de dónde procede el disparo. Un sonido metálico, de algo que se arrastra por el asfalto, hace que se estremezca. Al asomarse por detrás de unos cubos de basura, sus peores temores se hacen realidad: la tapa de una alcantarilla está tirada en mitad de la calzada, junto a un agujero negro que para ella simboliza el infierno.

—Mierda...

Indira recuerda que esa misma situación ya la vivió hace ocho años y no ha pasado un día en el que no se haya arrepentido de la decisión que tomó. Si no llega a bajar por aquella alcantarilla, no hubiera caído en la fosa séptica y su vida no se habría convertido en una auténtica pesadilla. Mira hacia atrás esperando ver aparecer a la caballería, pero está sola. Escucha, lejano, el sonido de las sirenas y del helicóptero despertando a los vecinos de muchas calles más allá. Debería esperar a que lleguen los refuerzos, como le ha pedido Iván, pero aún se retrasarán unos minutos y sabe que, si tarda en decidirse, Antonio Anglés podría desaparecer otros treinta años, y quizá encuentre la manera de vengarse de Valeria. Y eso ella no se lo perdonaría.

Aunque la mascarilla atenúa el olor intenso del subsuelo, Indira siente cómo el aire viciado inunda sus pulmones. Durante más de un minuto se queda paralizada, con sus cinco sentidos afinándose al máximo: su vista intenta adaptarse a la oscuridad, y ve frente a ella un largo túnel donde antes solo había negrura; su olfato capta el ácido sulfhídrico que produce la materia en descomposición y que estuvo a punto de matarla; sus papilas gustativas saborean el hierro oxidado de las hemorragias microscópicas causadas por la rigidez de su mandíbula; las yemas de sus dedos acarician cada hendidura de la culata de su pistola. Pero lo que hace que se ponga en marcha es el oído. Se esfuerza por anular todos los demás sentidos durante unos segundos y es capaz de escuchar con total claridad el flujo de agua que corre bajo sus pies, las ratas que se detienen a observarla y que enseguida continúan su búsqueda incesante de comida... y unos pasos que se alejan chapoteando.

Indira corre titubeante hacia el final del túnel, pero nota que Antonio Anglés está cada vez más lejos. Sus ojos ya se han acostumbrado a la falta de luz, así que acelera sin pararse a pensar dónde está ni lo que pisa. Al llegar a una bifurcación ha dejado de escuchar los movimientos del asesino. Podría haberse detenido para esperarla y ejecutarla, pero también haber encontrado una salida y estar lejos de allí. La posibilidad de volver al exterior y respirar aire puro la reconforta, aunque eso supusiera que el fugitivo haya vuelto a escapar. Decide ir por el túnel de la derecha, el que menos anegado parece de los dos. Es el que hubiera elegido ella si alguien la estuviese persiguiendo, y su intuición en este tipo de cosas casi nunca le falla. Al cabo de treinta metros comprende que ha acertado cuando un disparo impacta en una tubería a pocos centímetros de su cabeza. Se asusta por lo cerca que ha estado, pero la precipitación de Anglés le hace comprender que este ya no tiene el control de la situación.

—¡Entrégate, Antonio! —Indira proyecta su voz hacia la oscuridad—. ¡Todas las salidas están vigiladas!

—Estás tan sola como yo, Indira. —A la policía le estremece escuchar la voz de Anglés tan cerca de ella, envolviéndola—. Lo que me sorprende es que hayas tenido tantos huevos de seguirme hasta aquí después de lo que te pasó.

—¿Cómo sabes tú lo que me pasó?

—Si he conseguido pasar treinta años escapando es porque soy observador y me ocupo de buscar los puntos débiles de mis enemigos.

Una rata pasa corriendo cerca de los pies de la policía y ella dispara contra ella tres veces. Los chillidos del animal se acallan al instante.

—¿Tres tiros para matar una simple rata, Indira? —pregunta Antonio Anglés divertido—. Estás perdiendo un poco los papeles, ¿no?

La inspectora Ramos vuelve a sentir que el criminal se aleja de ella y avanza por la galería, en cuyas paredes decenas de ratas han excavado sus madrigueras. Al llegar a una especie de sala, nota cómo la corriente de agua aumenta. Se asoma detrás de una pequeña valla oxidada por la humedad y descubre una fosa séptica de varios metros de profundidad. Revivir el peor recuerdo del mundo hace que Indira deje de prestar atención a lo que sucede a su alrededor, incluso que deje de apretar la culata de su pistola, que se desprende de su mano y desaparece en el río de desechos. Ni siquiera consigue reaccionar cuando Antonio Anglés sale de las sombras apuntándole a la cabeza.

—No pensé que me lo fueses a poner tan fácil, Indira.

Ella intenta mirarle, pero la rigidez de su cuello le impide girar la cabeza y le sigue con el rabillo del ojo mientras el asesino la rodea. Le clava el cañón de la pistola en las costillas y se sitúa a su espalda para hablarle al oído:

—¿Te apetece darte un chapuzón?

—No..., por favor... —suplica.

—Lo que no sé es si meterte un balazo en el hígado antes de empujarte —dice Anglés saboreando su superioridad— o en la pierna para que disfrutes un rato más de tu baño. ¿Te imaginas la cantidad de bacterias que van a entrarte en el cuerpo?

La inspectora intenta moverse, pero está bloqueada. La corriente de agua empuja algo contra sus pies. Consigue bajar la mirada y ve el brillo de su pistola. Inspira profundamente y logra darle un cabezazo. El golpe es tan fuerte que le rompe la nariz y le hace retroceder un par de pasos.

—¡Hija de puta! —grita tapándose la hemorragia con la mano—. ¡Me has roto la nariz!

Indira se deja caer al suelo e intenta alcanzar su pistola, pero Antonio se percata y se lanza sobre ella. Le golpea en la cabeza y en los costados y le sumerge la cara en un río de agua que arrastra todo tipo de desperdicios.

—¡Vas a morir habiéndote comido la mierda de todo un barrio, zorra!

Mientras lucha por coger bocanadas de aire, la inspectora busca a tientas su pistola. Cuando al fin la localiza, se prepara

para atacar, solo tiene una oportunidad. Recuerda las clases de defensa personal en la Academia de Ávila. Quedan ya muy lejanas, pero no es la primera vez que se encuentra en esa situación. Deja de hacer fuerza y Anglés le da el margen de maniobra que necesitaba. Se balancea hacia un lado y le golpea con el codo, con todas sus fuerzas, en plena nariz. El dolor hace que el asesino chille y que se lleve las manos a la cara, lo que le da tiempo a Indira a girarse y apuntarle con su pistola.

—¡Suelta la pistola y pon las manos en la nuca!

Antonio Anglés contrae el gesto, consciente de que ha perdido. Por un momento piensa en morir matando, pero él es cobarde hasta para eso y suelta su pistola.

—Está bien, Indira. Has ganado una batalla, pero no la guerra.

—¡Pon las putas manos en la nuca!

—Está por ver que puedas demostrar que yo tuve algo que ver con la muerte de la niña de Cuenca —dice cruzando poco a poco las manos por detrás de la nuca—. Pero aunque así fuera, saldré a la calle en menos de veinte años. Tu hija Alba ya habrá crecido demasiado para mi gusto, pero estoy seguro de que todavía me hará disfrutar.

Indira cree en la justicia, y el día en que juró respetarla hasta las últimas consecuencias lo hizo convencida. Nada ha habido más importante para ella que vivir con honestidad, cumpliendo las leyes, cayese quien cayese. Pero el día en que nació Alba, ella pasó a encabezar todas sus prioridades. Y pensar que ese malnacido podría ponerle las manos encima no es algo a lo que pueda arriesgarse. Siempre se ha preguntado qué estaría dispuesta a hacer por proteger a su hija, y en este momento conoce la respuesta.

—Deberías haber dejado a mi hija al margen, Antonio.

Los dos disparos van directos al centro del pecho y Anglés comprende de inmediato que ya nunca podrá cumplir sus amenazas. Se arranca la camisa e intenta sacarse las balas con sus propias manos, pero su corazón ya ha dejado de bombear sangre al cerebro y cae de espaldas.

# 99

Cuando el oficial Jimeno baja a la cocina, ya es media mañana y la agente Navarro está esperándole con su maleta a un lado, con una taza de café en las manos y con la mirada ausente. Parece haber digerido mucho mejor que él las dos botellas de vino que se bebieron anoche. Siente verdadero aprecio por su compañero, pero no entiende que no sepa ponerse en su lugar. Con la primera botella, ella trató de buscar una alternativa a entregarse, pero él no cedió. Después intentó hacerle ver lo que supondría para la mujer y la hija de Héctor Ríos que se supiese que se había suicidado, pero él dijo que estaban cometiendo un fraude al seguro y había que denunciarlo. Con la segunda botella, quiso seducirle, y, aunque la esperanza de volver a ver en persona el tatuaje de la media luna le hizo titubear, tampoco surtió efecto. Finalmente, Lucía se derrumbó y le suplicó que la ayudase a escapar, pero Jimeno aseguró que, por más que le doliese, cumpliría con su obligación. Dicen que un amigo es de verdad cuando le llamas para decirle que has matado a alguien y se presenta en tu casa con una pala, pero Jimeno ha aparecido con unas esposas.

—Buenos días —dice Jimeno con la boca pastosa.

—Tengo una duda —responde ella mirándole a los ojos—. ¿Por qué anoche viniste tú solo?

—No entiendo la pregunta.

—Quiero decir que, si tenías tan claro que no me ibas a dar una oportunidad, y prueba de ello es que no has cambiado de opinión ni aun sabiendo que Héctor Ríos se suicidó, ¿por qué no le dijiste a María e incluso a Indira y a Iván que te acompañasen? ¿No querías que nadie empañase tu éxito?

—Si estás insinuando algo, te equivocas, Lucía. Siento mucho lo que te está pasando, pero no fui yo quien le metió la pistola reglamentaria a su amante en la boca, ni quien ha estado manipulando pruebas desde entonces. Ojalá las cosas fuesen distintas, pero la verdad es que mataste a un hombre y debe ser un juez quien dictamine las circunstancias. Somos policías y hemos de hacer que se cumpla la ley. Si no, esto sería una puta jungla.

—Me alucina que me vengas dando lecciones de moral.

—No tendría por qué si tú hubieses hecho las cosas bien. Si te sirve de consuelo, yo te creo y, si tu abogado me cita, declararé en tu favor.


A pesar de que la carretera desde Sepúlveda hasta la A-1 es de doble sentido e incómoda de transitar, Jimeno está adormilado en el asiento del copiloto. La agente Navarro le mira con resquemor por la falta de empatía que ha demostrado sentir hacia su compañera desde hace un lustro. Si fuese él quien estuviera metido en ese problema, ella es de las que hubiera llevado la pala. Y lo que más le fastidia es que, aunque le conoce y sabe que nunca ha sido así, sigue sin descartar que lo haga solo para recibir una palmada en la espalda y dejar de ser un cero a la izquierda en la comisaría. Si se tratase de Indira, no tendría motivo para odiarla; ella siempre ha llevado la integridad por bandera y le ha dado igual a quién se haya tenido que llevar por delante, pero Jimeno es distinto. Incluso le escuchó criticar a la inspectora por delatar al amigo de Moreno que después apareció muerto. Todavía recuerda sus palabras cuando se unía a todos los que la ponían a parir: «Una cosa es ser honesta y otra una chivata».

Jimeno apoya la cabeza en el cristal y cierra los ojos. Su tranquilidad irrita a Lucía. Quizá solo sea un efecto de la resaca, pero no puede evitar imaginarse que se recrea en el momento en que llegue a la comisaría diciendo que ha resuelto solito un caso que tenía desconcertados a todos. Si de verdad la quisiera, estaría sufriendo por tener que cumplir con su obligación, pero en su cara no hay rastro de sufrimiento.

La agente Navarro piensa en ese momento, cuando todos se enteren y juzguen lo que hacía en la cama con Héctor Ríos, incluidos sus compañeros, sus padres, su hermano, sus sobrinos, los vecinos del pueblo, y hasta su mejor amiga en el instituto. «Humillación» es la única palabra que le viene a la cabeza, y ella no quiere volver a ser humillada. Recuerda que, a los dieciséis años, se enrolló con un compañero de clase y cuando él le metió mano, la sacó manchada de sangre. Le vino la regla a destiempo y, aunque se disculpó sin tener por qué y le rogó que no dijese nada, él se lo contó a todo el instituto y Lucía pasó el peor año de su vida viendo cómo todos se reían y hacían gestos de repulsa a su paso. Y sabe que aquella humillación será una menudencia en comparación con la que sufrirá ahora. También piensa en su carrera como policía. No es que tuviese vocación desde niña, pero le gusta lo que hace, y además es muy buena. En las últimas semanas, antes de que pasase lo que pasó, había decidido preparar las oposiciones para ascender a inspectora. «Ascender por liebre», lo llamaban sus compañeros, pero ella cumplía con todos los requisitos y estaba dispuesta a intentarlo. Indira era a la primera a la que quería contárselo, pero desde que volvió de su retiro ambas habían estado muy ocupadas y no tuvo ocasión. Ahora ya jamás la tendría y para lo único que hablaría con ella sería para explicarle por qué metió su pistola en la boca de un hombre. Y, por último, piensa en el futuro que le espera a partir de esa misma mañana: interrogatorios, abogados, incredulidad, versiones, periodistas, juicio y cárcel. Y ese no es un lugar para alguien como ella, no solo porque no soportará estar encerrada en una celda de cinco metros cuadrados, sino porque estará rodeada de presas que intentarán hacerle daño en cuanto se enteren de quién es. No, ella no quiere eso, antes comete una locura.

Y entonces decide cometerla y seguir huyendo hacia delante.

Mira a Jimeno, que continúa durmiendo a su lado. No siente pena, las leonas no la sienten cuando atrapan a una gacela. Es una cuestión de supervivencia. Retira despacio su mano del volante y la lleva hacia el anclaje del cinturón de seguridad de su compañero. Cuando aprieta el botón rojo y la hebilla de cierre se suelta, Jimeno abre los ojos.

—¿Qué haces?

—Lo siento, Óscar. Lo siento de corazón.

Nada más terminar de decirlo, la agente Lucía Navarro da un volantazo y el coche se dirige a toda velocidad hacia el pilar de un puente que atraviesa la carretera. Jimeno se da cuenta de lo que pretende y grita aterrorizado. Intenta enderezar el volante, pero ya es demasiado tarde y el impacto es brutal. La agente Navarro se rompe las dos piernas y la muñeca derecha antes de que el airbag le erosione la cara. El oficial Jimeno sale disparado por el cristal del parabrisas a ciento veinte kilómetros por hora y su cabeza deja una mancha roja al reventar contra el hormigón.

# 100

El funeral del oficial Óscar Jimeno es algo que nadie quería ni se esperaba vivir. A pesar de las gravísimas heridas sufridas —las dos piernas rotas, una muñeca, varias costillas, una clavícula y un pómulo—, la agente Lucía Navarro se ha negado a quedarse ingresada en el hospital y ha ido a despedir a su mejor amigo. La congoja y la tristeza que siente son verdaderas y, aunque todos han intentado convencerla de que no ha sido culpa más que de la mala suerte y del propio Jimeno por no llevar puesto el cinturón de seguridad, ella sabe que nunca superará lo ocurrido. Cuando el responso ha terminado y la familia del agente ha abandonado el cementerio, la inspectora Ramos se acerca a la silla de ruedas de Navarro y le aprieta la mano sana con cariño.

—¿Cómo estás, Lucía?

—Me duele todo el cuerpo.

—Físicamente ya sé que estás jodida, pero te recuperarás. Yo lo que quiero saber es cómo te sientes.

—Hecha una mierda, Indira. —Se le humedecen los ojos sin tener que forzarlo—. Todo pasó en un segundo.

—Fue un accidente sin más. No diste positivo ni por alcohol ni por drogas, así que no hay que darle más vueltas, ¿vale?

Lucía se limita a asentir.

—¿Qué hacíais Jimeno y tú en Sepúlveda?

—Yo me había ido a descansar unos días y él vino a visitarme.

—Me extraña que dejaseis a María sola al frente de la investigación del asesinato de Héctor Ríos.

La agente Navarro mira a su jefa intentando averiguar si lo dice con alguna intención, pero en ese tipo de cosas Indira no es de las que se andan con rodeos.

—La investigación estaba atascada y necesitábamos poner algo de distancia. ¿Habéis averiguado algo nuevo?

—Moreno y yo hemos repasado a fondo el informe —responde negando con la cabeza— y solo podemos felicitaros por vuestro trabajo. Habéis hecho lo que teníais que hacer.

—Pero el asesino quedará libre.

—Son cosas que pasan. No pienses más en ello y recupérate pronto, ¿de acuerdo?

Lucía asiente e Indira, tras despedirse de ella con un beso, va directa a la consulta de su psicólogo.


—Me dejas alucinado, Indira —dice el psicólogo mirándola desconcertado—. Has tragado mierda en las cloacas y estás como si nada.

—Se ve que las terapias de choque funcionan.

—¿Pasó algo más allí abajo que no me hayas contado?

Indira confía en Adolfo, que además de su psicólogo y de tener que guardar el secreto profesional, puede considerarlo su amigo. Pero, a pesar de no estar arrepentida, tampoco se siente orgullosa de lo que hizo, incluso se ha planteado dejar para siempre la policía al considerarse indigna de llevar la placa, pero es innegable que el mundo es mucho mejor sin alguien como Antonio Anglés en él.

—Nada —responde al fin—. Solo que he cerrado uno de los casos más difíciles de toda mi vida.

—¿No te atormenta haber matado a un hombre?

—No era un hombre, sino un demonio.

—Entonces te felicito. ¿Y el chocho que tienes en la cabeza con el abogado y el policía?

Indira suspira. Sigue atrapada en ese triángulo amoroso y sabe que ha llegado el momento de salir de él. Continúa sin poder dormir por las noches pensando en si le conviene seguir sola, decidirse por el padre de su hija o volver a intentarlo con el que considera el gran amor de su vida. Ambos esperan que dé un paso al frente, y sería muy injusto tenerlos esperando más tiempo.

—Creo que ya he tomado una decisión.

—El señor Rivero está reunido —dice la secretaria del bufete.

—¿Es una reunión muy importante? —pregunta Indira.

—Todas lo son. Pasará la mañana con los socios del despacho.

—No le importará que le interrumpa un momento.

Sin que la secretaria pueda evitarlo, Indira se dirige por el pasillo hacia un despacho acristalado en cuyo interior Alejandro Rivero explica un gráfico proyectado en una pantalla junto a otros hombres y mujeres trajeados.

—Perdón por la interrupción —dice Indira abriendo la puerta.

—Indira. —Alejandro se sorprende al verla allí—. ¿Qué ha pasado?

—Nada grave, no te preocupes. ¿Podemos hablar un momento?

Alejandro mira apurado a sus socios, que le devuelven un gesto de censura que no pasa desapercibido para Indira.

—En realidad, no necesito más que diez segundos, y tampoco me importa que lo escuchen estos señores. Quería preguntarte si... quieres casarte conmigo.

La secretaria, que en ese momento iba a interrumpirla para pedirle que se marche, se queda tan alucinada como los socios y como el propio Alejandro.

—Ya sé que es precipitado —continúa Indira algo cortada al ser consciente de la expectación que ha suscitado—. Aunque, si lo piensas, tampoco lo es tanto. Solo hay que retomar los planes que suspendimos hace ocho años. ¿Qué me dices, Alejandro?

Todas las miradas se dirigen al abogado.

# 101

El inspector Moreno ha tardado más de un mes en recuperarse del balazo en la rodilla. Todavía le queda por delante mucha rehabilitación, aunque empieza a ver la luz al final del túnel. El médico le ha prohibido conducir hasta que le quiten la férula, pero esta mañana necesitaba salir de casa. Abre la botella de whisky que ha comprado en el supermercado de su barrio y le da un trago mientras observa la fachada de la iglesia frente a la que ha aparcado su coche. A su lado, Gremlin bosteza y apoya la cabeza en el regazo de su amo, intuyendo que no pasa por su mejor momento.

Los pocos invitados que todavía fuman hacen corrillos en la escalinata de entrada. Entre ellos está la agente Lucía Navarro, en su silla de ruedas, recuperándose de unas lesiones mucho más graves y numerosas que las de Moreno. La muerte del oficial Jimeno le ha dejado secuelas psicológicas reconocibles a simple vista; aparte de que sus facciones se han endurecido a pesar de que ya le ha bajado por completo la hinchazón de la cara, se le ha quedado la mirada perdida de quien revive una y otra vez un hecho traumático. El leve aunque perceptible temblor en la mano se le acentúa al llevarse el cigarrillo a la boca. La hermana de Alejandro Rivero sale del interior de la iglesia, le dice algo a los fumadores y todos entran.

Cuando el inspector Moreno ya se ha bebido media botella, el coche en el que viajan la novia, su madre y la pequeña Alba pasa por su lado y se detiene al pie de las escaleras. Las tres ocupantes se bajan y Gremlin levanta la cabeza al oler a su joven ama. Ladra.

—Calla... —le dice Moreno acariciándolo.

Indira está convencida de que hace lo mejor para ella y para su hija, pero Iván nota en su gesto la duda y piensa que tal vez se arrepienta y dé media vuelta. Aunque eso no sucede; Adolfo, el psicólogo, sale a buscarla y la lleva del brazo al altar.

Durante la ceremonia, el psicólogo intenta llamar la atención de Indira para que deje de mirar las gotas de cera que han desbordado la base de un candelabro y que empiezan a caer al suelo y a solidificarse.

En el momento en que el cura pregunta si alguien tiene algo que objetar a que la ceremonia se celebre, las puertas de la iglesia se abren de par en par.

# AGRADECIMIENTOS

Escribir una novela es un trabajo solitario, pero que llegue a manos de los lectores se consigue gracias al esfuerzo de un enorme grupo de profesionales. Gracias a todos los que habéis colaborado de una u otra manera:

A Patricia y a mi hermano, Jorge, porque son los primeros que me leen, me sufren y me ayudan.

A mis editores (María Fasce, Ilaria Martinelli y Jaume Bonfill) por apoyarme desde el primer momento, por animarme y por sus buenos consejos. A María, aparte, por un título tan certero, que se le ocurrió el mismo día en que le conté mi idea. También quiero acordarme del resto de componentes de Penguin Random House: Laia Collet, Eva Cuenca, Julia Ruiz, Pepa Benavent y Silvia Coma, así como de la gente de marketing, diseño, comerciales, contabilidad, redacción, distribución, jurídico... Gracias por vuestro esfuerzo y dedicación.

A mi agente, Justyna Rzewuska, por velar por mis intereses.

A Juan Ramón Lucas y Sandra Ibarra, por sus buenos consejos y su amistad.

A Enrique Montiel de Arnáiz, escritor, abogado y buen amigo, que ha intentado poner orden y aclarar mis incontables dudas legales.

A Mónica León, farmacéutica, por explicarme cómo funciona ese mundo tan complejo, y al doctor Oliveros por resolver mis dudas médicas.

Al inspector Daniel López, por conseguir ayudarme siempre con los procedimientos policiales.

A todos mis amigos, algunos de ellos mis primeros lectores: Pollo, Dani Corpas, Trufa, Willy, Antonio...

Y, en especial, quiero agradeceros a vosotros, mis lectores, vuestra confianza. De nuevo quiero pediros que, si os ha gustado, recomendéis *Las otras niñas* entre vuestro círculo más íntimo y en vuestras redes sociales. Sigue siendo el mayor favor que podríais hacerme.

Santiago Díaz
Instagram: @santiagodiazcortes
Twitter: @sdiazcortes